U0097317

古典詩歌研究彙刊

第七輯

龔鵬程 主編

第 18 冊

楊萬里生平及其詩之研究（下）

陳義成著

國家圖書館出版品預行編目資料

楊萬里生平及其詩之研究（下）／陳義成 著 —— 初版 —— 台北
縣永和市：花木蘭文化出版社，2010〔民99〕
目 8+194 面；17×24 公分
（古典詩歌研究彙刊 第三輯；第 18 冊）
ISBN　978-986-254-133-3（精裝）
1.（宋）楊萬里　2. 傳記　3. 宋詩　4. 詩評　5. 文學評論
851.4523　　　　　　　　　　　　　　　　　　　99001856

ISBN - 978-986-254-133-3

9 789862 541333

古典詩歌研究彙刊
第七輯　第十八冊　　　　　　ISBN：978-986-254-133-3

楊萬里生平及其詩之研究（下）

作　　　者　陳義成
主　　　編　龔鵬程
總 編 輯　杜潔祥
出　　　版　花木蘭文化出版社
發 行 所　花木蘭文化出版社
發 行 人　高小娟
聯 絡 地 址　台北縣永和市中正路五九五號七樓之三
　　　　　　　電話：02-2923-1455／傳真：02-2923-1452
網　　　址　http://www.huamulan.tw 信箱 sut81518@ms59.hinet.net
印　　　刷　普羅文化出版廣告事業
初　　　版　2010 年 3 月
定　　　價　第七輯 20 冊（精裝）新台幣 28,000 元　　版權所有・請勿翻印

楊萬里生平及其詩之研究（下）

陳義成　著

目

次

上　冊

緒　論 ⋯⋯⋯⋯⋯⋯⋯⋯⋯⋯⋯⋯⋯⋯⋯⋯⋯⋯⋯⋯⋯⋯⋯ 1

第一篇　楊萬里家世考 ⋯⋯⋯⋯⋯⋯⋯⋯⋯⋯⋯⋯⋯⋯ 5

第一章　先世之傳承與籍貫之變遷 ⋯⋯⋯⋯⋯⋯ 7

第二章　先世中之重要人物 ⋯⋯⋯⋯⋯⋯⋯⋯ 19

第三章　家　族 ⋯⋯⋯⋯⋯⋯⋯⋯⋯⋯⋯⋯⋯ 23

第二篇　楊萬里生平事蹟考述 ⋯⋯⋯⋯⋯⋯⋯ 45

第一章　吉州時期 ⋯⋯⋯⋯⋯⋯⋯⋯⋯⋯⋯⋯ 47

第一節　楊萬里生卒年月辨正 ⋯⋯⋯⋯⋯ 47

第二節　受業歷程 ⋯⋯⋯⋯⋯⋯⋯⋯⋯ 50

一、少年時期：庭訓與師事高守道 ⋯⋯ 50

二、青年時期（一）：師事王庭珪與劉才邵

⋯⋯⋯⋯⋯⋯⋯⋯⋯⋯⋯⋯⋯⋯⋯⋯ 51

三、青年時期（二）：師事劉安世與劉廷直

⋯⋯⋯⋯⋯⋯⋯⋯⋯⋯⋯⋯⋯⋯⋯⋯ 56

第三節　二次應舉 ⋯⋯⋯⋯⋯⋯⋯⋯⋯ 60

第二章　贛州初仕戶掾 ⋯⋯⋯⋯⋯⋯⋯⋯⋯ 65

第一節　初仕年代 ⋯⋯⋯⋯⋯⋯⋯⋯⋯ 65

第二節　定交黃文昌 ⋯⋯⋯⋯⋯⋯⋯⋯ 66

第三節　晉謁張九成與胡銓 ⋯⋯⋯⋯⋯ 67

第四節　仕贛經驗 ················· 69
第三章　永州零陵丞 ················· 71
　第一節　一日而得張浚胡銓二師 71
　第二節　友於張栻張杓兄弟 76
　第三節　結識詩人蕭德藻 78
　第四節　采石告捷之震撼與〈海䲔賦〉 81
　第五節　壬午焚詩與零陵存稿 86
　第六節　〈浯溪賦〉借古喻今 88
第四章　除臨安府教授未赴 ················· 93
　第一節　符離潰敗詩人愁邊 93
　第二節　張浚舉荐赴調臨安 96
　第三節　一月之間喪親哭師 98
　第四節　上書樞密獻《千慮策》 101
　第五節　家居收徒羅椿永年 105
　附　錄　《千慮策》之政治主張 107
第五章　奉新六月 ················· 115
第六章　初度立朝 ················· 121
　第一節　除國子博士 121
　第二節　遷太常博士與張栻事件 123
　第三節　升太常丞轉將作少監 125
第七章　待次臨漳與任官毗陵 ················· 129
　第一節　待次臨漳家居吉水 129
　第二節　三載毗陵與荊溪集 134
　第三節　辭滿家居待次與西歸集 141
第八章　廣東三載 ················· 145
　第一節　提舉廣東常平茶鹽 145
　第二節　持節廣中盪平閩寇 150
第九章　二度立朝 ················· 159
　第一節　尚左郎官九上劄子 159
　第二節　吏部郎中陳政荐士 165
　　一、上壽皇論天變地震書 165
　　二、荐士六十上王淮丞相 169
　第三節　東宮侍讀受知太子 173
　第四節　淳熙丙午三度易職 178

第五節　淳熙丁未應詔上疏 ⋯⋯⋯⋯⋯⋯⋯ 180
第六節　秘書少監忤孝宗意 ⋯⋯⋯⋯⋯⋯⋯ 182
第七節　西湖宴遊雅集唱和 ⋯⋯⋯⋯⋯⋯⋯ 187
第八節　與尤袤陸游之交會 ⋯⋯⋯⋯⋯⋯⋯ 189
第九節　與張姜之忘年詩緣 ⋯⋯⋯⋯⋯⋯⋯ 192
第十節　朝天集定名與結集 ⋯⋯⋯⋯⋯⋯⋯ 194
附　　錄　「誠齋薄憾益公」辨正 ⋯⋯⋯⋯ 196
第十章　出知筠州與道院集 ⋯⋯⋯⋯⋯⋯⋯⋯ 199

中　冊

第十一章　三度立朝 ⋯⋯⋯⋯⋯⋯⋯⋯⋯⋯⋯ 209
第一節　除秘監郊勞使客 ⋯⋯⋯⋯⋯⋯⋯⋯ 209
第二節　上輪對箚子論政 ⋯⋯⋯⋯⋯⋯⋯⋯ 213
第三節　上書乞留劉光祖 ⋯⋯⋯⋯⋯⋯⋯⋯ 216
第四節　日曆易序與留正齟齬 ⋯⋯⋯⋯⋯⋯ 217
第五節　朝天續集之結集與定名 ⋯⋯⋯⋯⋯ 221
第十二章　江東轉運副使 ⋯⋯⋯⋯⋯⋯⋯⋯⋯ 223
第一節　二度行部一路九郡 ⋯⋯⋯⋯⋯⋯⋯ 223
第二節　五度薦舉所部人才 ⋯⋯⋯⋯⋯⋯⋯ 227
第三節　議論鐵錢再忤留正 ⋯⋯⋯⋯⋯⋯⋯ 230
第四節　江東集之結集與定名 ⋯⋯⋯⋯⋯⋯ 232
第十三章　臥家十五年 ⋯⋯⋯⋯⋯⋯⋯⋯⋯⋯ 233
第一節　數辭恩詔杜門高臥 ⋯⋯⋯⋯⋯⋯⋯ 233
第二節　嘉泰甲子《易傳》脫稿 ⋯⋯⋯⋯⋯ 237
第三節　三子一婿相繼之官 ⋯⋯⋯⋯⋯⋯⋯ 240
第四節　與周必大晚年相訪 ⋯⋯⋯⋯⋯⋯⋯ 241
第五節　憂韓侂胄用事害政 ⋯⋯⋯⋯⋯⋯⋯ 242
第六節　淋疾不治卒諡文節 ⋯⋯⋯⋯⋯⋯⋯ 244
附　　錄　歷代著錄楊萬里之著作 ⋯⋯⋯⋯ 247
第三篇　楊萬里交游考 ⋯⋯⋯⋯⋯⋯⋯⋯⋯⋯ 251
　　1. 蕭東夫 ⋯⋯ 251　　　5. 呂聖與 ⋯⋯ 257
　　2. 施少才 ⋯⋯ 253　　　6. 張仲良 ⋯⋯ 258
　　3. 何德獻 ⋯⋯ 254　　　7. 吳景衡 ⋯⋯ 258
　　4. 周子充 ⋯⋯ 254　　　8. 唐德明 ⋯⋯ 259

9. 張安國 …… 259
10. 萬先之 …… 261
11. 王元龜 …… 261
12. 劉彥純 …… 261
13. 彭仲莊 …… 262
14. 胡澹菴 …… 263
15. 王民瞻 …… 266
16. 胡季永 …… 267
17. 岳大用 …… 268
18. 王宣子 …… 269
19. 張魏公 …… 269
20. 黃世永 …… 272
21. 王才臣 …… 272
22. 羅欽若 …… 274
23. 張欽夫 …… 275
24. 張定叟 …… 278
25. 劉恭父 …… 279
26. 侯彥周 …… 280
27. 吳伯承 …… 280
28. 周子中 …… 280
29. 胡英彥 …… 282
30. 蕭岳英 …… 282
31. 彭雲翔 …… 283
32. 鄭恭老 …… 283
33. 謝昌國 …… 283
34. 羅永年 …… 284
35. 劉世臣 …… 285
36. 丘宗卿 …… 286
37. 林謙之 …… 288
38. 黃仲秉 …… 289
39. 馬會叔 …… 289
40. 傅安道 …… 290
41. 王龜齡 …… 291
42. 韓子雲 …… 291

43. 丁子章 …… 291
44. 葉叔羽 …… 292
45. 陳行之 …… 292
46. 蕭挺之 …… 293
47. 虞彬甫 …… 293
48. 楊謹仲 …… 296
49. 劉景明 …… 296
50. 左正卿 …… 297
51. 毛平仲 …… 297
52. 曾達臣 …… 297
53. 張子儀 …… 297
54. 尤延之 …… 299
55. 蔡定夫 …… 302
56. 范至能 …… 303
57. 陳能之 …… 305
58. 李伯和 …… 306
59. 陳希顏 …… 306
60. 李與賢 …… 307
61. 趙昌父 …… 308
62. 鞏采若 …… 309
63. 陳蹇叔 …… 310
64. 沈虞卿 …… 310
65. 吳春卿 …… 311
66. 顏幾聖 …… 312
67. 胡子遠 …… 313
68. 李子西 …… 313
69. 周元吉 …… 314
70. 葛楚輔 …… 314
71. 余處恭 …… 315
72. 何自然 …… 317
73. 羅春伯 …… 317
74. 章德茂 …… 318
75. 何一之 …… 320
76. 朱師古 …… 320

77. 陸務觀……321
78. 莫仲謙……323
79. 沈子壽……324
80. 趙子直……325
81. 陳益之……325
82. 李兼濟……326
83. 應仲實……326
84. 孫德操……327
85. 京仲遠……327
86. 喻叔奇……328
87. 張功父……329
88. 陸子靜……332
89. 趙民則……333
90. 李元德……334
91. 王順伯……334
92. 林景思……335
93. 謝子肅……336
94. 姜堯章……336
95. 錢仲耕……337
96. 趙彥先……338
97. 周子及……338
98. 洪景伯……338
99. 李仁甫……339
100. 林子方……339
101. 李伯珍……340
102. 姜邦傑……340
103. 朱叔正……341
104. 徐衡仲……342
105. 程　佖……342
106. 李子經……343
107. 譚德稱……343
108. 段季成……343
109. 袁起巖……344
110. 邵德稱……345

111. 曹宗臣……346
112. 劉平甫……346
113. 朱子淵……347
114. 劉子思……347
115. 彭文昌……348
116. 曾無逸……348
117. 張幾仲……348
118. 霍和卿……349
119. 何同叔……349
120. 李君亮……350
121. 倪正甫……351
122. 朱元晦……351
123. 劉德修……354
124. 祝汝玉……354
125. 馬莊父……355
126. 李季允……355
127. 吳敏叔……356
128. 鞏仲致……356
129. 汪季路……357
130. 周敬伯……357
131. 張季長……358
132. 劉覺之……359
133. 傅景仁……359
134. 黃元章……360
135. 孫從之……360
136. 王仲言……361
137. 王謙仲……362
138. 徐子材……363
139. 王道父……363
140. 曾無疑……364
141. 黃嚴老……364
142. 蕭彥毓……365
143. 陳師宋……366
144. 吳仁傑……366

145. 侯子雲 …… 367
146. 錢文季 …… 367
147. 萬元享 …… 367
148. 陳安行 …… 368
149. 周從龍 …… 369
150. 黃伯庸 …… 369
151. 彭孝求 …… 370
152. 丁卿季 …… 370
153. 周起宗 …… 371
154. 張子智 …… 371
155. 曾文卿 …… 372
156. 高德順 …… 372
157. 曾伯貢 …… 372
158. 曾景山 …… 373
159. 蕭照鄰 …… 373
160. 胡仲方 …… 374
161. 虞壽老 …… 374

162. 程泰之 …… 375
163. 俞子清 …… 375
164. 劉仲洪 …… 376
165. 王文伯 …… 376
166. 趙嘉言 …… 377
167. 張伯子 …… 377
168. 鍾仲山 …… 378
169. 王式之 …… 379
170. 歐陽伯威 379
171. 袁機仲 …… 380
172. 胡平一 …… 382
173. 李季章 …… 382
174. 項聖與 …… 383
175. 王晉輔 …… 384
176. 胡伯圜 …… 384

附錄七十人：

1. 蔡子平 …… 384
2. 陳應求 …… 385
3. 吳明可 …… 386
4. 龔實之 …… 386
5. 鄭惠叔 …… 387
6. 方務德 …… 387
7. 陳時中 …… 387
8. 蔣子禮 …… 387
9. 趙溫叔 …… 388
10. 王季海 …… 388
11. 余 復 …… 389
12. 曾 漸 …… 389
13. 王 介 …… 390
14. 劉伯協 …… 390
15. 陳勉之 …… 390
16. 張子韶 …… 390

17. 蘇仁仲 …… 391
18. 章彥溥 …… 391
19. 劉子和 …… 391
20. 徐 賡 …… 392
21. 徐居厚 …… 392
22. 廖子晦 …… 392
23. 劉起晦 …… 393
24. 章 爕 …… 393
25. 袁 采 …… 393
26. 曾 集 …… 394
27. 王邦乂 …… 394
28. 劉元渤 …… 394
29. 劉炳先，劉
　　繼先兄弟 395
30. 張德堅 …… 395
31. 韓 璧 …… 395

32. 王信臣 …… 396
33. 潘　熹 …… 396
34. 黃　沃 …… 396
35. 趙子顯 …… 397
36. 李　發 …… 397
37. 李去非 …… 398
38. 馮子長 …… 398
39. 彭文蔚 …… 398
40. 劉子駒 …… 398
41. 羅允中 …… 399
42. 何德器 …… 399
43. 趙無咎 …… 399
44. 曾無媿 …… 400
45. 王正夫 …… 400
46. 劉文郁 …… 401
47. 吳必大 …… 401
48. 梁大用 …… 401
49. 林黃中 …… 401
50. 王南强 …… 402
51. 黃伯耆 …… 402

52. 劉國禮 …… 402
53. 葉　顒 …… 403
54. 劉德禮 …… 403
55. 張　奭 …… 403
56. 張大經 …… 404
57. 王　昳 …… 404
58. 權安節 …… 405
59. 程叔達 …… 405
60. 王　回 …… 406
61. 吳松年 …… 406
62. 徐　詡 …… 407
63. 鄒應可 …… 407
64. 彭叔牙 …… 407
65. 王叔雅 …… 408
66. 毛嵩老 …… 408
67. 陳擇之 …… 408
68. 鄒敦禮 …… 409
69. 劉　穎 …… 409
70. 季仲承 …… 409

下　冊

第四篇　楊萬里文學論評 …………………………… 411
　第一章　文　論 …………………………………… 413
　　第一節　論文與道 ……………………………… 413
　　第二節　論四六之法 …………………………… 414
　　第三節　論古文及科目文詞之法 ……………… 416
　第二章　詩　論 …………………………………… 419
　　第一節　詩之用說 ……………………………… 419
　　第二節　標舉晚唐說 …………………………… 422
　　第三節　透脫說 ………………………………… 428
　　第四節　詩不可賡和說 ………………………… 434
　　第五節　詩如茶說 ……………………………… 437
　　第六節　人窮未必工說 ………………………… 441

第三章　對歷代作家之論評 …………………… 448
　第一節　唐代以前四家 …………………… 449
　第二節　唐代十八家 …………………… 450
　第三節　北宋七家 …………………… 459
　第四節　南宋諸家 …………………… 463
第四章　結　語 …………………… 487
第五篇　楊萬里詩研究 …………………… 491
　第一章　楊萬里詩之分期 …………………… 493
　第二章　楊萬里詩之重要內容 …………………… 499
　第一節　征　行 …………………… 499
　第二節　詠　物 …………………… 507
　第三節　憂　世 …………………… 514
　第四節　簡寄酬贈送餞題挽 …………………… 519
　第三章　楊萬里詩之重要技巧 …………………… 525
　第一節　時間空間之設計 …………………… 526
　第二節　層次曲折之變化 …………………… 529
　第三節　反常合道之表出 …………………… 533
　第四節　俚語白話之投入 …………………… 536
　第四章　楊萬里之詩風 …………………… 539
　第一節　亂頭粗服化俗爲雅 …………………… 539
　第二節　快直鋪露活潑剌底 …………………… 543
　第三節　飛動馳擲畫趣橫生 …………………… 546
　第五章　歷代對楊萬里詩之論評評議 …………………… 549
　第一節　宋代十五家 …………………… 549
　第二節　元代二家 …………………… 559
　第三節　明代二家 …………………… 563
　第四節　清代二十家 …………………… 564
　　一、貶者十五家 …………………… 565
　　二、褒者三家 …………………… 567
　　三、褒貶參半者二家 …………………… 568
結　論 …………………… 571
附錄：楊萬里年表 …………………… 587
主要參考書目 …………………… 597

第四篇　楊萬里文學論評

　　一時代有一時代之文學與風氣。自南宋以來,文學發展有朝口語發展之趨勢,如語錄、話本、戲曲乃至於方言文學,相繼興起。然而古文仍是文學主流,四六、詩、詞仍主宰文壇。郭紹虞《中國文學批評史》中嘗謂唐代文學重乎「創」,北宋無可復創,乃重乎「變」,南宋則無非「襲」而已,未能脫前人之窠臼。〔註1〕職是之故,南宋文學論評,傾向於「法」之討論。古文論法,四六論法,《詩話》詞話亦論法。除文風重乎「襲」,又加之以道學家勢力之強大影響,立論乃偏於道之問題。

　　楊萬里生乎其時,自受時代背景之影響,未能完全自外於「襲」與「道」之文壇風氣,然而在南宋文學論評銷沈不振之際,楊萬里不僅以詩爲南宋中興之重鎮,其文學論評亦能卓然成家,影響稍後之嚴羽,乃至清代之袁枚。茲就其文學論評,以文論、詩論及對歷代作家之評述三章分論之。

〔註 1〕　《中國文學批評史》下卷頁 3。

第一章　文　論

　　楊萬里之文論，就質與量言，皆遠不及其詩論，與同時期之胡銓、朱熹、眞德秀、魏了翁、陸游等人相較，亦稍嫌遜色。茲分（一）論文與道；（二）論四六之法；（三）論古文及科目文詞之法三節述之。

第一節　論文與道

　　論文與道，劉彥和已啓其端。《文心雕龍》〈序志〉云：「文心之作也本乎道。」〈宗經〉云：「恆久之至道。」〈原道〉云：「聖因文而明道。」皆討論文與道之問題。逮乎唐代，學者論文與道尤加深切，如楊炯〈王勃集序〉：「大矣哉文之時義也，立言以重其範」（《楊盈川集》三）；李舟〈唐常州刺史獨孤公文集序〉：「文之時用大矣哉！在人，賢者得其大者，禮樂刑政勸誡是也」（《毘陵集》）；李華〈贈禮部尚書清河孝公崔沔集序〉：「有德之文信，無德之文詐」（《全唐文》三一五）；柳冕〈謝杜相公論房杜二相書〉：「故文章之道，不根教化，別是一枝耳」（《全唐文》五二七）；〈答荊南裴尚書論文書〉：「夫君子之儒必有其道，有其道必有其文」（同上）；〈答徐州張尚書論文武書〉：「聖人之道猶聖人之文」（同卷）皆是。及至韓柳，尤明確主張載道。如韓愈〈答李秀才書〉：「愈之所志於古者，不惟其辭之好，好其道焉爾」（《韓昌黎文集》三）；〈答李翊書〉：「將蘄至於古之立言者，則無

望其速成，無誘於勢利，養其根而竢其實，加其膏而希其光，根之茂者其實遂，膏之沃者其光曄，仁義之人，其言藹如也」（同上）；柳宗元〈答韋中立論師道書〉：「文者以明道」（《註釋音辯唐柳先生集》三四）皆是。

宋人，文與道并舉，常爲文論之重心。由於宋代「統」之觀念建立，而有古文家之文統觀與道學家之道統觀，二派相互角勝，有森嚴之壁壘。二派所論文與道之關係，有性質與程度之差異，而形成古文家之貫道說與道學家之載道說。貫道藉文而顯，載道因文而成。北宋蘇軾可爲貫道說之代表，南宋朱熹可爲載道說之代表。

楊萬里論文與道之文字僅見二條：（一）本集七八〈羅德禮補注漢書序〉：「《漢書》之爲書，學者爭讀之，以其文也。夫文之於道也，末矣。」（二）本集七九〈默堂先生文集序〉：「士之鶩於文也，至於今亦極矣。文彌工，道彌邈。」據此可見楊萬里雖不反對文詞之修飾，然更強調以道爲根之觀點，可視爲道學家載道說一派，而與朱熹所謂「文所以載道，猶車所以載物……不載物之車，不載道之文，雖美其飾，亦何爲乎？」（《通書》）「文字依傍道理，故不爲空言。」「這文皆是從道中流出，豈有文反能貫道之理！文是文，道是道，文只如喫飯時下飯耳！若以文貫道，却是把本爲末……道者文之根本，文者道之枝葉，唯其根本乎道，所以發之於文皆道也。」（〈語類〉一三九）並無二致。二人友誼隆厚，論文與道之契合，或相互影響。

第二節　論四六之法

討論四六，乃「法」之問題。「法」乃文之末事，章實齋所謂「不可揭以告人，祇可用以自誌者。」﹝註2﹞四六係宋人日常應用之文，洪邁所謂「四六駢儷於文章家爲至淺。」﹝註3﹞故討論四六，重在標

﹝註2﹞《文史通義‧文理篇》。
﹝註3﹞《容齋三筆》。

示作法，商討體格，屬於寫作技巧。

　　四六之應用大抵有二：一係用於詔制判牘或表啓，爲四六之正
體；一係用於制舉之律賦，爲四六之變體。萬里所討論限於前者，其
觀點皆見諸所著《詩話》：

　　　　（一）本朝制誥表啓用四六，自熙豐至今，此文愈甚。有
　　　　　　　一聯用兩處古人全語，而雅馴妥帖如己出者。

按此條下引王介甫、劉美中、龔正子、張安國、王履道、蘇軾等人作
品爲例。

　　　　（二）四六有一聯而用四處古人語者。

按此條下引張欽夫、王履道、洪景伯等人作品爲例。

　　　　（三）四六用古人語，有用其一字之聲，而不用其字之形者。

按此條下唯引王介甫〈謝上表〉及〈賀生王子表〉爲例，以爲「此文
人之舞文弄法者也。」

　　　　（四）四六有截斷古人語，而補以一字如天成者；有用古
　　　　　　　人語，不易其字之形而易其意者。

按此條下引翟公巽及東坡之作品爲例。

　　　　（五）四六有作流麗語者，亦須典而不浮。

按此條下引東坡、汪彥章及孫仲益之作品爲。

　　　　（六）四六有作華潤語而重大者，最不可多得。

按此條下引韓退之、曾子固、王履道之作品爲例。

　　　　（七）四六有用古人全語，而全不用其意者。

按此條下引王履道之作品：「萬里丘壠，草木牛羊之踐履，百年鄉社，
室家風雨之飄搖。」以爲係因〈行葦〉及〈鴟鴞〉之詩。又引張抑之
作品：「珍臺閒館，冠皋伊之倫魁，廣厦細旃，論唐虞之聖道。」以
爲係用揚雄賦、王吉疏全語。

　　　　（八）全不用古人一字，而氣象塞乎天地。

按此條係引錄張欽夫說。

　　　　（九）四六有初語平平，而去其一字，精神百倍，妙語超
　　　　　　　絕者。

按此條下唯引王介甫〈賀韓魏公致仕啓〉為例。

以上論四六凡九條,而實出萬里者八條,皆論四六之法。南宋論四六除萬里外,有謝伋《四六談麈》、楊淵道《雲莊四六餘話》、王應麟《辭學指南》、洪邁《容齋隨筆》等,亦皆摘舉雋語,商討作法,就文學論評而言,皆不足為要。葉適云:「自詞科之興,其最貴者四六之文,然其文最陋而無用;士大夫以對偶親切用事精的相誇……其人已自絕於道德性命之本統,而以為天下之所能者盡於區區之曲藝,則其患又不特舉朝廷之高爵厚祿以與之而已也。」〔註4〕就道學家而言,四六技巧,亦不足為要。

第三節　論古文及科目文詞之法

南宋論文,道學勢力駕於古文家之上。時風所被,萬里論古文,自亦受影響。本集六五〈答劉子和書〉云:

> 某少也賤,粗知學作舉子之業,以干斗升為活爾,烏識夫古文樣轍哉!文於道未為尊,固也!然譬之璞樸為器,琢固樸之毀也!若器成而不中度,琢就而不成章,則又毀之毀也,君子不近,庶人不服,亦奚取於斯。

據此可畧見萬里所論,頗注重謀篇與修辭,以避免「器成而不中度」之弊。

其次,萬里論科目文詞之法,設為五喻。本集六六〈答徐虞書〉云:

> 蓋聞文者文也,在易為賁,在禮為繢。譬之為器,工師得不(按羅根澤以為「不」字衍),必解之以為樸,削之以為質,丹臒之以為章,三物者具,斯曰器矣。有賤工焉,利其器之速就也,不削、不丹、不臒、解焉而已矣,號於市曰:器莫吾之速也,速則速矣,於用奚施焉。時世之文,將無類此。

〔註4〕《水心文集》三〈論宏詞〉。

抑又有甚者，作文如宮室，其式有四，曰門、曰廡、曰堂、曰寢。缺其一，紊其二，崇卑之不倫，廣狹之不類，非宮室之式也。今則不然，作室之政，不自梓人出，而雜然聽之於眾工，堂則隘而廡有容，門則納千駟而寢不可以置一席，室成而君子棄焉，庶民唖焉。今其言曰，文烏用式，在我而已。是廢宮室之式，而求宮室之美也。

抑又有甚者，作文如治兵，擇械不如擇卒，擇卒不如擇將。爾械鍛矣，授之贏卒則如無械；爾卒精矣，授之妄校尉則如無卒。千人之軍，其裨將二，其大將一；萬人之軍，其大將一，其裨將十。善用兵者，以一令十，以十令萬，是故萬人一人也。雖然，猶有陣焉。今則不然，亂次以濟，陣乎？驅市人而戰之，卒乎！十羊九牧，將乎！以此當筆陣之勍敵，不敗奚歸焉？借第令一勝，所謂適有天幸耳。

抑又有甚者，西子之與惡人，耳目容貌均也，而西子與惡人異者，夫固有以異也。顧凱（當作愷）之曰：「傳神寫照，正在阿堵（指眼珠）中。」又曰：「頟上加三毛、殊勝（指為裴楷畫像）。」得凱（愷）之論畫之意者，可與論文矣。今則不然，遠而望之，巍然九尺之幹，迫而視之，神氣索如也，惡人而已乎？

抑又有甚者，昔三老董公說高帝曰：「仁不以勇，義不以力。」惟文亦然。由前之說，亦未離乎勇力。邦城之中也，盍見董公而問之？問而得之，則送君者，皆自崖而返矣。

按以上五條係萬里設為五喻以答覆徐虙所問科目文詞。第一喻以「為器」比作文，以為於「解」之外，尚宜「削」「丹」「膌」。並講求作文之用，否則「速則速矣，於用奚施焉。」器之所以為器，在乎能用；第二喻以「宮室」比作文，以為作文宜講求法式輕重，不宜任意而為，指出「文烏用式，在我而已」之病。第三喻以「治兵」比作文，以為作文宜講求主從，不宜「亂次以濟」。第四喻以「西子」比作文，以為作文宜講求神氣。第五喻以董公之說比作文，大抵言作文雖宜求謀篇修辭，然不宜以「勇」以「力」，宜求適中。

　　然而，業科目文詞，其目的固在於「售於今」，故萬里云：「夫業科目者，固將有以合乎今之律度也，合乎今未必不違乎古，合乎古未必售於今，使足下合乎古而不售於今，足下何獲焉。」由於科目文詞旨在「售於今」而「未必不違乎古」，萬里甚卑視之。本集七七〈送王才臣赴秋試序〉云：

> 場屋之文夸以賈驚，麗以媒欣，抑末矣！是之爲耶！士之言曰：「我將先之末，繼之本。」嗟乎！本以先猶末以繼，而又末以先者耶。是故爲士者植其初，用士者計其終，而取士不與焉。

以爲士之賢愚並非繫於場屋之文，故萬里主張「合於古」而卑「售於今」。其〈順寧文集序〉中同情友人劉芮子駒「長於嗜古而短於諧今，工於料事而拙於售世」之結果竟係「其仕落落」。〔註5〕殆有感而發，可據以爲註腳。

〔註5〕本集八一。

第二章　詩　論

第一節　詩之用說

　　萬里之詩論主要見諸〈詩話〉、〈詩論〉及其他詩文中。然論及詩之為用，則唯見諸〈詩論〉一文。萬里〈詩論〉本為〈心學論〉中〈六經論〉之一，原專指《詩經》而言，唯其原理，亦可涵蓋一般詩歌。〔註1〕茲分條列述如下：

　　（一）詩為矯天下之具　萬里云：「天下之善不善，聖人視之甚徐而甚迫。甚徐而甚迫者，導其善者以之於道，矯其不善者以復於道也。」「天下皆善乎？天下不能皆善，則不善亦可導乎？聖人之徐，於是變而為迫，非樂於迫也，欲不變而不得也。迫之者，矯之也。是固有詩焉。詩也者，矯天下之具也。」按儒家之所謂道，包括仁義等道德標準而言。道既為其基礎，故於天下之善與不善，分別有徐緩迫急之措施；其善者導之入道，其不善者矯之復於道。導善，屬諸「徐」；矯不善，屬諸「迫」；而天下不能皆善，於是有「迫」，於是詩生焉為矯天下之具。

　　（二）詩可反映民情　萬里云：「或者曰：聖人之道，禮嚴而詩

〔註1〕本集八四至八六為〈心學論〉，其中卷八四為〈六經論〉。

寬。嗟乎！孰知………詩之寬為寬之嚴也歟？……蓋天下之至情，矯生於媿，媿生於眾。媿，非議則安；議，非眾則私。安，則不媿其媿；私，則反議其議……聖人……於是舉眾以議之，舉議以媿之。則天下之不善者，不得不媿。媿，斯矯；矯，斯復；復，斯善矣。此詩之教也。詩果寬乎？聳乎其必譏，而斷乎其必不恕也。詩果不嚴乎？」按詩反映民情，經由民眾之相互約制，公正不偏私之批評意見，則「矯生於媿，媿生於眾」，乃似寬而實嚴；「有過必譏，斷不可恕」，正是民眾嚴厲之批評。

（三）詩可譏刺　萬里云：「詩人之言，至發其君宮闈不修之隱慝，而亦不捨匹夫匹婦復關溱洧之過；歌詠文武之遺風餘澤，而歎息東周列國之亂。哀窮屈，而憎貪讒，深陳而悉數，作非一人，詞非一口，則議之者豈寡耶？」又云：「今夫人之一身，暄則倦，凜則力；十日之暄，可無一日之凜耶？易、禮、樂與書，暄也；詩，凜也。人之情，不喜暄而悲凜者，誰也？不知夫天之作其倦、強其力而壽之也。」按譏刺之用意，嚴正而不寬恕，其目的在與人為善，而非絕人於善，故以極媿者諷之使覺悟，所謂「以至媿媿之者，乃所以以至喜喜之歟。」

綜觀萬里論詩之用，近似中唐元白所倡行之諷諭論。盛唐杜甫已有極豐碩之諷諭詩篇，元白承之，不僅繼續創作，並主張「為時而著」、「為事而作」之詩歌理論，要求詩歌深合諷諭意味，以謀補察得失懲勸善惡之功，所謂「欲開壅蔽達人情，先向歌詩求諷刺」；甚而主張恢復古代采詩制度。〔註2〕

此外，又近似北宋諸大家如徐鉉〈成氏《詩集傳》〉：「詩之旨遠矣，詩之用大矣。先王所以通政教，察風俗，故有采詩之官，陳詩之職；物情上達，王澤下流。及斯道之不行也，猶足以吟詠情性，黼藻其身，苟非而已矣。」張詠〈許昌《詩集》序〉：「文章之興，惟深於詩者，古所難哉！以其不沿行事之迹，酌行事之得失，疏通物理，宣

〔註2〕《策林》六八〈議文章〉、六九〈采詩〉；《新樂府》五〇〈采詩官〉。

導下情，直而婉，微而顯，一聯一句，感悟人心，使仁者勸而不仁者懼。彰是救過，抑又何多？可謂擅造化之心目，發典籍之英華者也。」趙湘〈王象支使甬上《詩集》序〉：「詩者文之精英，古聖人持之攝天下邪心，非細故也……用是為泠風，以除天下之煩鬱之毒，功德不息，故其名遠而且大也。」邵雍〈觀詩吟〉：「愛君難得似當時，曲盡人情莫若詩；無雅豈明王教化，有風方識盛與衰。」黃裳〈樂府《詩集》序〉：「故其用大，明足以動天地，幽足以感鬼神，上足以事君，內足以事父。雖至衰世，其澤猶在，野甿閨婦羈臣賤妾類能道其志，其情有節，其言有序，豈苟以為文哉！」等皆是。〔註3〕

　　大抵言之，詩之為用不出於民情之反映，風俗之教化，作者藻飾其身，讀者藉以觀人。萬里〈和李天麟〉云：

　　　　句中池有草，字外目俱蒿。（本集四）

以為詞采詩風，宜於謝靈運「池塘生春草，園柳變鳴禽」之清新自然外，而能內含「蒿目而憂世之患」（《莊子·駢拇》）；思想內容，能寓憂世愛民之心，而以婉曲之言出之。故其〈和段季承左藏惠四絕句〉云：

　　　　道是詩壇萬丈高，端能辦却一生勞。

　　　　阿誰不識珠將玉，若箇關渠風更騷。（本集二四）

即申言風騷緣政而作，反映社會現實，寓比興美刺之作用，並指出時人忘却創作職責與使命，徒耗畢生心血精力於風月之吟詠與文字之搬弄。

　　在實踐詩之為用上，萬里自《江湖集》已有緣政而作、比興美刺之詩章。如（1）〈讀罪己詔〉，諄諄勸說孝宗不可以小挫而改變伐金政策，必須奮勉圖強，以求貫澈。（2）〈路遇故將軍李顯忠以符離之役私其府庫，士怨而潰，謫居長沙〉，有感慨潰敗，請斬敗將之意。（3）〈道逢王元龜閣學〉，批評國君任用奸小，殘害忠良。（4）〈紀

〔註3〕徐鉉〈成氏詩集序〉，見諸《徐公文集》一八；張詠〈許昌詩集序〉見諸《張乖崖集》八；趙湘〈王象支使甬上詩集序〉見諸《南陽集》五；邵雍〈觀詩吟〉見諸《伊川擊壤集》一五；黃裳〈樂府詩集序〉見諸《演山集》二一。

聞〉，婉諷洪适新除授之非材。（5）〈跋蜀人魏致堯撫幹萬言書〉，嘆進長策干政之枉然。（6）〈故少師張魏公挽詞〉，寄痛於張浚齋志而歿。（7）〈讀張忠獻公諡冊感歎〉，寄慨於主戰勢力之消沈。（8）〈虞丞相挽詞〉，借美虞允文以隱寓抗金政策之正確。（9）〈立春日有懷〉，諷勸翰林詞臣宜有所為，非僅綺語媚上。（10）〈又和蕭伯和風雨〉，藉詠春諷朝政。（11）〈濟翁弟贈白扇子一面作百竹圖有詩和以謝之〉，藉畫扇喻家國之破碎。（12）〈宿牛牛亭秦太師墳菴〉，評論秦檜之非。此外，《朝天續集》中接送金使旅程間詩篇，尤見其詩之為用，以及「聳乎其必譏，而斷乎其必不恕」之理論。至於反映民情，體恤民生之詩章，如〈視旱遇雨〉、〈憫農〉、〈農家歎〉、〈憫旱〉、〈旱後郴寇又作〉、〈宿龍回〉、〈旱後喜雨〉、〈過西山〉、〈觀稼〉、〈秋雨歎〉等，不勝枚舉。清潘定桂《楚庭耆舊遺集》後集一九〈讀楊誠齋《詩集》〉云：「試讀淮河諸健句，何曾一飯忘金隄。」洵可作萬里詩之為用之註腳。

然而，就萬里四十二卷凡四千二百首詩觀之，緣政而作者，其比例遠不及同期之陸游；反映民生疾苦者，亦遠不如同期之范成大。蓋萬里詩之主要興趣在於天然之景物，其詩篇之實踐與理論頗有差距，力行有難及之處。

第二節　標舉晚唐說

楊萬里在〈江湖集序〉及《荊溪集》序〉中，自述其學詩經歷，言其始學江西諸子，既而學后山五字律；既又學半山七字絕，晚乃學絕句於唐人，然後「忽有所寤」，盡辭前學，「步後園、登古城、採擷杞菊、攀翻花竹，萬象畢來，獻予詩材。」以其學習經驗及企圖轉移時風，萬里特標舉晚唐之論。萬里所謂「晚唐」；名稱之運用時甚混淆，偶亦稱「唐人」。唯就其論詩所引用之例子觀之，其所謂「晚唐」係就風格而言。如〈頤菴詩稿序〉中引陳陶、王之

渙詩句即是，此或即嚴羽所謂「盛唐人詩亦有一二濫觴晚唐者，晚唐人詩亦有一二可入盛唐者，要當論其大概耳。」〔註4〕故知萬里本集一六〈送彭元忠縣丞北歸〉、七八〈雙桂老人《詩集》後序〉及八〇《荊溪集》序〉等所謂「唐人」，實亦指晚唐而言；唯與四靈所標舉「晚唐」「唐末」專以姚合、賈島、劉德仁為法不同。茲分三項申述其說：

（一）標舉晚唐以藥江西詩派之病　江西諸家既成宗派，學者風靡，宗杜宗黃，各具所長。然由於奪胎換骨之模擬，好奇好硬好用事之結果，百病滋生。所謂「野者江西派中槎枒粗獷之詩皆是」、「江西派余素不喜，以其空硬生湊，寒酸氣太重」、「山谷之詩，清新奇峭，然近時學其詩，必使聲韻拗捩，詞語艱澀」、「近世以來，學江西詩不善其學，往往音節聱牙，意象迫切，且議論太多，實失古詩吟咏性情之本意」等語皆指陳其病。〔註5〕在萬里之前，如李格非、葉夢得即以為江西詩「腐熟竊襲」、「死生活氣」、「以艱深之詞文之」、「字字剽竊」，〔註6〕而嚴責其病。萬里恩師王庭珪亦不滿江西詩，唯頗尊崇黃庭堅，〔註7〕與元好問之「論詩寧下涪翁拜，未作江西社裏人」，〔註8〕不謀而合，殆已明察江西詩病。萬里對江西詩雖未作臧否，然自其〈江湖集序〉之自述「少作有詩千餘篇，至紹興壬午七月皆焚之，大概江西體」觀之，亦不喜江西詩，唯於庭堅始終佩服，而於師道始而佩服，晚而有微詞（詳第三章論評黃庭堅與陳師道條）。其早期「學后山五字律」者，蓋師道「五律蒼堅瘦勁，實逼少陵」「五言律得杜骨」，〔註9〕

〔註4〕《滄浪詩話‧詩評》。
〔註5〕以上所引分別見諸《詩法萃編》、《雨村詩話》、《庚溪詩話》、〈游默齋序張晉彥詩〉。
〔註6〕劉壎《隱居通議》六〈本之詩〉條引李格非語；陶宗儀《說郛》二〇載吳萃〈視聽鈔〉引葉夢得語。
〔註7〕《瀘溪集》一〈贈別黃超然〉；一六〈跋劉伯山詩〉。
〔註8〕元遺山〈論詩絕句〉。
〔註9〕紀昀序陳后山詩鈔及《詩藪》語。

且師道諸體中，大抵絕不如古，古不如律，律又七言不如五言。然學
江西詩既久，萬里亦察其病，於是改學王安石七絕，而後過渡至晚唐
絕句。江西宗主黃庭堅素貶晚唐詩，以為「學老杜詩，所謂刻鵠不成
猶類鶩也，學晚唐諸人詩，所謂作法於涼，其弊猶貪，作法於貪，弊
將若何！」〔註10〕萬里既棄江西，乃向江西詩所反對者探討，而翻庭
堅舊案。此外，王安石晚年小詩具晚唐風味，宋人多有稱道者，所謂
「荊公暮年詩始有合處，五字最勝，二韻小詩次之，七言詩終有晚唐
氣味」。〔註11〕萬里之推崇安石，可據此而知。萬里之前，徐俯云：「荊
公詩多學唐人，然百首不如晚唐人一首。」〔註12〕韓駒云：「唐末人詩
雖格致卑淺，然謂其非詩則不可，今人作詩雖句語軒昂，但可遠聽，
其理略不可究。」〔註13〕已開萬里翻庭堅舊案與標舉晚唐之先聲。

萬里標舉晚唐，特重絕句方面。大抵絕句不宜繁縟，而宜清空。
好使事之王安石，其絕句亦雅麗精絕。至於晚唐詩，劉克莊云：「古
詩出於情性，發必善；今詩出於紀聞博而已。自杜子美未免此病。於
是張籍、王建輩稍束起書帙、剗去繁縟，趨於切近。世喜其簡便，競
起效顰，遂為晚唐。」〔註14〕萬里即係以晚唐絕句之忌使事用典，尚
空靈輕快，以藥江西粗獷槎枒好奇尚硬之病。

（二）標舉晚唐而不以晚唐為宗主　萬里標舉晚唐，兼及有唐諸
家，有以下諸條：

（1）五七字絕句最少而最難工，雖作者亦難得四句全好
　　　者，晚唐人與介甫最工於此。（〈詩話〉）

（2）不分唐人與半山，無端橫欲割詩壇。半山便遣能參透，
　　　猶有唐人是一關。（本集八〈讀唐人及半山詩〉）

（3）近來別具一雙明，要蹈唐人最上關。（本集一六〈送彭元

〔註10〕　《山谷老人刀筆》四〈與趙伯充〉。
〔註11〕　《侯鯖錄》引東坡語。
〔註12〕　《艇齋詩話》引。
〔註13〕　《詩人玉屑》一六引〈陵陽室中語〉。
〔註14〕　《後村大全集》九六〈韓隱君詩序〉。

忠縣丞北歸〉)

(4) 箇箇詩家各築壇，一家橫割一江山。祗知輕薄唐將晚，
更解攀翻晉以還。(本集二四〈和段季承左藏惠四絕句〉)

(5) 晚唐異味誰同賞，近日詩人輕晚唐。(本集二七〈讀笠澤
叢書〉)

(6) 松江縣尹送圖經，中有唐詩喜不勝。(同上)

(7) 拈著唐詩廢晚餐，傍人笑我病詩癲。(同上)

(8) 船中活計只詩編，讀了唐詩讀半山。不是老夫朝不食，
半山絕句當朝餐。(本集三一〈讀詩〉)

(9) 受業初參且半山，終須投換晚唐間，國風此去無多子，
關捩挑來只等閒。(本集三五〈答徐子材談絕句〉)

(10) 詩至唐而盛，至晚唐而工。(本集七九〈黃御史集序〉)

(11) 近世此道之盛者，莫盛於江西，然知有江西者，不知
有唐人，或者左唐人以右江西，是不惟不知唐人，亦
不可謂知江西者。(本集七八〈雙桂老人詩集後序〉)

(12) 予生百無所好，而顧獨尤好文詞……至於好晉唐人之
詩，又好詩之尤者也……然則謂唐人自李杜之後，有
不能詩之士者，是曹丕火浣之論也；謂詩至晚唐，有
不工之作者，是桓靈寶哀黎之論也。(本集八一〈唐李
推官披沙集序〉)

(13) 三百篇之後，此味絕矣，惟晚唐諸子差近之。(本集八
三〈頤菴詩稿序〉)

(14) 唐人未有不能詩者，能之矣，亦未有不工者。至李杜
極矣，後有作者，蔑以加矣。而晚唐諸子，雖乏二子
之雄渾，然好色而不淫，怨誹而不亂，猶有國風小雅
之遺音。(本集八三〈周子益訓蒙省題詩序〉)

　　各條中有謂「參透」「關捩」等，皆係禪家話頭，其故作不了了
語，亦禪家機鋒。宋人以禪論詩往往如是。又各條中有並舉半山，蓋
半山絕句近乎唐音之故。然據萬里「無法無孟也沒衣」、「傳派傳宗我
替羞，作家各自一風流」觀之，萬里標舉晚唐，並不以晚唐爲宗主，
而主張參透半山晚唐之後，尚得上溯國風，所謂「國風此去無多子，

關捩挑來只等閒」、「三百篇之後此味絕矣,惟晚唐諸子差近之」、「晚唐諸子⋯⋯好色而不淫,猶有國風小雅之遺音」,乃至於〈詩話〉中所闡述之「微婉顯晦」,皆萬里遍參途徑中,能賞晚唐滋味;並藉晚唐爲楷梯,上達國風求眞求性靈之目的。此清人翁方綱所謂「誠齋之參透半山,殊似隔壁聽耳,又不知所謂唐人一關在何處也。」﹝註15﹞以神韻視萬里而產生誤解之所在。又方綱以爲「半山便遣能參透,猶有唐人是一關」係嚴羽論詩因襲萬里,然詳加探究,嚴羽受萬里影響,固然不謬,然二人論詩旨趣各異。近人郭紹虞以爲:(一)嚴以唐人爲第一義,楊破唐人一關後,晉達國風,而不奉唐爲宗主;(二)楊所賞者在晚唐,而不推奉李杜。洵爲卓見。﹝註16﹞

(三)標舉晚唐之作家　萬里所標舉之晚唐作家與四灵之局限於二或三家迥異,而所標舉之作家,係藉其精神,以解脫江西詩之窠臼。故所標舉之作家,除大家外亦兼及小家。茲條列如下:

(1)李商隱:〈詩話〉:「褒頌功德五言長韻律詩」條,舉李商隱詩:「帝作黃金闕,不開白玉京,有人扶太極,是夕降玄精。」又「太史公曰:『國風好色而不淫,小雅怨誹而不亂』條,舉李商隱詩:「詩宴歸來宮漏永,薛王沈醉壽王醒。」以爲「微婉顯晦,盡而不污」。又「五七字絕句最少而最難工」條,舉李商隱詩:「夕陽無限好,其奈近黃昏」、「青女素娥俱耐冷,月中霜裏鬪嬋娟」、「芭蕉不展丁香結,同向春風各自愁」、「鶯花啼又笑,畢竟是誰春。」

(2)杜牧:〈詩話〉:「詩有驚人句」條,舉杜牧詩:「我欲東召龍伯公,上天揭取北斗柄,蓬萊頂上幹海水,水盡見底看海空。」又「七絕四句全好」條,舉杜牧詩:「清江漾漾白鷗飛,緣淨春深好染衣;南去北來人自老,夕陽長送釣船歸。」又本集二〇〈新晴讀樊川詩〉:「不是樊川珠玉句,日長淡殺箇衰翁。」

﹝註15﹞　《石洲詩話》四。

﹝註16﹞　《中國文學批評史》下卷頁 51 至 53 及《滄浪詩話校釋》頁 131 至 132。

（3）李賀：〈詩話〉：「詩有驚人句」條舉李賀詩：「女媧鍊石補天處，石破天驚逗秋雨。」

（4）韓偓：〈詩話〉：「五七字絕句最少而最難工」條，舉韓偓詩：「昨夜三更雨，臨明一陣寒；薔薇花在否？側臥捲簾看。」

（5）崔道融：〈詩話〉：「詩已盡而味方永」條，舉崔道融詩：「如今却羨相如富，猶有人間四壁居。」

（6）陸龜蒙：〈詩話〉：「句有偶似古人者」條，舉陸龜蒙詩：「殷勤與解丁香結，從放繁枝散涎香。」又本集二七有〈讀笠澤叢書〉。

（7）于濆、劉駕：本集三五有〈讀唐人于濆劉駕詩〉。

（8）黃滔：本集七九有〈黃御史集序〉。

（9）李咸用：本集八一有〈唐李推官披沙集序〉。

萬里標舉晚唐作家，係取其「捐書以爲詩」之精神，以藥江西「資書以爲詩」之弊。然就萬里四十二卷詩觀之，其中自不乏「捐書以爲詩」之作品，而無法全然解脫於江西詩派勢力之影響，亦偶然有之。如卷一〈和仲良春晚即事〉、卷三九〈足痛無聊塊坐讀江西詩〉，乃至於卷三八〈送分寧主簿羅寵材〉所云：「要知詩客參江西；政似禪客參曹溪」，竟比江西詩爲南宗禪；並作〈江西詩派詩序〉（本集七九）及〈江西續派二曾居士集序〉（本集八三）。故宋人如王邁、劉克莊乃歸萬里於江西派中：

> 江西詩裏陳黃遠，直下推渠作社魁。（《臞軒集》一六〈山中讀誠齋詩〉）
>
> 派裏人人有集開，境師山谷與誠齋。只饒白下騎驢叟，不敢勾牽入社來。（《後村大全集》六〈湖南江西道中〉）
>
> 歐陽公屋畔人，呂東萊派外詩。海外咸推獨步，江西橫出一枝（同上三六〈題誠齋像〉）
>
> 比之禪學，山谷，初祖也；呂（本中）曾（幾），南北二宗也；誠齋稍後出，臨濟德山也。（同上九七〈茶山誠齋詩選序〉）

直逮近世梁崑《宋詩派別論》，亦歸萬里於江西派，並劃入「第三期」

內。唯吾人綜觀萬里詩，固見其受影響於江西，然已非全然仿效。其詩有獨特自立處，自成一格，宋嚴羽稱其爲「誠齋體」，最具卓識。〔註17〕蓋其詩終盡棄所學，致萬象能盡入吟咏，聰明風趣，率眞活潑，傾於性靈。職是之故，萬里詩自江西入，又自江西出；欲矯江西之弊，立說乃與江西異，而標舉晚唐足以針砭，並建立詩主性靈之詩論。

第三節　透脫說

　　宋人論評常主張向古學習。學古之說，由來已久。劉彥和〈宗經〉：「三極彝訓，道深稽古」、〈徵聖〉：「徵聖立言，則文其庶矣」、〈通變〉：「競今疎古，風昧氣衰」等已開學古之論。逮乎宋人，其說尤烈。萬里亦不例外，以爲：

　　　　文能追古作。(本集一〈送施少才赴試南宮〉)

　　　　學詩者于李杜蘇黃詩中……沈酣其意味。(〈詩話〉)

　　　　初學詩者，須學古人好語。(同上)

此與北宋黃庭堅，同期友人周必大大抵所見同然。〔註18〕萬里生乎南宋初期，詩壇仍籠罩於江西詩派勢力之下，學古風盛。故其論詩，頗言學古，並論學古以求變新之道：

　　　　(1) 句有偶似古人者，亦有述之者。杜子美〈武侯廟〉詩云：「映階碧草自春色，隔葉黃鸝空好音。」此何遜〈行孫氏陵〉云：「山鶯空樹響，壠月自秋暉」也。杜云：「薄雲巖際宿，孤月浪中翻」，此庾信「白雲巖際出，清月波中上」也，出上二字勝矣。陰鏗云：「鶯隨入戶樹，花逐下山風」，杜云：「月明垂葉露，雲逐渡溪風」；又云：「水流行地日，

〔註17〕《滄浪詩話‧詩體》有「楊誠齋體」，並云：「其初學半山，最後亦學絕句於唐人，已而盡棄諸家之體，而別出機杼，蓋其自序如此也。」
〔註18〕黃庭堅《別集》一一〈論作詩文〉；一九〈與洪氏四甥〉；《文集》一九〈與洪駒父〉。周必大〈益公題跋〉。此外如朱熹、嚴羽等亦有類似說法。

江入度山雲。」此一聯勝。庾信云：「永韜三尺劍，長捲一戎衣」，杜云：「風塵三尺劍，社稷一戎衣」，亦勝庾矣。南朝蘇子卿梅詩云：「祇言花是雪，不悟有香來」，介甫云：「遙知不是雪，爲有暗香來。」述者不及作者。陸龜蒙云：「殷勤與解丁香結，從放繁枝散誕香」，介甫云：「慇懃爲解丁香結，放出枝頭自在香。」作者不及述者。山谷集中有絕句云：「草色青青柳色黃，桃花零亂杏花香，春風不解吹愁去，春日偏能惹恨長。」此唐人賈至詩也，特改五字耳。（賈云：「桃花歷亂李花香，不爲吹愁惹夢長。」）

（2）詩家用古人語而不用其意，最爲妙法，如山谷〈猩猩毛筆〉是也……二事皆借人事以詠物，初非猩猩毛筆事也。

（3）韓退之〈答李錫書〉云：「思元賓而不見，見元賓之所與，則如元賓焉。」此用石勒語。王浚贈勒麈尾，勒懸之壁門，每瞻仰之云：「王公不得見，見王公之玩好，如見王公焉。」退之作〈河南少尹李素墓銘〉云：「高其上而坎其中，以爲公之宮，奈何乎公？」此用東方朔諫武帝近董偃語云：「奈何乎陛下。」退之〈上宰相書〉云：「恤恤乎，飢不得食，寒不得衣。」此用《左傳》語：「南蒯將叛，邑人歌之曰：『恤恤乎，湫乎悠乎。』」又〈杜兼墓誌銘〉云：「事在人子，日遠日忘。」此用《晉書》張駿語，謂「中原之於晉，日遠日忘。」又〈平淮西碑〉，自黃帝「曰光顏，汝爲陳許帥」，「曰重胤」云云，「曰弘」云云，「曰文通」云云，「曰道古」云云，「曰愬」云云，「曰度惟汝予同，汝遂相予。」此用《舜典》命九官文法也。

（以下並舉柳子厚〈答韋中立書〉，用《周禮‧考功記》丞人句法：曾子固〈送王无咎字序〉，用《孟子》句法：劉美中用太學生姚孝寧〈祭李清卿文〉。茲從略。）

（4）詩句固難用經語，然善用者，不勝其韻。（下舉李師中用經語，茲從略。）

（5）庾信〈月〉詩云：「渡河光不濕。」杜云：「入河蟾不

沒。」（中舉李、蘇、黃及呂居仁句，茲從畧。）此皆用古
人句律而不用其意，以故爲新，奪胎換骨。

（6）有用法家吏文語爲詩句者，所謂以俗爲雅。

（7）翻盡古人公案，最爲妙法。

（8）（東坡）「枯腸未易禁三椀，臥聽山城長短更」，又翻却
盧仝公案。

（9）老杜有詩云：「忽憶往時秋井塌，古人白骨生青苔，
如何不飲令心哀。」東坡則云：「何須更待秋井塌，見人白
骨更銜盃。」此皆翻案法也。（以上皆見諸〈詩話〉）

（10）詩固有以俗爲雅，然亦須曾經前輩取鎔，乃可因承
爾。如李之「耐可」、杜之「遮莫」、唐人之「裏許」、「若
箇」之類是也。昔唐人寒食詩有不敢用「餳」字，重九詩
有不敢用「糕」字半山老人不敢作鄭花詩。以俗爲雅，彼
固未肯引里母田婦而坐之於平王之子、衛侯之妻之列也。
何也？彼固有所甚靳而不輕也。（本集六六〈答盧誼伯書〉）

以上十條論詩之作法，大抵未能脫出山谷窠臼。山谷論詩，講求
「奪胎換骨」，所謂「不易其意而造其語，謂之換骨法；規模其意而
形容之，謂之奪胎法。」（註19）「古之爲文章者，眞能陶冶萬物，雖
取古人之陳言入於翰墨，如靈丹一粒，點鐵成金也。」（註20）至於「以
故爲新，以俗爲雅」，則早爲北宋詩家常談，如陳師道引梅聖俞「但
求以故爲新，以俗爲雅爾。」東坡《詩話》補遺：「詩須要有爲而後
作，當以故爲新，以俗爲雅。」等皆是。以上諸法經山谷之躬親實踐
點化之術，而成爲江西詩派風尚。究其法之本身，固係作詩之一途，
然實踐之後，若工力不足，則易生流弊。王若虛評云：「山谷之詩有

〔註19〕 《冷齋夜話》二。按討論此法之論述頗多，如《韻語陽秋》二；《觀
林詩話》；《蘇詩紀事》卷上；《苕溪漁隱叢話》後序一九；《庚溪詩
話》下；《艇齋詩話》；《對牀詩話》三及五；《潯南遺老集》四五；《梅
礀詩話》上等。

〔註20〕 《豫章文集》一九〈答洪駒父〉。

奇而無妙……點化陳腐以爲新……宋之文章至魯直，已是偏仄，陳后山而後，不勝其弊矣。」甚而斥爲「剽竊之黠者」，〔註21〕流弊所及，乃成江西之「空硬生湊，寒酸氣太重」。〔註22〕萬里云：「點鐵成金未是靈，若教無鐵也難成。」（本集三六〈荷池小立〉）已表懷疑山谷〈詩法〉。萬里早年學詩，雖自江西入手，至紹興壬午焚詩，已深具寫作經驗，發現「學之愈力，作之愈寡」，〔註23〕故於學江西諸子、陳師道、王安石及唐人之後而盡棄之，卒得自脫於既己津漑之法，而有「試令兒輩操筆，予口占數首，則瀏瀏焉，無復前日之軋軋矣。」〔註24〕之轉變。至於如何自脫於既己津漑之法？萬里以爲「學詩須透脫」。本集四〈和李天麟二首〉云：

> 學詩須透脫，信手自孤高。衣鉢無千古，丘山只一毛。句中池有草，字外目俱蒿。可口端何似？霜螯馨帶糟。（其一）

> 句法天難秘，工夫子但加；參時且柏樹，悟罷豈桃花？要共東西玉，其如南北涯！肯來談簡事，分坐白鷗沙。（其二）

又同卷〈蜀士甘彥和寓張魏公門館用予見張欽夫詩韻作二詩見贈，和以謝之〉云：

> 不是胸中別，何緣句子新。

所謂「信手自孤高」「句子新」，乃係心胸「透脫」、「胸中別」之結果，亦即後來嚴羽所謂「學詩有三節」之最高節：「及其透徹，則七縱八橫，信手拈來，頭頭是道矣。」〔註25〕然而「透脫」之來，須經參悟，故云：「句法天難秘，工夫子但加；參時且柏樹，悟罷豈桃花。」此參悟之途徑，實即韓駒「學詩當如初學禪，未悟且遍參諸方；一朝悟罷正法眼，信手拈出皆成章。」〔註26〕吳可「學詩渾似

〔註21〕 《潛南詩話》二及三。
〔註22〕 《雨村詩話》。
〔註23〕 〈荊溪集序〉。
〔註24〕 同上。
〔註25〕 《滄浪詩話・詩法》。
〔註26〕 《陵陽先生詩》二〈贈趙伯魚〉。

學參禪」，〔註27〕乃至呂本中「作文必要悟入室，悟入必自工夫來」，
〔註28〕「楚詞杜黃，固法度所在，然不若徧考精取，悉爲吾用，則
恣態橫生，不窘一律矣。」〔註29〕之再度強調與引申。悟入之法，
重在工夫；工夫在於「徧考精取」「遍參諸方」。工夫既精深，乃能
「時至骨自換」（陳師道語），由悟罷而造神妙，其時自能「衣鉢無
千古，丘山只一毛」。工夫精深，乃能舉重若輕，無往不利，而「字
外」餘音，「可口」恰以畧帶糟之霜螯，鮮美而別具風味。

周必大《平園續稿》九〈跋楊廷秀石人峯長篇〉云：

> 韓子蒼贈趙伯魚詩云：「學詩當如初學禪，未悟且遍參諸
> 方，一朝悟罷正法眼，信手拈出皆成章。」蓋欲以斯道淑
> 諸人也。今時士子見誠齋大篇鉅章，七步而成，一字不改，
> 皆掃千軍、倒三峽、穿天心、透月窟之語，至於狀物姿態，
> 寫人情意，則鋪敘纖悉，曲盡其妙，遂謂天生辯才，得大
> 自在，是固然矣。抑未知公由志學至從心，上規廣載之歌，
> 刻意風雅頌之什，下逮左氏、莊、騷、秦、漢、魏、晉、
> 南北朝、隋唐以及本朝，凡名人傑作，無不推求其詞源，
> 擇用其句法。五十年之間，歲鍛月鍊，朝思夕維，然後大
> 悟大徹，峯端有口，句中有眼，夫豈一日之功哉！

必大與萬里相交數十年，所知最詳。此段文字正說明萬里論詩之實踐
基礎，係由「遍參諸方」方至「一朝悟罷」；由「志學」方至「從心」。
必大又云：

> 誠齋萬事悟活法。（《平園續稿》一〈次韻楊廷秀待制寄題朱氏渙
> 然書院〉）

所謂「活法」原首倡自呂本中，其〈夏均父集序〉云：

> 學詩當識活法。所謂活法者，規矩備具，而能出於規矩之
> 外，變化不測，而亦不肯背於規矩也。是道也，蓋有定法
> 而無定法，無定法而有定法。知是者，則可與語活法矣。（《後

〔註27〕〈學詩詩〉。
〔註28〕〈蒙童訓〉。
〔註29〕〈與曾吉甫論詩第一帖〉。

村大全集》九五〈江西詩派〉引）

呂氏所論在於作詩之「規矩」，及如何運用「定法」、變化「定法」之道，仍局限於詩律句法，而萬里之活法，已然超越此限，提升至認識事物之方法問題之上，而爲筆致筆意之具體實踐。當時除周必大已然明察萬里之「悟」活法外，尚有張鎡知之亦深：

> 今誰得此微妙法，誠齋四集新板開。我嘗讀之未盈卷，萬彙紛綸空裏轉。（《南湖集》三）

> 筆端有口古來稀，妙法奚須用力追。（《南湖集》二）

> 造化精神無盡期，跳騰踔屬即時追。目前言句知多少，罕有先生活法詩。（《南湖集》七）

此外如葛天民云：「參禪學詩兩無法，死蛇解弄活潑潑，氣正心空眼自高，吹毛不動會生殺。」〔註30〕又如劉克莊云：「後來誠齋出，眞得所謂活法，所謂流轉美如彈丸者，恨紫微公不及見耳。」〔註31〕稍晚者如元代劉祁云：「晚甚愛楊萬里詩，曰：活潑剌底人難及也。」〔註32〕方回云：「端能活法參誠叟。」〔註33〕此皆認識萬里詩之「活法」。萬里論詩，雖未特別標舉「活法」，然自其作品中，已然實踐其「活法」：由津溉於江西、師道、半山及晚唐諸家之後，而致「萬象畢來，獻予詩材，蓋麾之不去，前者未去而後者已迫，渙然未覺作詩之難也。」〔註34〕宋俞成〈文章活法〉云：

> 呂居仁嘗序江西宗派詩，若言靈均自得之，忽然有入，然後惟意所在，萬變不窮，是名活法。楊萬里又從而序之，若曰學者屬文，當悟活法者，要當優游厭飫。是皆有得於活法也如此。（《螢雪叢說》一）

俞成之見洵爲精闢，指出萬里「優游厭飫」，〔註35〕已在呂左中活法

〔註30〕 《南宋群賢小集》。
〔註31〕 「江西詩派小序」。
〔註32〕 《歸潛志》八。
〔註33〕 〈讀張功父南湖集〉。
〔註34〕 〈荊溪集序〉。
〔註35〕 《螢雪叢說》一。

基礎上邁進一步。萬里「遍參諸方」「志學」，乃學古以極人之巧；「一朝悟罷」「從心」，乃能「優游厭飫」，臻於天然自得自在：

> 紅塵不解送詩來，身在煙波句自在。（本集一三〈再登垂虹亭〉）

> 哦詩只道更無題，物物秋來總是詩。（本集一四〈戲筆〉）

> 城裏哦詩枉斷髭，山中物物是詩題。（本集二〇〈寒食雨中同舍約天竺得十六絕句呈陸務觀〉）

> 閉門覓句非詩法，只是征行自有詩。（本集二六〈下橫山灘頭望金華山〉）

> 老夫不是尋詩句，詩句自來尋老夫。（本集二九〈晚寒題水仙花並湖山〉）

> 好詩排闥來尋我，一字何曾撚白鬚。（本集三七〈曉行東園〉）

詩人既臻此境，理論上已然上參造化。故萬里云：

> 問儂佳句如何法，無法無盂也沒衣。（本集三八〈醉閣皂山碧崖道士甘叔懷贈美人不及佳句法如何十古風〉）

「活法」之極，乃臻於「無法」，亦即「悟罷」「從心」與「透脫」之境。詩能如此，方能「作家各自一風流」「陶謝行前更出頭」，〔註36〕發為詩歌之獨創。萬里〈閑居初夏午睡起〉云：

> 梅子留酸軟齒牙，芭蕉分綠與窗紗。日長睡起無情思，閑看兒童捉柳花。（本集三）

此詩作於乾道二年，正值萬里與李天麟、張栻、甘彥和等人討論詩之「透脫」「胸中別」之時。羅大經《鶴林玉露》一四載張浚（疑為張栻，其時張浚已歿二年，未見萬里此詩。）見此詩曰：「廷秀胸襟透脫矣。」〔註37〕或可視作萬里「透脫說」之實踐證據。

第四節　詩不可廣和說

本集六四「見蘇仁仲提舉書」云：

〔註36〕本集三六〈跋徐恭仲省幹近詩〉。
〔註37〕《鶴林玉露》一四。

> 韋蘇州之詩，天下之所同美也。客有效韋公之體以見公者，
> 而公不悅；既而以己平生之詩見公而公悅之。當其效人之
> 詩體以求合於人，自以爲巧矣，而其巧適所以爲拙。

在「信己俟人」之基礎上，萬里反對「舍己循人」，故在〈詩話〉中
雖屢言〈詩法〉，其目的在學古而能變新，所謂「沈酣其意味，則落
筆自絕」、「始而摘用，久而自出肺腑縱橫出沒」（〈詩話〉），即由摹仿
之途徑，以達創新之目的。故萬里〈跋徐恭仲省幹近詩〉云：

> 傳派傳宗我替羞，作家各自一風流。黃陳籬下休安腳，陶
> 謝行前更出頭。（本集二六）

申言擺脫「傳派傳宗」之衣缽，以「信己俟人」「自出肺腑」，創造「作
家各自一風流」，發揮詩人獨創之格調。基於此一理論原則，萬里輕
視詩之賡和，而予以猛烈之指斥。本集六七〈答建康府大軍庫監門徐
達書〉云：

> 大抵詩之作也，興，上也，賦，次也，賡和，不得已也。
> 我初無意於作是詩，而是物是事，適然觸乎我，我之意亦
> 適然感乎是物是事。觸先焉，感隨焉，而是詩出焉，我何
> 與哉？天也，斯之謂興。或屬意一花，或分題一草，指某
> 物，課一詠；立某題，徵一篇，是已非天矣。然猶專乎我
> 也。斯之謂賦。至於賡和，則孰觸之，孰感之，孰題之哉？
> 人而已矣。出乎天，猶懼牋乎天，專乎我，猶懼弦乎我。
> 今牽乎人而已矣。尚冀其有一銖之天，一黍之我乎？蓋我
> 未嘗覯是物，而逆追彼之覯；我不欲用是韻，而抑從彼之
> 用，雖李杜能之乎？而李杜不爲也。是故李杜之集，無牽
> 率之句，而元白有和韻之作。詩至和韻而詩始大壞矣。故
> 韓子蒼以和韻爲詩之大戒也。

按萬里所云興與賦之意義與古人意義不盡相同，可視爲新說。萬里以
爲興出乎天，係「觸先焉，感隨焉，而是詩出焉，我何與哉？」頗近
於陸游所謂「文章本天然，妙手偶得之」，天然自來，不以力構，屬
諸天籟，詩以此爲上。至於賦，萬里以爲賦專乎我，屬諸人巧，頗近
於杜甫所謂「語不驚人死不休」，乃爲次選。至於賡和，萬里以爲賡

和牽乎人，既失諸天，又喪諸己，所謂喪失「一鉢之天，一黍之我」，於「不得已」情況下而爲，詩乃大壞。故萬里承韓駒之說，以和韻爲詩之大戒。萬里嘗爲友人陳晞顏《和簡齋詩集》作序，雖訝於晞顏「舉前人數百篇之詩而盡焉」，然論及詩之賡和則深以爲病：

> 古之詩倡必有賡，意焉而已矣，韻焉而已矣，非古也。自唐人元、白始也，然猶加少也；至吾宋蘇、黃倡一而十賡焉，然猶加少也，至於舉古人之全書而盡賡焉，如東坡之和陶是也；然猶加少也。蓋淵明之詩總百餘篇爾。至有舉前人數百篇之詩而盡賡焉，如吾友敦復先生陳晞顏之於簡齋者，不旣富矣乎！昔韓子蒼答士友書謂：「詩不可賡也，作詩則可矣。故蘇、黃賡韻之體，不可學也。」豈不以作焉者安，賡焉者勉故歟！不惟勉也，而又困焉。意流而韻止，韻所有，意所無也，夫焉得而不困？今晞顏是詩，賡乎人者也，而非賡乎人者也：寬乎其不逼也，暢乎其不塞也，然則子蒼久所艱，晞顏之所易，豈惟易子蒼之所艱，又特增和陶之所少也。大抵夷則遜，險則競，此文人之奇也，亦文人之病也。而詩人此病爲尤焉。惟其病之尤，故其奇之尤。蓋疾行於大逵，窮高於千仞之山、九綮之蹊，二者孰奇孰不奇也？然奇則奇矣，而詩人至於犯風雪、忘饑餓，竭一生之心思，以與古人爭險以出奇，則亦可憐矣。然則險愈甚，詩愈奇，詩愈奇，病愈痼矣！（本集七九〈陳晞顏和簡齋《詩集》序〉）

此段文文字申言賡和詩之弊，可歸納爲點：

（一）詩之賡和，旣勉且困。

（二）詩之賡和，意流韻止，韻有意無。

（三）與古人爭險出奇爲可憐。

（四）詩愈險奇愈病痼。

　　四弊之產生，在於失一鉢之天，一黍之我，不得已而牽乎人，雖險奇亦不過步古人腳根而已！故萬里痛斥爲「詩人此病之尤」！蓋萬里於詩主性靈，本眞若失，勉困則不免，故頗認同韓駒之說。按〈陵

陽室中語〉謂：「公（韓駒）平日雖有次韻詩，然性不喜為，嘗云：
古人不和，況次韻乎？」〔註38〕即萬里所本，而下開嚴羽「和韻最害
人詩，古人酬唱不次韻，此風始盛於元、白、皮、陸，本朝諸賢，乃
以此而鬥工，遂至往復有八九和者」譏評之先聲。〔註39〕

第五節　詩如荼說

　　宋人以味覺論詩，自陳與義「詩中有味甜如蜜，佳作一哦三鼓腹」
〔註40〕之後，當推楊萬里之「詩如荼」說。本集八三〈頤菴詩稿序〉
云：

> 夫詩何為者也？尚其詞而已矣！曰：善詩者去詞。然則尚
> 其意而已矣！曰：善詩者去意。然則去詞去意，則詩安在
> 乎？曰：去詞去意，則詩有在矣。然則詩果焉在？曰：嘗
> 食夫飴與荼乎？人孰不飴之嗜也？初而甘，卒而酸。至於
> 荼也，人病其苦也。然苦未既，而不勝其甘，詩亦如是而
> 已矣。

以為飴初甘卒酸，乏無餘味，淺而欠深。至於荼則不然，係「苦未既
而不勝其甘」，以其真味非在表面，須品而後味其甘。詩猶如荼，非
以詞以意逕直淺露浮之於表，而係蘊含深味於內，令人涵泳，感受其
「去詞去意而詩有在」之味外之味。本集七七〈習齋《論語》講義序〉
云：

> 讀書必知味外之味，不知味外之味而曰我能讀書者，否也。
> 國風之詩曰：「誰謂荼苦，其甘如薺。」吾取以為讀書之法
> 焉。夫含天下之至苦，而得天下之至甘，其食者同乎人，
> 其得者不同乎人矣。同乎人者味也，不同乎人者非味也。

論學如此，論詩亦當作如是觀。此「味外之味」，可謂繼唐司空圖、
北宋蘇軾之後，而特闡味外之旨者。按司空圖論詩重辨味，《司空表

〔註38〕　《詩人玉屑》五引。
〔註39〕　《滄浪詩話・詩體》。
〔註40〕　《簡齋集》八〈食薑〉。

聖文集》二〈與李生論詩書〉云：

> 文之難，而詩之難尤難。古今之喻多矣，而愚以爲辨於味，
> 而後可以言詩也。

所謂「味」，乃指「味外之味」、「韻外之致」，或「遠而不盡」之意。
又同卷〈與極浦書〉，尤加闡明：

> 戴容州云：詩家之景，如藍田日暖，良玉生煙，可望而不
> 可置於眉睫之前也。象外之象，景外之景，豈可容易談哉！

以爲詩人所造之景象，係景外之景，象外之象，可以意致，而不置諸
目前。此即所謂味外之旨。執此一準則以論詩之風格，則爲「超以象
外，得其環中」（雄渾），「遇之匪深，即之愈稀」（沖淡），「愈之愈往，
識之愈眞」（纖穠），「所思不遠，若爲平生」（沈著），「虛佇神素，脫
然畦封」（高古），「落花無言，人淡如菊」（典雅），「俯拾即是，不取
諸隣」（自然），「不著一字，盡得風流」（含蓄），「妙造自然，伊誰與
裁」（精神），「是有眞迹，如不可知」（縝密），「神出古異，澹不可收」
（清奇），「似往已迴，如幽匪藏」（委曲），「遇之自天，冷然希音」
（實境），「俱似大道，妙契同塵」（形容），「遠引若至，臨之已非」
（超詣），「超超神明，返返冥無」（流動）。執此一準則以論詩家，自
必稱許王維、韋應物（兼及格調相近之陶潛、柳宗元），反對元稹、
白居易。又同卷〈與王駕評書〉云：

> 右丞（王維）、蘇州（韋應物），趣味澄寞，若清沉之貫達……
> 元白力勍而氣粗屏，乃都市豪佶耳。

據此可發見司空圖與楊萬里所論味外之說略有歧異：（一）司空圖所
論重在神韻；萬里則傾於性靈。（二）司空圖崇尙自然一派之王韋而
貶抑社會派之元白；萬里則二者並重，所謂「晚因子厚識淵明，早學
蘇州得右丞」（本集七〈書王右丞詩後〉），「讀遍元詩與白詩」（本集
一〇〈讀元白長慶二集〉）、「每讀樂天詩，一讀一回好」（本集二九〈讀
白氏長慶集〉）、「偶來一讀香山集，不但無愁病亦無」（本集四二〈端
午病中止酒〉），是皆萬里重味外之味，亦不反對諷諭怨刺之社會詩之

證。本集八三〈頤菴詩稿序〉云：

> 昔者暴公讚蘇公而蘇公刺之，今求其詩，無刺之之詞，亦不見刺之之意也。乃曰：「二人從行，誰爲此禍？」使暴公聞之，未嘗指我也，然非我其誰哉？外不敢怒而其中媿死矣。三百篇之後，此味絕矣。

又本集一一四〈詩話〉云：

> 太史公曰：「〈國風〉好色而不淫，〈小雅〉怨誹而不亂。」《左氏傳》曰：「《春秋》之稱，微而顯，志而晦，婉而成章，盡而不污。」此《詩》與《春秋》紀事之妙也。近世詞人閒情之靡，如伯有所賦，趙武所不得聞者，有過之，無不及焉。是得爲「好色而不淫」乎？惟晏叔原云：「落花人獨立，微雨燕雙飛。」可謂「好色而不淫」矣。唐人〈長門怨〉云：「珊瑚枕上千行淚，不是思君是恨君。」是得爲「怨誹而不亂」乎？惟劉長卿云：「月來深殿早，春到後宮遲」，可謂「怨誹而不亂」矣。近世陳克詠李伯時畫〈寧王進史圖〉云：「汗簡不知天下事，至尊新納壽王妃。」是得爲微、爲晦、爲婉、爲不污穢乎？惟李義山云：「待燕歸來宮漏永，薛王沈醉壽王醒」，可謂微婉顯晦，盡而不污矣。

則萬里所謂味外之旨，又上溯至三百篇「好色而不淫」、「怨誹而不亂」，以及《春秋》「微婉顯晦，盡而不污」。至於蘇軾亦重味外之說，《東坡後集》九「書黃子思集後序」云：

> 蘇李之天成，曹劉之自得，陶謝之超然，蓋亦至矣，而李太白、杜子美以英瑋絕世之姿，凌跨百代，古今詩人盡廢。然魏晉以來，高風絕塵，亦少衰矣，李杜以後，詩人繼作，雖間有遠韻，而才不逮意，獨韋應物、柳宗元發纖穠於簡古，寄至味於澹泊，非餘子所及也。唐末司空圖崎嶇兵亂之間，而詩文高雅，猶有承平之遺風。其論詩曰：「梅止於酸，塩止於鹹，飲食不可無塩梅，而其美常在鹹酸之外。」蓋自列其詩之有得於文字之表者二十四韻，恨當時不識其妙。予三復其言而悲之。

文中特拈出司空圖「味在酸鹹之外」，推崇唐代韋、柳「發纖穠於簡古，寄至味於澹泊」；並與司空圖相同，尊崇王、韋：

> 五言今復擬蘇州（〈答王定民〉）

> 一使文章何足道，要言摩詰是文殊。（〈次韻葉致遠見贈〉）

此外又順理成章上溯淵明，大抵崇王、韋、柳者，亦必崇淵明。如：

> 如陶彭澤詩，初若散緩不收，反覆不已，乃識其奇趣。（《文集》二三〈書唐代六家書後〉）

> 陶靖節云：「平疇交遠風，良苗亦懷新。」……非余之世農，亦不能識此語之妙也。（《東坡題跋》二〈題淵明詩〉）

> 「採菊東籬下，悠然見南山。」因採菊而見山，境與意會，此句最有妙處。（同上〈題淵明飲酒詩後〉）

> 其詩質而實綺，癯而實腴，自曹、劉、鮑、謝、李、杜諸人，皆莫及也。（《續文集》三〈追和陶淵明詩引〉）

不僅推崇淵明詩，甚而渡海之後，而有和陶之作。至於對元白觀點，蘇軾以為：

> 元輕白俗。（〈祭柳子玉文〉）

對微之，蘇軾所評甚少，而於樂天則以為「世緣終淺道根深」，「樂天心相似我」，〔註41〕然所評亦甚少。周必大云：「本朝蘇文忠公不輕許可，獨敬愛樂天，屢形詩篇，其文章皆主辭達，而忠厚好施，剛直盡言，與人有情，於物無著，大畧相似。」〔註42〕可謂知言。唯就味外之旨而言，東坡詩云：「樂天長短三千首，却愛韋郎五字詩」，則其愛韋尤甚，與司空圖并無二致，特未詆元白為「都市豪估」而已。

由於論詩重味，萬里〈詩話〉中論及詩之品與詩之作，乃以「味」為重：

> 金針法云：「八句律詩，落句要如高山轉石，一去無回。」余以為不然。詩已盡而味方永，乃善之善也。

〔註41〕《蘇詩紀事》卷下。

〔註42〕《二老堂詩話》。

學詩者于李杜蘇黃詩中，求此等類，誦讀沈酣，深得其意味，則落筆自絕矣。

「明年此會知誰健，醉把茱萸仔細看」，則意味深長，悠然無窮矣。

「枯腸宋易禁三椀，臥聽山城長短更」……長短二字，有無窮之味。

五言古詩句雅淡而味深長者，陶淵明柳子厚也。

又由於論詩重味，萬里乃輕形似。本集七九〈江西宗派詩序〉云：

江西宗派詩者，詩江西也，人非皆江西也。人非皆江西而詩曰江西者何？繫之也。繫之者何？以味不以形也。東坡云：「江瑤柱似荔子。」又云：「杜詩似太史公詩。」不惟當時聞者嘸然，陽應曰諾而已，今猶嘸然也。非嘸然者之罪也，舍風味而論形似，故應嘸然也。形焉而已矣。高子勉不似二謝，二謝不似三洪，三洪不似徐師川，師川不似陳后山，而況似山谷乎？味焉而已矣。酸鹹異和，山海異珍，而調臛之妙，出乎一手也。似與不似，求之，可也；遺之，亦可也。大抵公侯之家有閽閽，豈惟公侯哉？詩家亦然。竇人子崛起於委巷，一旦紆以銀黃，纓以端委，視之言公侯也，貌公侯也，公侯則公侯乎爾。遇王謝子弟，公侯乎？江西之詩，世俗之作，知味者當能別之矣。

此一重味輕形似之論，已開嚴羽論詩之先聲。

第六節　人窮未必工說

「文窮後工」說，源委甚早。梁蕭統〈陶靖節集序〉云：

（淵明）貞志不休，安道苦節，不以躬耕為恥，不以無財為病。

已露此說之端倪。逮乎唐代，白居易又申此說。《白氏長慶集》二八〈與元九書〉云：

今之迍窮，理固然也。況詩人多寒，如陳子昂、杜甫，各

授拾遺，而迍剝至死。李白、孟浩然輩，不及一命，窮悴
終身。近日孟郊六十，終試協律，張籍五十，未離一太祝。

稍後孫樵又同其說。《孫樵集》二〈與賈希逸書〉云：

文章……所取者深，其身必窮……元結以浯溪碣窮，陳拾
遺以感遇窮，王勃以宣尼廟碑窮，玉川子以月蝕詩窮，杜
甫、李白、王江寧皆相望於窮者也。

皆肯定「詩人多蹇」，「其身必窮」，然尙未提出「文窮而後工」，直至
北宋歐陽修，修正白、孫之說，以爲「非詩能窮人，殆窮者而後工」，
其〈梅聖俞墓誌銘並序〉云：

余嘗論其（聖俞）詩曰：世謂詩人少達而多窮，蓋非詩人
能窮人，殆窮者而後工也。（《歐陽文忠公集》三三）

又〈梅聖俞《詩集》序〉云：

凡士之蘊其所有而不得施於世者，多喜自放於山嶺水涯
外，見蟲魚草木風雲鳥獸之狀類，往往探其奇怪，內有憂
思感憤之鬱積，其興於怨刺，以道羈臣寡婦之所歎，而寫
人情之難言，蓋愈窮則愈工，然則非詩之能窮人，殆窮者
而後工也。（同上卷四二）

右二條文字皆歐陽修就近取譬，借梅聖俞事以立說。

歐陽修之後，一薪之傳，其門生蘇軾承衣鉢，更作進一步之認同
與肯定，如其〈僧惠勤初罷僧職〉云：

霜髭茁病骨，饑坐聽午鐘，非詩能窮人，窮者詩乃工。此
語信不妄，吾聞諸醉翁。（《文集》六）

即明晰指出所論源委乃自永叔。其他如「詩人例窮苦，天意遣奔逸。」
〔註43〕「詩成就我覓歡處，我窮正與君髣髴。」〔註44〕「又不見雪中
騎驢孟浩然，皺眉吟詩肩聳山，饑寒富貴兩安在。」〔註45〕「信知詩
是窮人物，近覺王郎不作詩。」〔註46〕「又知詩人窮而後工，然詩語

〔註43〕 《文集》二〈次韻張安道讀杜詩〉。
〔註44〕 《文集》五〈和柳子玉喜雪次韻仍呈述古〉。
〔註45〕 《文集》六〈贈寫眞何充秀才〉。
〔註46〕 《續集》二〈呈定國〉。

朗練無衰氣。」〔註47〕皆據永叔之論爲之闡說，而以「窮」與「工」
互爲因果。

　　蘇軾之後，其門下張耒，亦承是說，其〈寄答參寥〉云：
　　得意有知賞，幽懷免窮獨。嗟乎失所投，痛學自藏覆。子
　　當慰我窮，時寄書數幅。（《張右史文集》一四）
又〈投知己書〉，所闡述尤爲明確：
　　古之能爲文章者，雖不著書，大率窮人之詞十居其九，蓋
　　其心之所激者既已沮渴壅塞而不得肆，獨發於言語文章，
　　無掩其口而窒之者，庶幾可以舒其情以自慰于寂寞之濱
　　耳。其平生之區區，既嘗自致其工於此，而又遭會窮厄，
　　投其所便，故朝夕所接事物百態，長歌痛哭，詬罵怨怒，
　　可喜可愛可駭可惡，出馳而入息，陽屬而陰肅，沛然於文
　　若有所得。未之於文，雖不可謂之工，然其用心亦已專矣。
　　　　（《張右史文集》五八）
又〈寄子由先生〉云：「強顏講學昧時宜，漫自吟詩愁肺腑。」〔註48〕
正可作前條文字之註腳，而亦爲詩人自道之語。

　　蘇軾門下陳師道，亦承是說，如〈送王元均貶衡州兼寄元龍〉云：
　　先生秀句滿天東，二子緣渠再得窮。（《后山詩注》七）
又如〈贈趙奉議〉云：
　　一窮無四壁，百代有千詩。（《后山詩注》八）
又如〈夏日有懷〉云：
　　學詩端得瘦，識字即空樽。（《后山詩注》六）
皆承歐、蘇以來之說。其〈王平甫文集後序〉所論尤爲明確：
　　王平甫……其窮甚矣，而文義蔚然，又能於詩。唯其窮愈
　　甚，故其得愈多，信所謂「人窮而後工」也。雖然天之命
　　物，用而不全，實者不華，淵者不陸，物之不全，物之理
　　心。蓋天下之美，則於富貴不得兼而有也。詩之窮人，，
　　又可信矣。（《后山集》一一）

〔註47〕《續集》七〈答錢濟明〉。
〔註48〕《張右史文集》五八。

大抵認同歐、蘇之說，唯師道同時又提出「窮達不足論」：

> 方平甫之時，其志抑不伸，其才積不發，其號位勢力不足
> 動人，而人聞其聲，家有其書，旁行於一時，而下達於千
> 家，雖其怨敵，不敢議也。則詩能達人矣，未見其窮也。
> 夫士之行世，窮達不足論，論其所傳而已。(同上)

則於舊說之基礎上，更張新論。

宋南渡之後，詩窮之說仍甚流行。周必大〈題羅煒詩稿〉云：

> 昔人謂詩能窮人，或謂：非止窮人，有時而殺人。蓋雕琢
> 肝腸，已乖衛生之術；嘲弄萬象，亦豈造物之所樂哉？唐
> 李賀、本朝邢居實之不壽，殆以此也。(《益公題跋》二)

必大此「詩能殺人」之論，古所未聞；唯詞間頗有訐激牢騷之氣，未
可據以論定。其〈跋宋景文公墨蹟〉云：

> 常山景文公出藩入從，終身榮顯，而述懷感事之作，徑逼
> 子厚……此殆未可以窮達論也。(《益公題跋》九)

此「未可以窮達論」，實源委與認同於陳師道「窮達不足論」說。

與必大同時同鄉且同為詩人而申說詩之窮達問題者，即為「性足
以取孤，學足以取窮」之楊萬里。〔註49〕萬里承白居易、歐陽修以來
「詩能窮人」、「人窮而後工」之說，加以申引，並另闢蹊徑，創立新
說。〈歐陽伯威脞辭集序〉云：

> 予既涉患難，鬚髮之白者十二，而風霜雕剝之餘，落然無復
> 故吾矣。伯威之氣凜凜焉不減於昔，獨其貧增焉耳，不以增
> 於貧而減於氣，如伯威者鮮乎哉？予因索其詩文，伯威嚘且
> 太息曰：子猶問此耶！是物也，昔人以窮而吾不信，吾既信
> 而窮已不去矣！子猶問此耶！已而出《脞辭》一編曰：子不
> 憐其窮而索其詩，子盍觀其詩而療其窮乎……吾有一說焉：
> 杜子美、李林甫、謝無逸、蔡太師四人者，子以為孰賢？伯
> 威怒曰：子則戲論也，然人物當如是論之也哉？予曰：人物
> 何不當如是論也？當李與蔡盛時，天下肯以易杜與謝哉！今

〔註49〕本集六四〈答歐陽清卿秀才書〉。

乃不然耳！然則子之窮姑勿療焉可也。雖然窮之瘝如李焉如
蔡焉，不既震曜矣哉！杜與謝之窮，至今未瘝矣，……使二
子而存，肯以此而易彼乎？子之窮勿療焉亦可也。（本集七七）

此段文字可歸納爲三點：（一）認同詩文能窮人；（二）詩文爲永恆不
朽之盛事；（三）雖窮勿療。第一點與白居易之說相同；第二點所標
舉杜子美、謝無逸文學之不朽，其論實源委於曹丕〈典論論文〉；第
三點雖係新說，然不過慰勉之辭。又〈施少才蓬戶甲稿後序〉云：

詩文云乎哉！則其窮也亦宜。吾蓋喜而悲之，施子而不窮，
施子當不喜，而窮也，吾又奚以悲，吾不以悲夫施子之窮，
而以悲夫窮施子者也！斯人也有斯文也，有斯詩也，而有
斯窮也。非夫窮施子者之爲悲而誰爲……施子之於此道也
勤矣，亦且至矣。吾猶有以爲施子贈。勤而安而後思不疲，
至而忘其至焉則詞泰矣。思逸而詞泰，則古之人其去我遠
者乎？抑近者乎？（本集七七）

此則藉施少才之際遇，申說詩文與窮之密切關係，大抵亦認同於「詩
能窮人」之說。又〈雙桂老人《詩集》後序〉云：

子長方窮而未有知之者，庸非詩爲之祟耶！是吾之所甚
愛，子長所宜怨也；而子長方且爲之未已，不惟不怨，而
又樂之曰：速營詩壇吾將老焉。（本集七八）

此段文字亦認同於「詩能窮人」。云「詩爲之祟」，即此之謂。此外萬
里又在〈約齋南湖集序〉中，直接申說：

若夫面有推敲之容而吻作秋蟲之聲，與陰何郊島先登，優
入於飢凍窮愁之城，此我輩寒士事也。（本集八〇）

又在〈雪巢小集後序〉中，藉林景思之際遇而申說：

延之深愛景思之才而深惜其窮，至謂「豈發造化之秘而天
惡此耶？」又謂「富貴者人之所可得，而才者天之所甚靳。
既取所甚靳，則不兼其所可得。」又謂「才者致窮之具，
人何用得此，而天又何用靳此！有未易以理曉者。」余嘗
摘此語以唁景思，曰：「子何必以才而致窮耶？子何必發天
之所秘而逢天之所怒耶？子何必爭天之所靳，而不取人之

　　所可得者耶！」(本集八一)

此所論「以才致窮」，實即指以文才詩才致窮。萬里序中並兼引景思論才與窮之見解，表示認同文學之不朽，云：「欲專享詩人所謂才之所致者而不顧不悔，以不辭造物之橫政」者，即係不爭一時之富達，而爭千秋不朽之文名。本集一八〈思無邪齋眞跡猶存〉一詩中，亦有相類之抒發：

> 詩人自古例遷謫，蘇李夜郎並惠州。人言造物困嘲弄，故遣各捉一處囚。不知天公愛佳句，曲與詩人爲地頭。詩人眼底高四海，萬象不足供詩愁。帝將湖海賜湯沐，董董可以當冥搜……東坡日與群仙游，朝發昆閬夕不周。雲冠霞佩照宇宙，金章玉句鳴天球。但登詩嬋將騷雅，底用蟻穴封王侯……

「封王侯」，事屬短暫；「將騷雅」，則千載留名，本集一○〈醉吟〉云：「不留三句五句詩，安得千人萬人愛。」更可作萬里注重身後之不朽。〔註50〕

　　綜觀上述，萬里認同「詩能窮人」之說，甚而以此說爲基礎，以爲著述亦能窮人，如「今日覃思雕肺肝，華居將身博涷餒。」〔註51〕大抵言之，萬里之說與白居易相近。

　　其次，在歐陽修倡行於前，梅堯臣、張耒、曾鞏、王安石、蘇舜欽乃至呂本中等相繼呼應於後之「文窮而後工」說，楊萬里卻對之提出異議：

> 句妙元非作，人窮未必工。(本集四〈明發弋陽縣〉)

萬里論詩講求自然自得自在，友人朱熹最能深解，其〈答楊廷秀萬里〉云：「仰見放懷事外，不以塵垢粃糠累其胸次之超然。」〔註52〕故萬

〔註50〕按本集一一〈晚興〉「只教詩句清如雪，看得榮名細似埃。」本集一四〈詩情〉「只要珦詩不要名，老來也復減詩情：虛名滿世眞何用？更把虛名賺後生。」所指之「名」，乃當前暫短之名，與後世不朽之名有異。萬里重視文學之不朽，其〈歐陽伯威脞辭序〉中嘗申述之。

〔註51〕本集一二〈華鏜秀才著六經解以長句書後〉。

〔註52〕《朱文公文集》三八。

里並不以歐陽修之「人窮而後工」說爲必然，頗有「翻案」之意。本
集七八〈陳晞顏《詩集》序〉云：

> 詩家者流嘗曰：「詩能窮人」，或曰：「詩亦能達人」；或曰：
> 「窮達未足計，顧吾樂於此則爲之爾。」且夫疚於窮者其
> 詩折，惕於達者其詩衒。折則不充，衒則不幽，是固非詩
> 矣。至俟夫樂而後有詩，則不樂之後，未樂之初，遂無詩
> 耶？

此段文字指陳窮者達者，其詩以折以衒，皆未達妙境。至於「樂而後
有詩」，萬里尤表示懷疑。職是之故，萬里另立「人窮未必工」說，
於白居易「詩能窮人」，歐陽修「文窮而後工」之外，開闢蹊徑，而
爲第三說。

第三章　對歷代作家之論評

第一節　唐代以前四家

1. 陶　潛

晚因子厚識淵明。(本集七〈書王右丞詩後〉)

少年喜讀書，晚悔昔草草。迨今得書味，又恨身已老。淵
明非生面，穉歲識已早。極知人更賢，未契詩獨好。塵中
談久暌，暇處目偶到。故交了無改，乃似未見寶。貌同覺
神異，舊翫出新妙。珍空那有痕，滅跡不須掃。腹腴八珍
初，天巧萬象表。向來心獨苦，膚見欲幽討。寄謝潁濱翁，
何謂淡且槁。(本集二二〈讀淵明詩〉)

句雅淡而味深長者，陶淵明柳子厚也。(〈詩話〉)

按據以上三條知萬里不僅稱賞淵明人格之賢，且深愛其詩；及作〈讀
淵明詩〉時，年六十有一，尤能領悟淵明心境。「珍空那有痕，滅跡
不須掃。腹腴八珍初，天巧萬象表」及「句雅淡而味深長」，正點出
淵明之平淡與淳厚之藝術成就。

2. 陰鏗　3. 何遜　4. 庾信

陰何絕倒無人怨，卻怨渠儂祕不傳。(本集二四〈和段季承左
藏惠四絕句〉)

予嘗愛陰鏗詩云：「花舒雪尚飄，照日不俱消。」……豈畏

「疏影橫斜」之句哉。(本集七九〈洮湖和梅詩序〉)

忽夢少陵談句法，勸參庾信謁陰鏗。(本集七〈書王右丞詩後〉)

按陰鏗、何遜為沈約、謝朓之後之著名南朝詩人：陰多山水之作，何多宮體之作，二人皆能運用聲律而不為聲律所拘，運用排偶而不為排偶所累，風味已屬唐音，李白與杜甫皆嘗苦心學步。杜甫云：「頗學陰何苦用心」(〈解悶十二絕句〉)「李侯有佳句，往往似陰鏗」(〈與李十二白同尋范十隱居詩〉)。至於庾信，其入北之作品，清貞剛健。杜甫云：「庾信文章老更成，淩雲健筆意縱橫。」(〈戲為六絕句〉)「庾信生平最蕭瑟，暮年詩賦動江關」(〈詠懷古跡〉)。萬里之欣賞乃至勸參陰鏗、何遜、庾信，顯然受杜甫之影響。其〈詩話〉中「句有偶似古人者亦有述之者」一條引陰鏗、何遜詩，及「庾信月詩云：渡河光不濕。杜云：入河蟾不沒。」一條引庾信詩，即為萬里「勸參庾信謁陰鏗」之具體證據。

第二節　唐代十八家

1. 崔信明

向來「楓落吳江冷」，一句能銷萬古愁。(本集八〈題山莊小集〉)

「楓落吳江」，一句千載。(本集六八〈再答陸務觀郎中書〉)

按崔信明詩，《全唐詩》僅輯得一首〈送金竟陵入蜀〉及一句「楓落吳江冷」。《新唐書》云：「信明蹇傲自伐，嘗謂過李百藥，議者不許。鄭世翼亦傲倨，數佻輕忤物，遇信明江中，謂之曰：聞公有『楓落吳江冷』，願見其餘。信明欣然，多出眾篇。世翼覽未終，曰：『所見不逮所聞。』投諸水，引舟去。」萬里甚賞崔詩，有重質不重量之意。清宋長白《柳亭詩話》云：「詩不在多，有以一句流傳千古者，如崔信明『楓落吳江冷』是也。」正可作萬里讚崔詩之註腳。

2. 杜必簡

今觀必簡之詩，若「牽風紫蔓長」，即「水荇牽風翠帶長」

之句也；若「鶴子曳童衣」，即「儒衣山鳥怪」之句也；若
「雲陰送晚雷」，即「雷聲忽送千峯雨」之句也；若「風光
新柳報，宴賞落花催」，即「星霜玄鳥變，身世白駒催」之
句也。予不知祖孫之相似，其有意乎？抑亦偶然乎？至如
「往來花不發，新舊雪仍殘」，如「日氣抱殘紅」，如「秋
思看春不當春」，「明年春色倍還人」，如「飛花攪獨愁」，
皆佳句也。(本集八二〈杜必簡《詩集》序〉)

按杜必簡審言，乃杜甫之祖，與沈佺期、宋之問齊名，時代與風格皆
極相近，對詩史之貢獻在於助成七言律絕之體。唯萬里摘必簡詩以五
言爲主，以爲與杜甫有相似之處。此外所摘必簡佳句僅「秋思看春不
當春」「明年春色倍還人」爲七言，出自七律〈春日京中有懷〉之第
二及第八句。

3. 李　白

讁仙下筆不曾休，句似金盤柘彈流。(本集九〈和李子壽通判
曾慶祖判院投贈喜雨口號〉)

東坡太白兩詩翁，詩到盧山筆更鋒。(本集三五〈又跋東坡太
白瀑布詩示開先序禪師〉)

按萬里論評李白而與東坡合論僅見上列一條，唯不足以稱爲文學論
評。第一條以「句似金盤柘彈流」評李白則甚具體，蓋指其飄逸風格。
〈詩話〉云：

「問余何意栖碧山，笑而不答心自閒，桃花流水杳然去，
別有天地非人間。」又「相隨遙遙訪赤城，三十六曲水回
縈，一溪和入千花明，萬壑度盡松風聲」，此李太白詩體。

此亦指其雄放豪邁，清新俊逸之風格。萬里評李白甚少，但甚宗之，
晚年退休，嘗作〈重九後二日同徐克章登萬花川谷月下傳觴〉(本集
三六)，即刻意學李白氣勢而又自變其風格。羅大經《鶴林玉露》一
○云：「楊誠齋月下傳杯云：(詩從略)。余年十許歲時，侍家居竹谷
老人謁誠齋，親聞誠齋誦此詩，且曰：『老夫此作，自謂彷彿李太白。』」
羅大經景綸爲萬里同鄉晚輩，與長孺相知，所聞可采。萬里之賞愛李

白，進而效之，於此可見。

4. 杜　甫

忽夢杜陵談句法，勸參庾信謁陰鏗。（本集七〈書王右丞詩後〉）

昨日評諸家詩，偶入禪觀，如杜之〈詩法〉出審言，句法
出庾信，但過之耳。白樂天云：「笙歌歸院落，燈火下樓台。」
不如杜子美云：「落花游絲白日靜，鳴鳩乳燕青春深」也。
（本集二二〈戲用禪觀答曾無逸問山谷語〉）

一卷杜詩揉欲爛，兩人齋讀味初深。（本集四二〈與長孺共讀
杜詩〉）

必簡之師，其競已甚，又有少陵以為之孫，遂建大將鼓旗
以出，獨主百世詩人之夏盟。無是孫，有是祖，予猶畏之，
況逢是祖挾是孫乎。（本集八二〈杜必簡《詩集》序〉）

按宋人宗杜早成風氣，萬里熟讀杜詩，多有美讚。自上列四條，可歸
為（一）杜甫句法參庾信陰鏗；（二）〈詩法〉出杜審言；（三）超過
庾信、杜審言、白樂天。除此之外，萬里於〈詩話〉中引述論評杜甫
頗多，可歸為十點：

（一）句法上參陰鏗、何遜、庾信：「句有偶似古人者，亦有述
之者。杜子美《武侯廟》詩云：『映堦碧草自春色，隔葉
黃鸝空好音。』此何遜《行孫氏陵》云：「山鶯空樹響，
壠月自秋暉」也。杜云：『薄雲巖際宿，孤月浪中翻。』，
此庾信『白雲巖際出，清月波中上』也。『出』『上』二
字勝矣。陰鏗云：『鶯隨入戶樹，花遂下山風。』杜云『月
明垂葉露，雲逐渡溪風。』又云：『水流行地日，江入度
山雲。』此一聯勝。庾信云：『永韜三尺劍，長捲一戎衣。』
杜云：『風塵三尺劍，社稷一戎衣。』亦勝庾矣。」

（二）深具味外之味：「詩已盡而味方永，乃善之善也。子美〈重
陽〉詩云：『明年此會知誰健，醉把茱萸子細看。』〈夏
日李尚書期不赴〉云：『不是尚書期不顧，山陰野雪興難

乘。』」又「詩有句中無其辭，而句外有其意者……杜云：『遣人向市賒香秔，喚婦出房親自饌。』上言其力貧，故曰賒；下言其無使令，故曰親。又『東歸貧路自覺難，欲別上馬身無力。』上有相干之意而不言，下有戀別之意而不忍。又『朋酒日勸會，老夫今始知。』嘲其獨遺己而不招也。又〈夏日不赴〉而云『野雪興難乘』此不言熱而反言之也。」

(三) 褒頌功德之作典雅重大：「『褒頌功德五言長韻律詩，最要典雅重大。如杜云：『鳳歷軒轅紀，龍飛四十春。八荒開壽城，一氣轉洪鈞。』又云：『碧瓦初寒外，金莖一氣旁。山河扶繡戶，日月近雕梁。』……七言褒頌功德如少陵……乃為典雅重大。』

(四) 七古雄偉宏放：「七言長韻古詩，如杜少陵〈丹青引〉、〈曹將軍畫馬〉、〈奉先縣劉少府山水障歌〉等篇，皆雄偉宏放，不可捕捉。

(五) 七律能奇：「唐律七言八句，一篇之中，句句皆奇，一句之中，字字皆奇，古今作者皆難之……如杜〈九日〉詩云：『老去悲秋強自寬，興來今日盡君歡。』不徒入句便句句對屬，又第一句頃刻變化，纔說悲秋，忽又自寬，以自對君甚切。君者君也；自者我也。『羞將短髮還吹帽，笑倩旁人為正冠』，將一事翻騰作一聯。又孟嘉以落帽為風流，少陵以不落為風流，翻盡古人公案，最為妙法。」

(六) 善變化古人句律以故為新：「庾信〈月〉詩云：『渡河光不濕。』杜云：『入河蟾不沒。』……此皆用古人句律，而不用其句意，以故為新，奪胎換骨。」

(七) 善用字用句：「詩有實字而善用之者，以實為虛。杜云：『弟子貧原憲，諸生老伏虔。』『老』字蓋用趙充國請行，上老之。有用文語為詩句者，尤工。杜云：『侍臣

雙宋玉，戰策兩穰苴。』蓋用如六五帝、四三王。」

（八）五古雅淡味深：「五言古詩，句雅淡而味深長者……如少
陵〈羌村〉……皆有一唱三歎之聲。」

（九）層次曲折：「詩有一句七言而三意者。杜云：『對食暫餐
還不能。』」

（十）風格沈鬱：「『麒麟圖畫鴻雁行，紫極出入黃金印。』又：
『白摧朽骨龍虎死，黑入太陰雷兩垂。』：『指揮能事回
天地，訓練强兵動鬼神。』又：『路經灩澦雙蓬鬢，天入
滄浪一孤舟。』此杜子美詩體也。」

綜觀萬里論評杜甫頗多，除時代風氣使然，實亦愛之深、學之切，
讀其〈類試所戲集杜句跋杜詩呈監試謝昌國察院〉（本集一九），知其
熟讀杜詩，亦足反映其宗杜與學杜之迹。

5. 劉長卿　6. 岑參

劉長卿云：「月來深殿早，春到後宮遲。」可謂怨誹而不亂。
（〈詩話〉）

七言襄頌功德……岑參云：「花近劍佩星初落，柳拂旌旗露
未乾」最佳。（〈詩話〉）

按萬里評盛唐詩人甚少，李杜之外，唯劉岑而已。其評劉岑，摘句論
評甚簡，未及全豹。劉長卿長於山水景色之描繪，並號五言長城，研
鍊深穩，有高秀之韻；岑參長於邊塞雄偉景物之歌詠，精於七言，勁
骨奇翼，猶如霜天一鶚，惜萬里皆未論及。

7. 韓愈　8. 柳宗元

苦無韓子廟，只有越王臺。文字垂天日，興亡草上埃。（本
集一七〈謁昌黎伯廟〉）

韓退之〈答李翊書〉云：「思元賓而不見，見元賓之所與則
如元賓焉。」此用石勒語。王浚贈勒麈尾，勒懸之壁間，
每瞻仰之云：「王公不得見，見王公之玩好，如見王公焉。」
退之作〈河南少尹李素墓銘〉云：「高其上而坎其中，以為

公之宮，奈何乎公！」此用東方朔諫武帝近董偃云：「奈何乎陛下。」退之〈上宰相書〉云：「恤恤乎飢不得食，寒不得衣」，此用《左傳》語。南蒯將叛，邑人歌之曰：「恤恤乎，湫乎悠乎！」又〈杜兼墓銘〉云：「事在人子，日遠日忘」，此用《晉書》張駿語，謂「中原之於晉，日遠日忘。又〈平淮西碑〉，自黃帝曰光顏，汝爲陳許帥，曰重胤云云，曰弘云云，曰文通云云，曰道古云云，曰愬云云，曰度惟汝予同，汝遂相予。此用〈舜典〉命九官文法也。(〈詩話〉)

柳子厚〈答韋中立書〉云：「抑之欲其奧，揚之欲其明，疏之欲其通，廉之欲其節，激而發之欲其清，固而存之欲其重。」此用《周禮‧考功記》氶人句法云：眡其鑽空，欲其怨也；眡其裏，欲其易也；眡其股，欲其直也；橐之，欲其約也；舉而眡之，欲其豐也；衣之，欲其無斷也。(同上)

句雅淡而味深長者，陶淵明柳子厚也。(同上)

憑誰說與柳柳州，休道一聲山水綠。(本集二〈再〈和羅武岡欽若酴醾長句〉〉)

按萬里評韓柳文，重其辭句之來源與改創。而韓柳文對古文辭意之運用，大抵有師其意不師其辭、師其辭意、師其辭不師其意，或綜合古人文意鎔製新辭，或暗用故實等多種。萬里所論，可謂得之。至於詩，萬里稱賞柳之「欸乃一聲山水淥」，並以爲其詩與陶淵明同係「句雅淡而味深長者」，陶柳並稱，或受蘇軾之影響。至於韓詩，則未作論評，僅言「退之云：『海氣昏昏水拍天』，此以四字合三字，入口便成詩句，不至生硬。」(〈詩話〉) 以爲初學詩者之法。

9. 白居易

讀遍元詩與白詩，一生少傅重微之。再三不曉渠何意，半是交情半是私。(本集一○〈讀元白長慶二集詩〉)

每讀樂天詩，一讀一回好，少時不知愛，知愛今已老。初哦殊驪欣，熟味忽頃惱。(本集三九《讀白氏長慶集》)

偶然一讀《香山集》，不但無愁病亦無。(本集四二《端午病中

　　止酒》）

據以上所引，知萬里之賞愛白居易詩已在晚年。白詩平易近人，金王
若虛《滹南詩話》云：「樂天之詩，情致曲盡，入人肝脾。隨物賦形，
所在充滿，殆與元氣相侔。至長韻大篇，動數百千言，而順適愜當，
句句如一，無爭張牽強之態。此豈撚斷吟鬚悲鳴口吻者之所能至哉！
而世或以淺易輕之，蓋不足與言矣。」此說殆與萬里相合，萬里之愛
白詩，蓋亦在此。萬里云：

> 詩有驚人句……白樂天云：遙憐天上桂花孤，爲問姮娥更
> 寡無；月中幸有閒田地，何不中央種兩株。……五言長韻
> 古詩，如白樂天遊悟眞寺一百韻，眞絕唱也。（〈詩話〉）

> 遙憐天上桂舉孤，月中何不種兩株。唐人此句眞絕唱，後
> 來詩人半語無。（本集二〇〈題徐載叔雙桂樓〉）

或可作萬里賞愛白詩之證。此外，就景慕賞愛白詩上，萬里與同期詩
人范成大有相似之處。《石湖居士詩集》三一〈戲白傅洛中老病後詩
戲言〉云：「樂天好達道，晚境猶作惡，陶寫賴歌酒，意象頗沉著。」
成大拈出「意象沉著」以論評白詩，成正是萬里「熟味忽煩惱」之原
因。至於成大〈再題白傅詩〉（同卷）將晚年居易比作列子，萬里則
未作如斯之認定。

10. 黃　滔

> 御史公之詩，如〈聞新雁〉：「一聲初觸夢，半白已侵頭；
> 餘燈依古壁，片月下滄州。」如〈遊東林寺〉：「寺寒三伏
> 雨，松偃數朝枝。」如〈上李補闕〉：「諫草封山藥，朝衣
> 施衲增。」如〈退居〉：「青山寒帶雨，古木夜啼猿。」此
> 與韓致光、吳融韋並游，未知其何人徐行後長者也。（本集
> 七九〈黃御史集序〉）

按黃滔，字文江，莆田人。昭宗乾寧二年擢進士第。光化中，除四門
博士，尋遷監察御史，充威武軍節度推官，有《黃御史集》，舊曰《黃
滔集》。萬里序之，並摘黃詩詩句，以爲可與同期韓、吳二家詩相比
美，惜未加論評。萬里此序之旨，在於提倡宗崇晚唐之主張，所謂「詩

至唐而盛，至晚唐而工」，故晚唐詩人若黃滔者，亦加美辭。

11. 李咸用

> 如「見後却無語，別來長獨愁」，如「危城三面水，古樹一
> 邊春」，如「月明千嶠雪，灘急五更風」，如「煙殘偏有焰，
> 雪甚却無聲」；如「春雨有五色，灑來花旋成」，如「雪藏
> 山色晴還媚，風約溪聲靜又回」，如「未醉已知醒後憶，欲
> 開先爲落時愁」，蓋征人淒苦之情，孤愁窈眇之聲，騷客婉
> 約之靈，風物榮悴之英，所謂「周禮盡在魯矣。」讀之使
> 人發融冶之驩於荒寒無聊之中，動慘戚之感於笑談方懌之
> 初。〈國風〉之遺音，江左之異曲，其果弦絕而不可煎膠歟？
> 然則謂唐人自李杜之後，有不能詩之士者，是曹丕火浣之
> 論也。謂詩至晚唐有不工之作者，是桓靈寶哀黎之論也。(本
> 集八一〈唐李推官披沙集序〉)

按此萬里序唐李推官《披沙集》之部份文字。李推官指唐末李咸用，
有《披沙集》，今四部叢刊有影印南宋「臨安府棚北大街陳宅書籍鋪」
本，凡六卷，皆詩作。萬里所摘評咸用詩多爲五、七律句，旨在申論
其崇晚唐之主張，故辭多溢美。

12. 劉駕　13. 于濆

> 劉駕及于濆，死愛作愁語。未必眞許愁，說得乃爾苦。一
> 字入人目，蜇出兩睫雨。莫教兩人心，一滴一痛苦。坐令
> 無事人，吞刃割肺腑。我不識二子，偶覽二子句。兒曹勸
> 莫讀，讀著恐愁去。我云寧有是，試讀亦未遽。一篇讀未
> 竟，永慨聲已屢。忽覺二子愁，倂來遮不住。何物與解圍，
> 伯雅煩盡護。(本集三五〈讀唐人于濆劉駕詩〉)

按劉駕司南，江東人，登大中進士第，官國子博士，有詩一卷。于濆
子漪，咸通進士，終泗州判官，有詩一卷。萬里標舉晚唐，故劉、于
二家詩雖未足觀，然以爲二子詩愁苦動人，足堪稱道。唯所評「未必
眞許愁，說得乃爾苦」，則甚公允。讀劉駕〈苦寒吟〉、〈江村〉、〈秋
夕〉、〈鄴中感懷〉及于濆〈苦辛草〉、〈野蠶〉、〈寒食〉、〈隴頭水〉諸

詩，頗有與萬里同感處。

14. 杜牧　15. 李賀　16. 李商隱　17. 韓偓　18. 崔道融

　　詩有驚人句……杜牧之云：「我欲東召龍伯公，上天揭取北斗柄。蓬萊頂上幹海水，水盡見底看海空。」李賀云：「女媧鍊石補天處，石破天驚逗秋雨。」

　　襃頌功德五言長韻律詩，最要典雅重大……李義山云：「帝作黃金闕，天開白玉京，有人扶太極，是夕降玄精。」

　　李義山云：「待燕歸來宮漏永，薛王沈醉壽王醒。」可謂微婉顯晦，盡而不汙矣。

　　五七字絕句最少而最難工，雖作者亦難得四句全好者。……杜牧之云：「清江漾漾白鷗飛，綠淨春深好染衣，南去北來人自老，夕陽長送釣船歸。」……韓偓云：「昨夜三更雨，臨明一陣寒，薔薇花在否？側臥捲簾看。」……四句皆好。

　　詩已盡而味方永，乃善之善也……崔道融云：「如今却羨相如富，猶有人間四壁居。」（以上見諸〈詩話〉）

　　唐人崔道融云：「香中別有韻，清極不知寒。」……豈畏「疎影橫斜」之句哉！（本集七九〈洮湖和梅詩序〉）

　　不是樊川珠玉句，日長淡殺簡袞翁。（本集二〇〈新晴讀樊川詩〉）

　　笠澤詩名千載香，一回一讀斷人腸。晚唐異味同誰賞，近日詩人輕晚唐。（本集二七〈讀笠澤叢書〉）

按萬里論詩標舉晚唐以葯江西流弊，故對晚唐詩人多所推崇，以達其主張之目的。黃滔、李咸用、劉駕、于濆之倫，萬里推崇之；杜牧、李賀、李商隱、韓偓、崔道融等，亦於〈詩話〉或詩中，摘句稱美或歌詠頌讚，惜未就各詩人風格作整體論評。如云詩有驚人句，則舉杜牧、李賀；云襃頌功德五言長韻律詩，則舉李商隱；云五七絕句，則舉杜牧、韓偓；云詩已盡而味方永，則舉崔道融。雖所見可取，然所評層次不高。究其目的，不過提出「晚唐異味」，冀時人莫輕視之而已。

第三節　北宋七家

1. 王安石

不分唐人與半山，無端橫欲割詩壇。半山便遣能參透，猶有唐人是一關。(本集八〈讀唐人及半山詩〉)

船中活計只詩編，讀了唐詩讀半山。不是老天朝不食，半山絕句當朝餐。(本集三一〈讀詩〉)

受業初參且半山，終須投換晚唐間。(本集三五〈〈答徐子材談絕句〉〉)

三百篇之餘味……近世惟半山老人得之。(本集八三〈頤菴詩稿序〉)

予之詩始學江西諸君子，既又學後山五字律，既又學半山老人七字絕句，晚乃學絕句於唐人。(本集八〇《荊溪集》序)

五七字絕句最少而最難工，雖作者亦難得四句全好者，晚唐與介甫最工。(〈詩話〉)

按萬里所稱賞王安石詩以絕句為主，而所學王安石諸詩亦為絕句。安石晚年喜讀唐人詩，尤心儀杜甫，而深得其句法。定林後詩，精深華妙，造語用字，間不容髮。黃山谷所謂「荊公暮年小詩，雅麗精絕，脫去俗流，每諷味之，便覺沆瀣生齒頰間。」即指安石晚年絕句之富唐人風味。故萬里以為參透安石詩後，猶須上參唐人，故其論安石詩，常並及唐人。而此宗王尊唐之目的，實為藥江西流弊，以謀創作之新路。

2. 蘇　軾

故人遠送東坡集，舊書避席皆讓渠。(本集一六〈謝福建茶使吳德華送東坡新集〉)

東坡日與群仙游，朝發昆閬夕不周。雲冠霞佩照宇宙，金章玉句鳴天球。但登詩壇將騷雅，底用蟻穴封王侯。元符諸賢下石者，袛與千載掩筆羞。(本集一八〈思無邪齋真跡猶存〉)

問來卻是東坡集，久別相逢味勝初。(本集二七〈與長孺共讀

東坡詩〉）

秦七蘇二冰玉詞，絕唱寒盟幾秋草。(本集三〈次秦少游梅韻〉)

后山未覺坡先知，東坡勾引后山詩。(同上〈次東坡先生蠟梅韻〉)

東坡逸足電雹去，天馬肯放駑牛隨。(同上〈次東坡先生用六一先生雪詩律〉)

「明月易低人易散，歸來呼酒更重看。」又「當其下筆風雨快，筆所未到氣已吞。」又「醉中不覺度千山，夜聞梅香失醉眠。」又〈李白畫像〉：「西望太白橫峨岷，眼高四海空無人；大兒汾陽中令君，小兒天台坐忘身。平生不識高將軍，手涴吾足乃敢嗔。」此東坡詩體也。(〈詩話〉)

東坡〈煎茶〉詩云：「活水還將活火烹，自臨釣石汲深清。」第二句七字而具五意。水清，一也；深處清，二也；石下之水非有泥土，三也；石乃釣石，非尋常之石，四也；東坡自汲，非遣卒奴，五也。「大瓢貯月歸春甕，小杓分江入夜瓶」，其狀水之清美，極矣。分江二字，此尤難下。「雪乳已翻煎處腳，松風仍作瀉時聲」，此倒語也，尤爲詩家妙法，即少陵「紅稻啄餘鸚鵡粒，碧梧棲老鳳凰枝」也。「枯腸未易禁三椀，臥聽山城長短更」又翻卻盧仝公案，仝喫到七椀，坡不禁三椀。山城更漏無定，長短二字，有無窮之味。(同上)

杜詩云：「忽憶往時秋井塌，古人白骨生青苔，如何不飲令心哀。」東坡云：「何須更待秋井塌，見人白骨方銜盃。」此皆翻案法也。(同上)

五七字絕句最少而最難工……東坡云：「暮雲收盡溢清寒，銀漢無聲轉玉盤，此生此夜不長好，明月明年何處看。」四句皆好矣。(同上)

有用法家吏文語爲詩句者，所謂「以俗爲雅」。坡云：「避謗詩尋醫，畏病酒入務。」(同上)

唐人云：「因過竹院逢僧話，又得浮生半日閒。」坡云：「殷勤昨夜三更雨，又得浮生盡日涼。」……此皆用古人句律，

而不用其句意，以故爲新，奪胎換骨。（同上）

四六有作流麗語者，亦須典而不浮。東坡謝知杭州謝啓云：
「……（從畧）」皆典切而不浮。（同上）

按綜合上列萬里評東坡諸條，可歸納爲：（一）天馬行空之天才；（二）渾涵萬有之學力；（三）選辭不避俗，甚至以法家吏文語爲詩；（四）尙豪健邁往；（五）善翻案與倒語；（六）以故爲新奪胎換骨；（七）工五七絕句；（八）四六流麗典切不浮；（九）有無窮之味；（十）有太白風。此外本集三五〈跋東坡太白瀑布詩示開先序禪師〉：「東坡太白兩詩翁，詩到廬山筆更鋒。」似有以東坡比擬太白之意，同時亦顯示萬里仰慕李、蘇之忱。

3. 晏幾道

惟晏叔原云：「落花人獨立，微雨燕雙飛。」可謂好色而不淫矣。（〈詩話〉）

按晏幾道叔原之作，萬里唯論評此名句，以爲「好色而不淫」，有與三百篇并駕齊驅之推崇，惟未及其他作品。

4. 張 耒

晚愛肥仙詩自然，何曾繡繪更琱鐫。春花秋月冬冰雪，不聽陳言只聽天。（本集四〇〈讀張文潛詩〉）

山谷前頭敢說詩，絕稱漱井掃花詞。後來全集教渠見，別有天珍渠得知。（同上）

按張耒文潛，體胖，人稱「肥仙」，號宛丘先生，爲蘇門六君子之一，作文主張以理爲主，反對以言語句讀爲奇之修飾。作詩效法白居易，樂府學步張籍，風格平易自然。萬里晚年頗愛白居易詩，亦愛張耒詩，並論評張耒詩爲「自然」、「不聽陳言只聽天」與不作「繡繪更琱鐫」。此與北宋晁補之《雞肋集》一八〈題文潛詩冊後〉：「君詩容易不着意，忽似春風開百花。」以及南宋朱熹《語類》一四〇：「一筆寫去，重意重字皆不問。」所見雷同。又按《苕溪漁隱叢話前集》五一：「王直方《詩話》云：文先與周翰、公擇輩來飲余家，作長句。後數十日

再同東坡來，讀其詩歎息云『此不是喫煙火食人道底言語』，蓋其間有『漱井消午醉，掃花坐晚涼，眾綠結夏帷，老紅駐春粧』之句也。故山谷次韻亦云：『張侯筆端世，三秀麗齋房，掃花坐晚吹，妙語益難忘。』則萬里尤能在蘇黃所賞「漱井掃花」之外，拈出「天珍」二字以言張耒詩之清新自然不假彫琢之詩格。

5. 黃庭堅

> 天下無雙雙井黃，遺編猶作舊時香，百年人物今安在，千載功名紙半張。使我詩編如許好，關人身事亦何嘗。地爐火暖燈花喜，且只移家住醉鄉。(本集七〈燈下讀山谷詩〉)

> 快閣江鷗遠避人，西昌山月暗吹塵，百年卓茂傳詩印，印出風光色色新。

> 太史留題快閣詩，舊碑未必是真題，六丁搜出嚴家墨，白日青天橫紫蜺。(本集三九〈題太和宰卓士直寄新刻山谷快閣詩真蹟〉)

按以上二詩顯現萬里景仰山谷之情，唯未作正面論評。又本集九九〈跋韶州李倅所藏山谷書劉夢得王謝堂前燕帖〉：「此山谷反自黔南之官當塗時所作也。雖放舟大江，順流千里，而兩川雲煙，三峽怒濤，尚勃鬱洶湧於筆下。」亦未正面論及山谷詩。山谷長於奪胎換骨以為〈詩法〉，萬里〈詩話〉中，則多摘句以論：

> 山谷集中有絕句云：「草色青青柳色黃，桃花零落本花香，春風不解吹愁卻，春日偏能惹恨長。」此唐人賈至詩也，特改五字耳。(賈云：〈桃花歷亂李花香，又不吹愁惹夢長〉。)

> 初學詩者須用古人好語，或兩字，或三字。如山谷〈猩猩毛筆〉：「平生幾兩屐，身後五車書。」「平生」二字出《論語》。「身後」二字，晉張翰云：「使我有身後名。」「幾兩屐」，阮孚語；「五車書」，莊子言惠施。此兩句乃四處合來。又「春風春雨花經眼，江南江北水拍天。」「春風春雨」「江南江北」詩家常用。杜云：「且看欲盡花經眼。」退之云：「海氣昏昏水拍天。」此以四字合三字，入口便成詩句，

不至生硬。

詩家備用古人語而不用其意,最為妙法。如山谷〈猩猩毛筆〉是也。猩猩喜着履,故用阮孚事;其毛作筆,用之鈔書,故用惠施事。二事皆借人事以咏物,初非猩猩毛筆事也。《左傳》云:「深山大澤,寔生龍蛇。」而山谷〈中秋月〉詩云:「寒藤老木被光景,深山大澤皆龍蛇。」《周禮》〈考工記〉云:「車人蓋圓以象天,軫方以象地。」而山谷云:「大夫要宏毅,天地為蓋軫。」孟子云:「武成取二三策。」而山谷稱東坡云:「平生五車書,未吐二三策。」

杜〈夢李白〉云:「落月滿屋梁,猶疑照顏色。」山谷〈篁〉詩云:「落日映江波,依稀比顏色。」……用古人句律,而不用其句意,以故為新,奪胎換骨。

白樂天〈女道士〉詩云:「姑山半峰雪,瑤水一枝蓮。」此以花比美婦人也。東坡〈海棠〉云:「朱脣得酒暈生臉,翠袖卷紗紅映肉。」此以美婦人比花也。山谷〈酴醾〉云:「露濕何郎試湯餅,日烘荀令炷爐香。」此以美丈夫此花也。山谷此詩出奇,古人所未有,然亦是用荷花似六郎之意。

以上殆讚美山谷善用句法,奪胎換骨,以故為新。〈詩話〉云:「『風光錯綜天經緯,草木文章帝杼機。』又『澗松無心古鬚鬣,天球不琢中粹溫。』又『兒呼不蘇驢失腳,猶恐醒來有新作。』此山谷詩體也。」或可作山谷詩特色之註腳。

6. 陳師道

有一句五言而兩意者,陳后山云:「更病可無醉,猶寒已自知。」

后山〈送內〉,皆有一倡三歎之聲。

淵明、子美、無己三人作〈九日〉詩,大槩相似……無己云:「人事自生今日意,寒花祗作去年香。」此淵明所謂「日月依辰至,舉俗愛其名」也。(以上見諸〈詩話〉)

按萬里早期嘗學陳師道五字律,上三條皆見其推崇處。本集一〈仲良

見和再和謝焉〉云：「誰謂陳三遠，髯張下筆親」可證。然至晚期，萬里詩觀有變，對后山詩頗不以爲然。本集一六〈送彭元忠縣丞北歸〉云：

> 學詩初學陳后山，霜皮脫盡山骨寒。近來別具一雙明，要蹈唐人最上關。

甚至逕云：「閉門覓句非〈詩法〉」（本集二六〈下棋山灘頭望金華山〉），蓋后山詩過於鍛鍊，易流於生硬槎枒，萬里察其所病，故頗有微意，而以上蹈唐人以藥之。

7. 潘大臨

> 政坐滿城風雨句，平生不喜老潘詩。（本集一四〈重九日雨仍菊花未開用轆轤體〉）

按潘大臨邠老，早負盛名，爲呂本中《江西詩社宗派圖》二十五人之一。嘗與蘇軾、黃庭堅，張耒等遊。庭堅稱其「天下奇才」，[註1] 張耒嘗序其文集。[註2] 「滿城風雨近重陽」係潘大臨名句。據惠洪《冷齋夜話》四載：「黃州潘大臨，工詩……臨川謝無逸以書問有新作否？潘答書曰：秋來景物件件是佳句，恨爲俗氛所蔽翳。昨日閑臥，聞攪林風聲，欣然起，題其壁曰：『滿城風雨近重陽』，忽催租人至，遂敗意，止此一句奉寄。」（按葛立方《韻語陽秋》二亦載之）呂本中嘗稱美潘詩之「精苦」，[註3] 其評「滿城風雨近重陽」，以爲「文章之妙，至此極矣。」[註4] 趙蕃、韓淲亦有美評。[註5] 然楊萬里卻反其調，云：「平生不喜老潘詩」，唯未說明緣由。劉克莊評潘詩云：「其詩自云

[註1] 《豫章黃先生文集》二○〈書倦殼軒詩後〉云：「潘邠老蚤得詩律於東坡，蓋天下奇才也。」
[註2] 《柯山集》四○〈潘大臨文集序〉。除與蘇、黃及張耒交游外，謝逸、謝邁亦與大臨友誼甚篤。大臨卒後，謝逸用「滿城風雨近重陽」句，廣爲三絕，見《溪堂集》五；謝邁爲作「潘邠老哀詞」，見《謝幼槃文集》一○。
[註3] 《紫微詩話》。
[註4] 《東萊詩集》四。
[註5] 《淳熙稿》一；《澗泉集》一四。

師老杜，然有空意，無實力，余舊讀之，病其深蕪，後見夏均父讀邠老詩，亦有深蕪之病評。」〔註6〕或可作爲萬里不喜潘詩之註腳。

第四節　南宋諸家

1. 呂本中

退之云：「如何連曉語，祗是說家鄉。」呂居仁云：「如何今夜雨，祗是滴芭蕉。」此皆用古人句律而不用句意，以故爲新，奪胎換骨。（〈詩話〉）

按呂本中作《江西詩社宗派圖》，嗣後嘗有悔意，以爲學詩尊杜甫、黃庭堅之外，並當師法李白、蘇軾。〔註7〕然觀其詩始終未脫山谷、后山一路。萬里所舉不過一端而已。

2. 曾紘　3. 曾思

南豐先生之族子有二詩人焉，曰臨漢居士伯容者，南豐從兄弟曰子山名阜之子也；曰懷峴居士顯道者，伯容之子也……伯容一世豪俊而能文，其詩源委山谷先生……顯道得其父之句法……蔚乎若玉井之蓮，敷月露之下也，沛乎若雪山之水，寫瀺灂而東也，琅乎若岐山之鳳，鳴梧竹之風也。望山谷之宮庭，蓋排闥而入，歷陛而升者歟……因命之曰江西續派，而書其右，以補呂居仁之遺云。（本集八三〈江西續派二曾居士《詩集》序〉）

按萬里以曾紘伯容、曾思顯道詩源委於山谷，足爲江西派之續，所評多有美辭，同時似贊同夏均父所云：「五言類玄度」、「秀句無一塵」之意。

4. 陳與義

詩宗已上少陵壇，筆法仍抽逸少關，眞蹟總歸天上去，獨

〔註6〕《後村先生大全集》九五。
〔註7〕曾季貍《艇齋詩話》記呂本中「喜令人讀東坡詩」；陳鵠《耆舊續聞》二載呂本中書；胡仔《苕溪漁隱叢話》前集四九；何谿汶《竹莊詩話》一載呂本中與曾幾書。

留奏草在人間。(本集二四〈跋陳簡齋奏章〉)

家在錢塘身在蘇，燹廖消息近來疎，極知薪水無錢買，且
遣長鬚送乘壺。(同上〈又跋簡齋與夫人帖〉)

按簡齋於詩推重蘇、黃與陳師道，且以杜甫「風雅可師」，故萬里以
「已上少陵壇」稱美之。嚴羽云其「亦江西之派而小異」，〔註8〕蓋指
其詩學杜而有雄潤慷慨之風格，有異於江西諸子。

5. 王庭珪

少嘗見曹子方，得〈詩法〉，蓋其詩自少陵出，其文自昌黎
出，大要主於雄剛渾大。(本集八〇《盧溪先生文集序》)

先生直言而詩工耳。(同上)

按萬里師事王庭珪，交誼甚密，唯論評其詩文甚少，可歸納爲四點：
(一) 詩出自杜甫；(二) 文出自韓愈；(三) 風格雄剛渾大；(四)
詩工。又按王庭堅於杜甫之外，頗尊黃庭堅，〔註9〕而不滿於江西派，
此或已開萬里之先聲。

6. 曾　幾

吉甫波瀾併取將。(本集二三〈題徐衡仲西牖詩編〉)

曾吉父云：「斷崖韋偃樹，小雨郭熙山。」此以眞爲畫也。
(〈詩話〉)

按萬里未有具體論評曾幾。〈題徐衡仲西牖詩編〉中云徐衡仲詩有取
自吉甫者，實則隱寓吉甫詩有可取之處。吉甫論詩，推重山谷，以爲
「詩鳴一代屬山谷，草根亦復吟秋蟲。」〔註10〕並自云熟讀《山谷集》，
〔註11〕此與萬里相近。又其詩輕快活潑，萬里所謂「吉甫波瀾併取將」
者殆指乎此。錢鍾書云曾幾「已經做了楊萬里的先聲」，〔註12〕吾人

〔註8〕《滄浪詩話‧詩體》。
〔註9〕《盧溪集》一〈贈別黃超然〉；一六〈跋劉伯山詩〉。
〔註10〕《茶山集》三〈肇慶守鄭子禮以李北海石室碑見寄輒次山谷老人韻
　　　爲謝〉。
〔註11〕《茶山集》五〈寓居有招客者戲成〉。
〔註12〕錢鍾書《宋詩選註》頁141。

讀吉甫〈三衢道中〉一類作品，知錢氏有所見而云然。

7. 胡　銓

先生之文肖其爲人，其議論閎以挺，其記序古以馴，其代
言典而嚴，其書事約而悉；其爲詩蓋自觝斥時宰，謫竄嶺
海，愁狄酸骨，飢蛟血牙，風呻雨喟，濤謫波詭，有非人
間世之所堪耐者，宜芥於心而反昌其詩，視李、杜夜郎夔
子之音，益加恢奇云。至於騷辭，涵茫蘄萃，銚劃刻屈，
扶天之幽，洩神之瘦，槁臞而不瘁，惆愀而不懟，自宋玉
而下不論也；靈均以來，一人而已。是數者，得其一猶足
以行於今而傳於後，而況萃其百者乎？何其盛也。（本集八
二〈澹菴先生文集序〉）

按胡銓，字邦衡，號澹菴，係萬里畢生服膺恩師之一，故論評其作，
語多褒揚，然尚稱公允。至於論評騷辭一節，以爲「靈均以來，一人
而已」，雖有過譽，然胡銓確對〈離騷〉等作品重視無比，嘗多次爲
文論評屈原作品，并云韓柳有得於騷，其〈葛聖功文集序〉〔註13〕即
可爲代表。除〈澹菴先生文集序〉外，本集一一八〈胡公行狀〉中，
亦論評胡文云：

其爲文章，駿奔軋忽，幽紛膠轕，隱帙奇字，旁摭遠擷，
初佔之者口呿語難，徐綜其緯，理順脈屬，似肆而莊，若
險實夷，韓碑柳騷，媲高儷沈，中興以來，作者寡二。

皆可見萬里評胡文之大端：（一）議論閎挺；（二）記序古馴；（三）
代言典嚴；（四）書事約悉；（五）詩恢奇；（六）騷比屈宋；（七）文
似肆而莊，若險實夷。又按胡銓論文主「文非生於有心，而生於不得
已」，〔註14〕詩文宗《離騷》與杜甫，〔註15〕惜萬里未予詳論。

8. 尤　袤

先生誦詩舌起雷，一字不似人間來；刹藤染出〈梅花賦〉，

〔註13〕《澹菴先生文集》一五。
〔註14〕同上卷五〈答譚思順〉；一五〈灞陵文集序〉。
〔註15〕同上卷一五〈僧祖信詩序〉、〈葛聖功文集序〉。

－467－

句似梅花花似句。(本集一〇〈謝尤延之提舉郎中山間惠訪長句〉)

從君澹何奇,與我凜獨至。相逢情若忘,每別懷不已。偶因新涼篇,令予懦全起。(本集一九〈尤延之和予新涼五言,末章有早歸山林之句,復和謝焉。〉)

詩瘦山如瘦,人遐室更遐。(本集二〇〈題尤延之右司遂初堂〉)

傾出錦囊和雨濕,炯如柘彈走盤圓。(本集二四〈偶送《西歸》《朝天》二集與尤延之,蒙惠七言,和韻以謝之。〉)

與君鬢鬚總星星,詩句輸君老更成⋯⋯誰把尤楊語同日,不教李杜獨齊名。(本集二五〈延之寄詩覓道院集遣騎送呈和韻謝之〉)

尤梁溪之平淡。(本集八一〈千巖摘稿序〉)

尤蕭范陸四詩翁,此後誰當第一功。(本集四一〈進退格寄張功父姜堯章〉)

楊萬里與尤袤之友誼深摯,譽其詩與蕭、范、陸齊名而為南宋中興四大家。評其詩多頌美之辭,略可歸納為五點:(一)句似梅花;(二)詩瘦;(三)炯如柘彈走盤圓;(四)老更成;(五)平淡。按尤詩今多亡佚,《梁谿遺稿》一卷所存甚少,難窺其詩全豹。方回評尤詩「端莊婉雅」(〈跋袞詩〉)「嬌淡細潤」(〈序《南湖集》〉)並云:「初看似弱,久看卻自圓熟,無一斧一斤痕跡」(《瀛奎律髓》),或可作萬里論評尤詩之註腳。

9. 范成大

公訓詁具西漢之爾雅,賦篇有杜牧之刻深,騷詞得楚人之幽婉,序山水則柳子厚,傳任俠則太史遷。至於大篇決流,短章斂芒,縛而不釀,縮而不管,清新嫵麗,奄有鮑、謝,奔逸雋偉,窮追太白,求其隻字之陳陳,一倡之鳴鳴而不可得也。今四海之內,詩人不過三四,而公皆過之無不及者。予於詩,豈敢以千里畏人者,而於公獨斂衽焉。(本集八二〈石湖先生大資參政范公文集序〉)

楊萬里與范成大友誼深篤,知之最詳。其論成大,兼及各體,稱美有

加。就詩而言，可歸納爲：（一）清新嫵麗，奄有鮑謝；（二）奔逸雋偉，窮追太白。與「范石湖之清新」（本集八一〈千巖摘稿序〉）、「忽覽新詩意豁然」（本集一一〈和范致能參政寄二絕句〉）、「東坡太白即前身」（本集一一〈寄題石湖先生范致能參政石湖精舍〉）所論並無二致，皆能點出范詩之特色。四庫提要論評范詩，以爲「追溯蘇黃遺法，而約以婉清。」其見與萬里相契合；至於李慈銘《越縵堂日記》以爲范詩「槎枒拗澀」、「五七言亦多率爾」；李重華《貞一齋詩說》以爲范詩「滑薄少味」，則所見殊異。

10. 陸　游

我老詩全退，君才句總宜。（本集一九〈和陸務觀惠五言〉）

乃是故人陸浚儀，詩骨點化黃金丹。（同上〈再和雲龍歌留陸務觀西湖小集且督戰云〉）

今代詩人後陸雲，天將詩本借詩人。重尋子美行程舊，盡拾靈均怨句新。鬼嘯狖啼巴峽雨，花紅玉白劍南春。錦囊繙罷清風起，吹反西窗月半輪。（本集二〇〈跋陸務觀劍南詩稿〉）

彫得心肝百雜碎，依前塗轍九盤紆。少陵生在窮如蝨，千載詩人拜寒驢。（同上）

君詩如精金，入手知價重；鑄作鼎及鬲，所向一一中。（本集二七〈和陸務觀見賀歸館之韻〉）

陸放翁之敷腴。（本集八一〈千巖摘稿序〉）

楊萬里之於陸游既相知又相敬，所評陸詩，可歸納爲（一）敷腴；（二）如精金；（三）似杜甫。劉克莊《後村《詩話》前集》二云：「放翁學力也似杜甫。」或受楊萬里之影響。趙《甌北詩話》云陸游「使事必切，屬對必工，無意不搜而不落纖巧，無語不新而不事塗澤。」《四庫提要》云陸游「清新刻露而出以圓潤。」皆與萬里所云：「敷腴」「如精金」相契合。陸游〈夜吟詩〉云：「六十餘年妄學詩，功夫深處獨心知，夜來一笑寒燈下，始是金丹換骨時。」

〔註16〕其自得之論，正是萬里所評「詩骨點化黃金丹。」而就遊踪與閱歷，陸游近似靈均子美，其居蜀甚久以及遭遇時艱所吐之忠君愛國心聲，尤似杜甫。陸游云：「大抵此業在道途愈工……願舟楫鞍馬間加意勿輟，他日絕塵邁往之作必得之此時爲多。」〔註17〕其豐富之生活現實體驗，與經由體驗而訴諸詩篇，亦正同於老杜，故其詩有感激豪宕、沈鬱深婉、遣詞雅雋、託興遙深之一面。楊萬里、劉克莊皆有見於此。後人或摘其對仗工整及流連光景者以論評陸詩，則屬淺人皮相之見。

11. 蕭德藻

> 蕭千巖之工致。（本集八一〈千巖摘稿序〉）

按蕭德藻詩早爲萬里所賞，萬里以「工致」論評其詩，可謂一語中的。蕭云：「不讀書不可爲，然以書爲詩不可也。」〔註18〕其詩修飾新奇，即萬里所謂「工致」。《瀛奎律髓》評蕭詩云：「東夫詩苦硬頓挫而極工。」《說詩晬語》評蕭詩云：「東夫意子求新，而入於澀體。」指出其工致處，亦指出其短處。萬里云：

> 吾友蕭東夫，今日陳后山，道肥詩彌瘦，世忙渠自閑。（本集三六〈答賦永豐宰黃巖老投贈五言古句〉）

以蕭比后山，并言其詩瘦，正暗示蕭詩之短。

12. 楊 杞

> 先生之文俊於氣，強於力，以詣於古；其歌詩沛然有李太白之風。（本集七八〈鱣堂先生楊公文集序〉）

按楊杞元卿，係萬里叔祖。萬里評其詩文僅此一條，以爲（一）其文氣俊力強詣於古；（二）其詩有太白風格。《誠齋詩話》中萬里云其族前輩能詩者三，即楊存正叟、楊輔世昌英與楊杞。

〔註16〕《劍南詩稿》五一。
〔註17〕《廣西通志》二二四載桂林石刻陸游與杜思恭手札。《渭南文集》未收。
〔註18〕范晞文《對牀夜話》二引。

13. 楊輔世

蓋賦似謝莊，詩似高適，文似列禦寇。（本集七九〈達齋先生
文集序〉）

楊輔世昌英係與萬里同年及第之叔父，二人唱和頗多，唯萬里論評其
作品僅此一條，著墨不多，而意賅辭簡。

14. 張鎡　15. 姜夔

蓋詩之臞又甚於其貌之臞也，大抵祖黃陳，自徐蘇而下不
論也。（本集八〇《南湖集》序）

南湖第三集，詩老而逸，夷而工。（本集六八〈答張功父寺丞書〉）

張鎡與萬里係忘年之交，唱和繁多。萬里論評南湖詩，以爲（一）祖
黃陳，蓋屬江西一派；（二）老逸夷工。又萬里〈詩話〉云：「功父云：
「斷橋斜取路，古寺未關門。」絕似晚唐人。〈咏金林禽花〉云：『黎
花風骨杏花妝』，詠〈黃薔薇〉云：『已從槐借葉，更染菊爲裳』，寫
物之工如此。予歸自金陵，功父送之，末章云：『何時重來桂隱軒，
爲我醉倒春風前，看人喚作詩中仙，看人喚作飲中仙。』此詩超然矣。」
張鎡或深受萬里之影響，亦洞悉江西之病，而欲以晚唐風味以修正
之。考南湖詩，清新獨造，時見雋永之趣，翛然自遠，非嘈雜者流可
比。萬里所論，洵非溢美。

至於姜夔，本集二二〈送姜夔堯章謁石湖先生〉云：

釣璜英氣橫白蜺，欬唾珠玉皆新詩。江山愁訴鶯爲泣，鬼
神露索天洩機，彭蠡波心弄明月，詩星入腸肺肝裂。吐作
春風百種花，吹散瀬湖數峯雪。青鞋布襪軟紅塵，千詩只
博一字貧。

此詩作於淳熙十四年二人初識之時，並未對姜夔作品作明確之論評。
紹熙二年，姜作〈除夜自石湖歸苕溪〉，錄寄萬里，萬里回報云：

所寄十詩，有裁雲縫霧之妙思，敲金憂玉之奇聲。（見諸《白
石詩集》：〈除夜自石湖歸苕溪序〉。《誠齋集》未收）

按〈除夜自石湖歸苕溪〉十首，有「三生定是陸天隨」、「笠澤茫茫雁

影微」之句，﹝註 19﹞而萬里回報所評，蓋稱美詩有陸龜蒙風味。《齊東野語》一二載白石自敍：

> 待制楊公（萬里）以爲予文無所不工，甚似陸天隨。

姜詩初學江西派，後受晚唐詩影響。萬里詩論標舉晚唐，姜夔或受其影響。項安世《平菴悔稿》七〈謝姜夔秀才示詩卷，從千巖蕭東夫學詩〉云姜詩「古體黃陳家格律，短章溫李氏才情。」即指出姜詩之特色。

張鎡、姜夔皆萬里後輩，並爲萬里所讚譽：

> 尤蕭范陸四家翁，此後誰當第一功？新拜南湖爲上將，更差白石作先鋒。(本集四一〈進退格寄張功公姜堯章〉)

詩作於萬里七十七歲之晚年，稱美張、姜爲尤、蕭、范、陸之後繼，領袖南宋詩壇。

16. 歐陽鈇

> 其得句往往出象外，而其力不遺餘者也。高者清厲秀邃，其下者猶足以供耳目之笙磬卉木也。蓋自杜少陵至江西諸老之門戶，窺闖殆遍矣。(本集七七〈脞辭集序〉)

按歐陽鈇伯威，吉州永和人，萬里以爲其詩屬江西一派，有「清厲秀邃」之風格。據本集九八〈跋歐陽伯威句選〉，萬里自云手抄其詩，蓋有特賞之者。《詩人玉屑》六九載有萬里所鈔伯威警句，或即所謂「高者清厲秀邃」者歟！

17. 馮 顗

> 讀雙桂老人馮子長詩，其清麗奔絕處，已優入江西宗派；至於慘澹深長，則浸淫乎唐人矣。(本集七八〈雙桂老人詩集後序〉)

按馮顗子長，洛人，居嚴陵之雙桂，嘗爲江州通判。萬里論評其詩歸

﹝註 19﹞姜白石受陸龜蒙影響，如其〈三高祠〉：「沉思只羨天隨子，蓑笠寒江過一生。」《詞集》二〈點絳脣丁未過吳松作〉：「第四橋邊，擬共天隨住。」皆白石自道。

於江西一派，以爲「清麗奔絕」，此外亦兼具晚唐風格，以爲「慘澹深長」。萬里論詩標舉晚唐以藥江西之病，故具唐風之馮詩，乃溢美之。

18. 徐安國

江東詩老有徐郎，語帶江西句子香。秋月春花入牙頰，松風澗水出肝腸。居仁衣鉢新分似，吉甫波瀾併取將……（本集二三〈題徐衡仲西牕詩編〉）

風騷壇上徑雄趨，不作俳辭笑矣乎！紙落雲烟省醉旭，氣含蔬笋薄僧殊……（同上〈和徐衡仲惠詩〉）

按萬里言及徐安國衡仲詩僅此，大抵以其詩能繼呂本中、曾幾之後，而深具江西詩味。

19. 袁說友

胸次五三眞事業，筆端四六更歌詩。閉門覓句今無已，刻意傷春古牧之。（本集二四〈和袁起巖郎中投贈七字〉）

按萬里與袁說友起巖唱和頗多，唯言其作品僅上列一條，似有以陳師道、杜牧相喻之意，前者江西，後者晚唐。《四庫提要》云：「（說友《東塘集》）五言近體，謹嚴而微傷局促，七言近體，警快而稍嫌率易，至於五七言古體，則格調清新，意境開拓，置之石湖劍南集中，淄澠未易辨別矣。」或可作萬里論評之註腳。

20. 京　鏜

其爲詩源委山谷而骨氣卓偉無寒瘦態。（本集一二三〈宋故太保大觀文左丞相魏國公贈太師諡文忠京公墓誌銘〉）

按京鏜與萬里過從甚密。然萬里論評京鏜詩僅此，大抵稱美其善學山谷而得其長，蓋屬江西一派。

21. 章　爇

公於文皆工，而尤工於詩，與里中詩人周紫芝賡酬還往，詩筒牛腰，斧藻江山，追琢風月，佳句絕唱，雅麗奇崛，舃纍眾口，簫勺群聽，至今言宣城詩人者，前有梅謝，後有周章云。（本集一二五〈刑部侍郎章公墓銘〉）

按萬里評章燾彥博詩，可歸納二點：（一）風格雅麗奇崛；（二）與宣城周紫芝少隱並稱。又按周紫芝宗黃庭堅、陳師道、陳與義，又推崇張耒，為染江西習氣而不深者，章燾或與之相近。

22. 鄒　定

其詩特奇，其句法自徐師川上泝魯直，以趨少陵戶牖，餘不數也。清以立之，平以出之，險不幽，若故而新，有《詩集》若干卷。（本集一二六〈鄒應可墓誌銘〉）

按鄒定應可，江西人，嘗與萬里同僚於永州。萬里論評其詩歸諸江西一派，而宗徐俯、黃庭堅與杜甫。

23. 陳　琦

為文覃思深湛，詞乃夷易，尤工於詩，得江西體。（本集一二九〈陳擇之墓誌銘〉）

按陳琦擇之，清江人，乾道丙戌中進士第，受知於張孝祥。萬里論評其詩文，頗加稱美，並歸其詩於江西一派。

24. 曾　括

言語文章自出機軸，無一語襲前作，尤喜為詩，平淡簡古，深得陳黃句法，凡悲歡憂樂，登高懷遠，覽古行役，一切寓之於詩。（本集一三○〈端溪主簿曾東老墓誌銘〉）

按曾括，字禹任，一字伯貢，後更名震，字東老，與萬里少時定交，有《群玉集》。萬里論評其詩，歸為二點：（一）風格平淡簡古；（二）句法深得陳黃，大抵以江西一派視之。

25. 曾　機

是何黯然，有后山之味。（本集一三一〈靜菴居士曾君墓銘〉）

按曾機伯虞，謝艮齋高弟，有《靜菴猥藁》，萬里論評其詩，歸入江西一派，以為有「后山」之味。

26. 李　燧

此文決讞經史之疑獄者歟！平反古今之罪功者歟！世無此

作久矣，惟晚唐劉蛻、沈顏、皮日休、羅江東，本朝李泰
伯諸賢尤工於斯，喜於斯亦窮於斯者也。具此味、續此風、
得此體者不在吾與賢乎！（本集七九〈似剡老人正論序〉）

按李燧與賢，紹興丁卯與萬里同學於劉安世之門，萬里評其作品，以
爲深具晚唐風味。溢美如此，蓋與萬里標舉晚唐有直接關係。

27. 林　憲

景思之詩似唐人，信矣延之之論也；然至如「桃花飛後楊
花飛，楊花飛後無可飛」、「天空霜無影」等句，超出詩人
準繩之外，其遐不可追，其卓不可跂矣。使李太白在，必
一笑領此句也。似唐人而已乎。（本集八一〈《雪巢小集》後序〉）

按林憲景思，有《雪巢小集》，尤袤爲之序，萬里爲後序。萬里後序
中摘句論評林詩，以爲有唐風，上追太白，推崇備至。又本集二二〈林
景思寄贈五言以長句謝之〉云：

華亭沈虞卿，惠山尤延之，每見無雜語，只說林思景。試
問景思有何好，佳句驚人人絕倒。句句飛從月外來，可羞
王公荐穹昊。若人乘雲駕天風，〈秋衣〉剪菊裁芙蓉，暮宿
銀漢朝蓬宮，我欲從之東海東……君詩清涼過於水，定知
來自雪巢底，恍然坐我天台寺。

大抵與萬里序中論評，並無二致。

28. 周子益

吾倩陳履常示予以其友周子益訓蒙之編，屬聯切而不束，
詞氣肆而不蕩，婉而莊，麗而不浮，駁駁乎晚唐之味矣。
蓋以詩人之情性而寓之舉子之刀尺者歟？（本集八三〈周子益
訓蒙省題詩序〉）

按萬里以「肆而不蕩，婉而莊，麗而不浮」以美周子益，以爲「駁駁
乎晚唐之味」，並藉序言以申其標舉晚唐，上參國風之論，以爲「晚
唐諸子……好色而不淫，怨誹而不亂，猶有〈國風〉〈小雅〉之遺音。」

29. 劉應時

「寂寞黃昏愁弔影，雪窗怕上短檠燈」，又「燭與梅花共

過冬，淡月故移疏影去」，又「睡魔正與詩魔戰，窗外一
聲婆餅焦」；又〈早行〉云：「雞犬未鳴潮半落，草蟲聲在
豆花村」，使晚唐諸子與半山老人見之，當一笑曰「君處
北海，吾處《南海》，不虞君之涉吾地也。」（本集八三〈頤
菴詩稿序〉）

按劉應時，字良左，陸游嘗序其集，稱劉詩爲范成大所賞，并摘其句
如「頗識造物意，長容吾輩間。」「日晏猶便睡，犬鳴知有人。」「世
事不復問，舊書時一看。」「一夜催花雨，數家臨水村。」……以爲
卓然自得，雖前輩以詩得名者，亦無以加。而萬里序更以王安石擬之。
安石詩雖鎔鍊有痕，然根柢深厚，氣象自殊，究非應時所及。萬里所
摘應時詩句如「睡魔正與詩魔戰，窗外一聲婆餅焦」之類，近於粗獷；
「燭與梅花共過多，清月又移疏影去」之類，近於詩餘，不若陸游所
舉之恰切。應時詩格雖稍弱，不足與楊、陸諸人並駕齊驅，然往來於
諸人間，耳濡目染，終有典型。

30. 王　從

如「落木森猶力，寒山淡欲無」；如「地迥高樓目，天寒故
國心」；如「涼風回遠笛，暝色帶歸舟」；如「塵心依水淨，
歸鬢與山青」，不減晚唐諸子矣。如「墮蘂盡應輸燕子，嬾
寒猶及占棃花」；如「一番風雨催寒食，千里鶯花想故國」；
如「身閑更得憑陵酒，花早殊非愛惜春」；如「秋生列岫雲
尤薄，泉漱懸崖路更慳」，置之江西社中何辨焉。〈幽蘭〉
云：「臨春慘不舒，蓋國空自香」，意不在蘭也。至於騷辭
如〈釣台〉〈沐髮〉〈乞巧〉〈悼亡〉等篇，出入〈遠遊〉〈天
問〉之海，頡頏〈幽通〉〈思玄〉之圃矣。至於上前論事之
文，皆卓然近用。（本集八三〈三近齋餘錄序〉）

按王從正夫，所著《三近齋餘錄》，輯詩文四百八十餘篇。萬里論評
王詩，稱其具晚唐諸子風味，并有近諸江西一派之作品，似與萬里學
詩途徑相契合，故美讚頗多，然所摘句論評，頗見中肯，足見萬里之
慧眼慧心。

31. 李大方

李方叔之孫大方，字允蹈，少時嘗作〈思故山賦〉，諸公間
稱之，以爲似邢居實，晚得一鶡冠，今爲雜買場，寄予詩
一編，多有警句，如「三百年來今幾秋，天地自老江自流」；
如「笛聲吹起白玉槃，正照御前楊柳碧」；如「可憐一代經
綸業，不抵鍾山幾首詩」；如「後院落花人不到，黃鸝飛下
石榴陰。」大似唐人。(〈詩話〉)

按萬里論詩標舉晚唐，故於允蹈詩之有近唐音者，大加稱賞。

32. 張　栻

鄙性生好爲文，而尤喜四六，近世此作，直閣（張栻）獨
步四海……某竭力以效體裁，或者謂其似吾南軒，不自知
其似猶未也。(本集六五〈與張嚴州敬夫書〉)

按張栻欽（敬）夫爲萬里畢生敬愛之友人，其四六受萬里所敬服，譽
爲「獨步四海」，可謂稱美之至；此外在〈詩話〉中，亦多美其四六，
足見鍾愛之深：

四六有一聯而用四處古人語者，張欽夫答一教官啓云：識
其大者，豈誦說云乎哉！何以告之！曰仁義而已矣。四人
語乃如一人語。

有客在張欽夫坐上，舉介甫〈賀冊后妃〉關睢雞鳴之聯，
以爲四六之妙者。欽夫因舉東坡〈賀冊后表〉云：「上符天
造，日月爲之光明，下逮海隅，夫婦無有愁歎。」笑曰：
此全不用古人一字，而氣象塞乎天地矣。

近世蜀人多妙於四六，如程子山、趙莊叔、劉韶美、黃仲
秉，其選也，然未免作意爲之者。張欽夫深於經學，初不
作意于文字間，而每下筆必造極。紹興辛巳年，其父魏公
久謫居永州，得旨自便。欽夫代作謝表，自敍有云：「家國
異謀，固難調于眾口，天日下照，夫何歉于一心。茲蓋皇
帝陛下，體堯之仁，行禹之智，微彰以道，必因天地之時，
動化若神，孰則風雷之用。」其辭平、其味永、其韻孤，
豈作意爲之者！

自「辭平」、「味永」、「韻孤」、「下筆造極」諸語，足見萬里特尊張栻四六之一斑。至於詩，論評殊少，觀本集七〈丁酉初春和張欽夫榕溪閣五言〉云：「閣迥詩更超，古往今亦猶，攬渠五字妙，覺我百疾瘳。」亦見推崇之意。

33. 盧誼伯

> 諸牋如〈謝蔡卿荐書〉者最佳，慘澹之味，剖厥之功，大抵神駿祖蘇氏，蕭散宗后山，非今所謂四六者也。至於古文如〈送蔡漕序〉，其初論遠近等詞數行布置似韓，至中間數語，圓折反覆，氣骨殊似半山老人也……惟詩似未甚達，蓋體未宏放，句未鍛鍊，字未汰擇，借使一兩聯可觀，要之未可摘誦，令人洞心駭目也。如「成也蕭何」等語，此不應收用。詩固有以俗為雅，然亦須曾經前輩取鎔，乃可因承爾。（本集六六〈答盧誼伯書〉）

楊萬里此段文字論評盧誼伯詩文，頗為客觀，以為誼伯文有蘇氏、后山、半山風味有可取者；至於詩則不足觀：（一）體未宏放；（二）句未鍛鍊；（三）字未汰擇。答書中並申言「以俗為雅」須曾經前輩取鎔，以示誼伯，有啓發後進之用意。

34. 沈　瀛

> 大篇若春江之壯風濤也，短章若秋水之落芙渠也。歐公云老夫當避路放它出一頭地，今則不然！雖欲避路，子壽已斷吾路矣。雖欲不放出頭，子壽已嶄然其頭矣。

按沈瀛子壽，號竹齋，與萬里有深厚友誼，著有《竹齋詞》。對沈瀛作品，不論大篇短章，萬里皆稱美之。又本集三〇〈題沈子壽旁觀錄〉：

> 逢著詩人沈竹齋，丁寧有口不須開。

又同卷〈和子壽還《朝天集》之韻〉：

> 竹齋衣鉢傳錦里，咄咄雲烟飛落紙。胸中磊塊有餘地，語下飄蕭無俗氣。詩壇筆陣制中權，勢如常山看率然。觀者堵牆顏色沮，驚聞柘彈金盤句。

足見萬里論評故人詩文，語多溢美，斯亦人情所難免歟！

35. 袁　樞

　　荷示〈北山四詠〉新作，朗誦未既，忽乎追參步趍，陟降
林岳，攀上巖之刺天，俯中巖之倚空，冰壺清寒以逼人，
玉虹飛動而奪目……四絕句呈似。第公輸之門，乃敢揮其
斤，西子之牖，乃敢衒其醜，不如是，則公輸不哂，西子
不矉爾。(本集六八〈答袁機仲侍郎書〉)

　按袁樞機仲與萬里友誼隆篤，晚年家居建溪，有北山四景。右一條係
萬里論評其「北山四詠」，語多溢美。

36. 張　縯

　　文辭高寒，山巑泉潨，楷法奇崛，銕屈石出，陶泓諸銘，
山谷之菁，房湖諸記，柳子之裔，〈魯論〉明微，闔神之機，
《春秋》述義，泄聖之秘。濟河焚舟，如子荊之於康伯，
僕病未能也，奪攘盜竊，如郭象之於向秀，僕又不敢也。
望洋向若，送君自崖，僕則已伏矣，且妬且熱，喘如筒吹，
僕其能忘乎！(本集六八〈答張季長少卿書〉)

　按張縯季長與萬里友誼隆篤。上一條論評，溢美之態極明，蓋不過友
朋相互頌讚而已。

37. 陳從古

　　「多情今夜月，送我到衡州」、「半夜打篷風雨惡，平明已失
繫船痕」，此晞顏前日之句也。予甚愛之，每欲效之，疾驅急
追，目未至而足已返矣！而況於近詩乎！如〈秋日十詠〉及
〈謁衡嶽〉等篇，蓋秋後之山，露下之蕖，霜中之菊，而雪
前之梅竹也。是可得而效哉(本集七八〈陳晞顏《詩集》序〉)

　按陳從古晞顏有《詩集》，萬里序之，並摘句稱美之。又有《和簡齋
詩集》，萬里序之，並論評之：

　　今是詩也，韻聽乎簡齋而詞出乎晞顏，詞出乎晞顏而韻若
未始聽乎簡齋者，不以其爭險故歟？使晞顏不與簡齋競於
險以搴其奇，此其心必有所鬱於中而不快，而其詞必有所
淳於蘊而不決也。然晞顏與簡齋爭言語之險以出其奇，則

　　　　鮭矣。抑猶在癡點之間乎？勀於詩而紓於仕，銳於追前輩
　　　　而鈍於取世資，晞顏之點也，祗其為癡也，晞顏之癡也，
　　　　祗其為賢也。（本集七九）

又有〈洮湖和梅詩〉，萬里序之，並論評之：

　　　　晞顏之詩，同梅而清，清在梅前，同梅而馨，馨在梅外。（本
　　　　集七九）

以上萬里論評從古作品，以為清馨可效，唯反對賡和，所謂「興上也，
賦次也，賡和不得已也。」（本集六七〈答建康府大軍庫監門徐達書〉）
故論評從古賡和之作：「險愈甚，詩愈奇，詩愈奇，病愈痼矣。」（〈和
簡齋《詩集》序〉）則隱寓貶意。

38. 陳　淵

　　　　其辭質而達，其意坦而遠，其氣暢而幽。至於立朝廷，當
　　　　言責，正君心，排權臣，寋寋不折也，是豈今之所謂文哉。
　　　　蓋道學之充乎其中，而溢乎其外，形乎其躬，而聲乎其言
　　　　者歟！（本集七九〈默堂先生文集序〉）

按陳淵幾叟，嘗為正言，終官宗正少卿。萬里論評其文分辭、意、氣
三方面：（一）質達；（二）坦遠；（三）暢幽，並由人論文，以為道
學為內，發諸文辭於外，而能表裏一致。《四庫提要》云：「其文章明
白剴切，足以見其氣節。」與萬里所論相契合。

39. 劉承弼

　　　　淵明之詩，春之蘭，秋之菊，松上之風，澗下之水也。東
　　　　坡以烹龍庖鳳之手而飲木蘭之墜露，餐秋菊之落英者也。
　　　　西溪操破琴，鼓斷絃，以寫松風澗水者也。（本集八○〈西溪
　　　　先生和陶詩序〉）

按劉承弼彥純，號西溪，係萬里恩師劉安世之子，相交甚早，友誼甚
篤。萬里論詩以賡和為下，而評劉詩擬諸蘇軾，溢美之處可見。

40. 孫正之

　　　　其文雅而肆，工而不彫，多至百千言，寡至數語，皆切於

理，不迂於事，適於用，不惟其辭。讀之沛然若決九川，
趾四海，有不可禦之勢，徐而察之，無一辭半語越準繩、
踰律令者。（本集八二〈定齋居士孫正之文集序〉）

萬里論評孫正之文，可歸納爲三點：（一）風格上雅肆沛然；（二）技
巧上工而不瑂；（三）內容上切理中規。至於詩，則未論及。

41. 任盡言

蓋其五七邁於追古，其四六閎於騁步，其千百長於論事。
大抵詩文孤峭而有風稜，雄健而有英骨，忠慨而有毅氣，
蓋將與唐之貞元元和、本朝之慶曆元祐諸公競轡而先路，
非近世陳陳相因，累累隨行之作也。（本集八二〈眉山任公小
醜集序〉）

按盡言字元受，係萬里友人清叟之父，受託撰序，論評自難公允。萬
里評其詩文風格，以爲孤悄雄健；而比美貞元元和，慶曆元祐諸公，
則顯然溢美。

42. 段昌世

其詩清婉，而其文清潤。（本集八二〈龍湖遺稿序〉）

按段昌世，字季成。萬里論評其詩文，大抵風格相近，有清婉清潤之
風格。

43. 趙善括

其文大抵平淡夷易，不爲追琢，不立崖險，要歸於適用，而
非窾非浮也；至其詩，皆感物而發，觸興而作，使古今百家
景物萬象，皆不能役我而役於我。（本集八三〈應齋《雜著》序〉）

按趙善括無咎，萬里自乾道辛卯在朝列時，無咎爲蘇州別駕，已聞其
名；後十八年萬里補外，過豫章始識之。二人自聞名而相識甚久，於
對方作品，當知之甚深。萬里論評其詩文：（一）文「平淡夷易」；（二）
詩「感物而發，觸興而作」。讀《應齋雜著》，知萬里所評中肯。《四
庫提要》云：「括所上諸箚，率簡潔切當，得論事之要……詩詞多與
洪邁章甫唱和，而與辛棄疾酬贈尤多。其詞氣駿邁，亦復相似。觀其

〈金陵有感〉詩，有『謝安王導亦可罪，至今遂使南北分』句，其不滿於湖山歌舞，文恬武嬉，意趣蓋與棄疾同，宜其相契也。」正可作萬里論評之註腳。

44. 彭　醇

> 道原之文與詩，質而珍，檽而滋，寥乎朱弦之音，泊乎玄酒之味。(本集八三〈澂溪居士文集後序〉)

按彭醇，字道原，號澂溪居士，與萬里同鄉，其文集周必大爲序，萬里爲後序。既受請記，溢美之評難免。

45. 劉　芮

> 大抵子駒長於嗜古而短於諧今，工於料事而拙於售世，遇合之誳而幽獨之伸，流靡之憎而强毅之悅，故其仕落落而其心優優。(本集八一〈順寧文集序〉)

按劉芮子駒，萬里初識之於負丞零陵時。萬里云其「殖學源委茫乎有所不可窮，而其論事根據確乎有所不可易。」頗爲稱許。子駒爲永州決曹掾，以與太守爭議獄而棄官去，甚爲張浚、張栻、萬里所敬。萬里序中所評者，殆有所指。

46. 李　開

> 李子之言，大抵書始口，口如心，能以秋毫爲太山，太山見而秋毫泯。復以太山爲秋毫，秋毫還而太山具，紬之至幽，以楬之至炳，非今人之文也。(本集七八〈李去非愚言序〉)

按李開去非，蜀士，著書六十九篇曰《愚言》。萬里評其文能口心如一，屈伸自如，大抵亦溢美其長而隱所短。

47. 曾達臣

> 蓋人物之淑慝，議論之與奪，事功之成敗，其載之無諛筆也。下至謔浪之語，細瑣之彙，可喜可笑，可駭可悲，咸在焉。是皆近世賢士大夫之言，或州里故老之所傳也。蓋有予之所見聞者矣，亦有予之所不知者矣。以子所見聞者無不信，知予之所不知者當無不信也。(本集七九〈獨醒雜誌

序〉）

按萬里論評達臣《獨醒雜誌》十卷，可歸納二點：（一）內容包羅豐富；（二）記載翔實可信。皆稱美其長，而未論其短。

48. 劉安世

先生之學不爲空言，其源委自賈誼、陸贄、蘇明允父子之外
不論也。故其文與人皆肖焉。（本集一一八〈朝奉劉先生行狀〉）

按劉安世世臣係萬里恩師，張浚嘗譽之爲「實學之士」，萬里稱其「不爲空言」者是。至於萬里言安世爲學淵源，大抵祖三蘇，而三蘇之文受俊逸雄健之賈誼、曲折曉暢之陸贄所影響，而擅長策議論辯，故安世亦宗之。萬里論評中雖未及安世之文章技巧與風格，然自其學源委，可以想見。

49. 劉德禮

於學極博而長於周官，於文清新而精於四六，有文集二十
卷。（本集一一九〈奉議郎臨川知縣劉君行狀〉）

按劉德禮，字敬叔，一字子深。萬里以「清新」評其文風。

50. 張　奭

公爲文，簡嚴精粹而不願人知，中書舍人林公光朝與著作
郎劉公夙嘗相與歎曰：張叔保，佳士也，恨不盡見其文，
然牋記中亦可見其一斑矣。（本集一一九〈朝奉大夫知永州張公
行狀〉）

按張奭，字叔保。萬里論評其文「簡嚴精粹」，唯不及其詩。

51. 趙像之

公性淵靜，不見澄撓，遇物傾豁，洞見表裏，然剛而不猓，
介而不崖，雖貴介公子而臞然退然若寒酸焉。故其爲詩，
平淡簡遠，如清泉白石，蒼松翠竹，初無鈎章棘句之苦心，
而有絕塵撥俗之逸韻。其文尤長於論事，上前敷奏，坦明
綀達，灼然可行。（本集一一九〈朝請大夫將作少監趙公行狀〉）

按趙像之民則，嘗校藝廬陵，萬里係其門生。萬里於行狀中兼述其人

及詩文；（一）為人淵靜剛介；（二）為詩平淡簡遠，絕塵撥俗；（三）為文坦明練達，擅長論事。皆見敬慕之忱。

52. 虞允文

> 為文立成，不琱而工。（本集一二○〈虞公神道碑〉）

按虞允文彬甫嘗賞識萬里《千慮策》，許以國士而荐引之。萬里敬之以師禮而自稱門生。上一條所評，蓋稱美允文之才捷立就，不琱而工，惜未論及風格。

53. 謝 諤

> 公之文大抵祖歐陽公與曾南豐，予嘗謂公曰：「近世古文絕弦矣！昌國之文如〈送陳獨秀序〉甚似歐，而〈南華藏記〉，其似曾，皆我所弗如也。」予在朝時，嘗携二文以示兵部侍郎黃鈞仲秉。仲秉以古文自命，未嘗推表一人，至見此文，讀之一過曰：「好！」再過曰：「極好！」三過曰：「此古人之文，非今人之文也。」（本集一二一〈謝公神道碑〉）

按謝諤昌國於乾道間即與萬里往還，相知甚深。萬里論其文歸屬諸古文一派，以為源委歐陽修與曾鞏，并特推許〈送陳獨秀序〉及〈南華藏記〉二文，以為酷似歐曾。

54. 張材 55. 黃景說 56. 劉滋 57. 謝安國 58. 胡 榘 59. 陳克詠

> 我語眞琱朽，君詩妙斸泥。（本集一〈和仲良春晚即事〉）
>
> 黃語似蕭（德藻）語，已透最上關。道黃不是蕭，蕭乃隨我前。佳句鬼所泣，盛名天甚慳。詩人只言黠，犯之取飢寒。端能不懼者，放君據詩壇。（本集三六〈答賦永豐宰黃巖老投贈五言古句〉）
>
> 豐城府君愛山成癖，不知身之化為山歟？山之化為身歟？讀〈山中十詠〉，覺嵐翠染衣，崖凍襲骨。（本集一○○〈跋豐城府君劉滋十詠〉）
>
> 遷固紀傳一篇百千言，而安國約之於二十字，杜陵所謂「咫

尺應須論萬里」者歟？（本集一○○〈跋謝安國詠史詩三百篇〉）

龍山十詩，其味黯而長，殊有后山風致。（本集一○九〈答胡
撫幹仲方〉）

近世陳克詠〈李伯時畫寧王進史圖〉云：「汗簡不知天上事，
至尊新納壽王妃。」是得謂爲微爲晦爲婉爲不汙穢乎！（〈詩
話〉）

按萬里論評張材仲良詩，僅以「君詩妙斲泥」以美之，未及技巧風格。
論評黃景說嚴老詩則以爲黃詩出自蕭德藻（詳〈交游考〉），故云：「似
蕭語」；又云其「已達最上關」，殆指其具唐風而上達三百篇，是溢美
之辭。至於劉滋，僅美其〈山中十詠〉之生動感人，未及其他。而論
評安國，稱美其善於濃縮語言，變史事文章爲咫尺千里之詩，而具絃
外之音；論胡槃仲方，則以爲得后山風致，味黯而長，唯但舉其〈龍
山十詩〉，未能概全；論陳克詠，但摘舉二句以爲微晦婉而不汙穢，
未及全豹。

第四章　結　語

　　楊萬里之文學論評，文論方面簡略，所論重點在於「法」之問題，示學者以學文之途徑，闡說平泛，價值不高。詩論方面較周詳而有系統，其中觀點，如「詩之用說」，以三百篇爲基礎而立論，並上承元白及北宋諸大家舊說；「標舉晚唐說」，可視作江西詩論之反動；「透脫說」，廣采陳言，而能跳脫前人窠臼，强調師心，講求胸中修爲；「詩不可廝和說」，承韓駒觀點而議論精詳；「詩如茶說」，引申司空圖、蘇軾以還味外之說，而另創新目；「人窮未必工說」，則旨在翻歐陽修舊案。然觀萬里之作品實踐，其主要興趣係在天然景物，追尋耳目觀感之天眞，與其理論，並未全然契合。

　　至於對歷代作家之論評，頗欠詳明。其偶現吉光片羽式之眞知灼見，可作作家作品之針砭。對唐以前作家，賞愛陶潛，則緣於句雅淡而味深長，與參柳宗元之必然趨勢；嚮慕陰鏗、何遜、庾信，則緣於參杜甫之結果。對唐代十八家之論評，晚唐已具其九，足見標舉晚唐之用心。對北宋七家，最推崇半山與蘇黃，常據以示學者〈詩法〉；而於陳師道則褒貶參半，於潘大臨則大加貶斥，此蓋緣於反江西詩之故。對南宋諸家之論評，礙於師友交誼，多失公正客觀，唯於王庭珪及尤、范、陸、蕭四家，雖不免稱美，但所見深刻入裏；至於對李燧、林憲、周子益、劉應時、王從、李大方之頌讚，則以具晚唐味之故。

　　萬里論詩受時風影響，以禪喻詩，然所論偏於性靈，講求活、
眞、新、清淡、超脫，以活創新，以新顯活，翻案去俗，超雋能新。
其說啓發清代袁枚最大。《隨園詩話》一云：「楊誠齋曰：『從來天分
低拙之人，好談格調，而不解風趣，何也？格調是空架子，有腔口
易描；風趣專寫性靈，非天才不辦。』余深愛其言。」又於卷九稱
美萬里云：「詩有音節清脆，如雪竹冰絲，非人間凡響，皆由天性使
然，非關學問，在唐唯青蓮一人，而溫飛卿繼之，宋有楊誠齋。」
然性靈之詩易滋生滑浮纖佻粗俚淺薄之流弊。清蔣源翮《寒塘詩話》
云：「楊誠齋詩，粗直生硬，俚辭諺語，衝口而來，而習氣太重。」
陳訏《宋十五家詩選》云：「誠齋《詩集》甚富，然未免過於擺脫，
不但洗淨鉛華，且亂頭粗服矣。」其他如紀昀、賀裳、吳喬、朱彝
尊、葉燮、田雯、查愼行、沈德潛、宋顧樂、王昶、趙翼、李調元、
李慈銘等，皆見萬里性靈詩論實踐之流弊，〔註1〕而翁方綱抨擊尤
烈，以爲「詩家魔障」。〔註2〕袁枚亦見及此，乃知區分淡枯、新纖、
樸拙、健粗、華浮、清薄、厚重笨滯、縱橫雜亂，而對性靈詩滋生
之滑浮纖佻等流弊作相當之修正，以爲天分與學力，內容與形式，
自然與彫琢，平淡與精深，學古與師心，皆宜並重不廢，方能見性
靈詩之長。性靈《詩說》之意義發展，經楊萬里而至袁枚，已有相
當程度之差異。朱東潤以爲袁枚「執兩端之論，隨園與誠齋之說根
本不相容處在此。〔註3〕郭紹虞以爲「隨園的詩論卻正要以學問濟

〔註1〕《瀛奎律髓》紀昀批語；賀裳《載酒園詩話》五；吳喬《圍爐詩話》
　　　　五；朱彝尊《曝書亭集》三八；葉燮《原詩》；田雯《古歡堂集》雜
　　　　著一及序二；查愼行《初白菴詩評》；沈德潛《說詩晬語》卷下；宋
　　　　顧樂《夢曉樓隨筆》；《唐宋詩醇》二四；王昶《春融堂集》二二及三
　　　　二；趙翼《陔餘叢考》二三；《甌北詩話》六；李調元《雨村詩話》
　　　　卷下；李慈銘《越縵堂日記》(光緒乙酉十月初四日)。
〔註2〕《石洲詩話》四。
〔註3〕朱東潤〈袁枚文學批評論述評〉一文中以爲「隨園之論，以神韻二字
　　　　爲宗旨，以性情性靈二語爲註腳。」「採直使曲，疊單使複之論，實
　　　　陷入一班文士之故轍，與即景即情之說無形中已自相矛盾。」並引《隨

其性情」、「於予盾觀念中能達到調和者。」〔註4〕朱郭二說雖有不
同，然皆指出性靈說自宋至清，已然丕變，殆時代批評風氣與作家
詩歌實踐迥異所致。〔註5〕

園詩話》云：「倘直率庸腐之言，能興者其誰耶？」及《續詩品》〈振
采〉云：「若非華羽，曷別鳳凰。」諸語作爲「隨園持論不盡同於誠
齋之鐵證。」並云：「誠齋之說重在描寫自然，流露性靈。隨園之說
已陷入藻飾自然，雕刻性靈之境地。」且加申說云：「誠齋《荊溪集》
自稱『大悟之後，辭謝唐人、王、陳及江西諸君子，皆不敢學，而後
欣如。』……總之詩以眞性情爲標榜，勢不得不擱置學問，在大悟之
初，學問與性情不容並立，至於深造有得之後，則性情即學問，亦不
必標此一目。《隨園詩話》云：『詩難其眞也，有性情而後眞，否則數
衍成文矣。詩難其雅也，有學問而後雅，否則俚鄙率意矣。』此語顯
見其欲並兩者爲一事。又云：『詩宜朴不宜巧，然必須大巧之朴；詩
宜淡不宜濃，然必須濃後之淡。』亦故執兩端之論。隨園與誠齋之說，
根本不相容者在此。」
〔註4〕《中國文學批評史》下卷第五篇第四章云：「以學問濟性情，以人巧
濟天籟，然後有篇有句方稱名手。《詩話》五云：『詩有有篇無句者，
通首清老，一氣渾成，恰無佳句，令人傳誦；有有句無篇者，一首之
中非無可傳之句，而通體不稱，難入作家之選。二者一次天分，一次
學力。』……《詩話》三云：『詩雖奇偉，而不能探磨入細，未免粗
才；詩唯幽俊，而不能展拓開張，終窘邊幅。有作用人，放之則彌六
合，收之則斂方寸，巨刃摩天，金針刺繡，一以貫之者也。』我所謂
他（袁枚）於矛盾觀念中能得到調和便是如此。」
〔註5〕同上。郭紹虞云：「一般主性靈說者不一定長於七律，所以可以擱置
學問；而隨園卻欲七律之中講究性靈，則安得不顧到學問，安得不注
重人巧！」袁枚性靈說之變，此其緣由之一。

第五篇　楊萬里詩研究

第一章　楊萬里詩之分期

　　近人梁崑著《宋詩派別論》，分萬里詩爲三大變兩大期，然由於未詳考萬里之生平事蹟，故所論多謬。〔註1〕胡雲翼著《宋詩研究》亦分萬里詩爲兩大期，然由於未詳究萬里詩之學古與創新關係，故所論甚簡。〔註2〕本章所論，不僅根據萬里序文之自述，並證諸萬里之詩作。如此分期，則較可見誠齋詩學全貌。

　　萬里詩凡九集，其中有序文四篇自述其寫作之歷程，實可爲萬里詩分期之主要資料。茲按撰作先後列四序於下：

　　（一）〈南海集序〉：「予生好爲詩，初好之，既而厭之。至
　　　　　紹興壬午，予詩始變，予乃喜；既而又厭之。至乾
　　　　　道庚寅，予詩又變。至淳熙丁酉，予詩又變，是時

〔註1〕《宋詩派別論》八「江西派」，分萬里詩爲三大變二大期，其中有關生年、卒年、時期各項皆誤，殆未考萬里生平事蹟。根本已誤，故推論大謬。

〔註2〕《宋詩研究》第十六章分萬里詩爲模擬與自創二大期，與梁崑相同。其中亦多謬，如云：「題名《西歸集》者，以萬里自廣東解職西歸返里，詩皆旅途中作，故以《西歸》題名。」考《西歸集》乃萬里自毘陵西歸吉水道中及待次凡一年之詩，次年方赴廣東任職，胡氏失考。又如云：「楊萬里自作《南海集》後，病廢一年，沒有作詩。」考萬里作《南海集》後，以母卒居喪，無意作詩，即〈朝天集序〉所云：「嬰戚還家，詩始廢」。胡氏又失考。又如云：「萬里活了八十三歲。」胡氏又失考。

假守毘陵。後三年，予落南，初爲常平使者，復持
憲節，自庚子至壬寅，有詩四百首，如竹枝歌等篇，
每舉似友人尤延之，延之必擊節，以爲有劉夢得之
味，予宋敢信也。……予老矣，未知繼今詩猶能變
否？延之嘗云予詩每變每進，能變矣，未知猶進
否？」(序作於淳熙十三年丙午)

(二)〈荊溪集序〉：「予之詩始學江西諸君子，既又學後山
五字律，既又學半山老人七字絕句，晚乃學絕句於
唐人。學之愈力，作之愈寡……戊戌三朝時節賜告
少公事，是日即作詩，忽若有悟，於是辭謝唐人及
王、陳、江西諸君子，皆不敢學，而後欣如也。試
令兒輩操筆，予口占數首，則瀏瀏焉無復前日之軋
軋矣。自此每過午，吏散庭空，即攜一便面，步後
園，登古城，採擷杞菊，攀翻花竹，萬象畢來，獻
予詩材，蓋麾之不去，前者未讎，而後者已迫，渙
然未覺作詩之難也。蓋詩人之病去體將有日矣。方
是時，不惟未覺作詩之難，亦未覺作州之難也。(序
作於淳熙十四年丁未。)

(三)〈江湖集序〉：「予少作有詩千餘篇，紹興壬午七月皆
焚之，大槩江西體也。今所存曰《江湖集》者，蓋
學後山及半山及唐人者也。」(序作於淳熙十五年戊申。)

(四)〈朝天續集序〉：「余隨牒倦游，登九疑，探禹穴，航
《南海》，望羅浮，渡鱷溪。蓋太史公、韓退之、柳
子厚、蘇東坡之車轍馬跡，今皆畧至其地。觀予詩，
江湖嶺海之山川風物多在焉。昔歲自江西道院召歸
冊府，未幾，而有廷勞使客之命。于是始得觀江濤，
歷淮楚，盡見東南之奇觀。如〈渡楊子江〉二詩，
予大兒長孺舉似于范石湖、尤梁溪二公間，皆以爲
予詩又變。(序作於紹熙元年庚戌)

以上四序撰作年代相近，所述有條不紊，明示其詩作承變之跡。茲歸
納之以爲二期：一曰學古，二曰變新。而以淳熙五年戊戌萬里五十二

歲爲界。

一、學古期

此期包括萬里五十二歲以前之詩篇，以學古爲主，《江湖集》七卷（本集一至七）隸屬此期，其詩凡三變：

（甲）紹興三十二年壬午七月以前學江西體詩千餘篇，其詩已經作者焚毀。

（乙）紹興三十二年壬午秋至乾道五年乙丑（1162～1169）凡八年作品，本集一至五隸屬之，包括零陵時期及其後家居之詩。

（丙）乾道六年庚寅至淳熙四年丁酉（1170～1177）凡八年作品，本集六至七隸屬之，包括奉新六月，初度立朝及其後家居之詩。

以上三階段之變即萬里自云：「自焚少作」、「紹興壬午予詩始變」、「乾道庚寅予詩又變」。究其生平事蹟，其所謂「變」，係指寫作地域環境之變，亦即詩材之變。至於學江西諸子、后山五律、半山七絕及唐絕，則唯有先後之別，而無確定之年限。就其學古言：學江西如〈涉小溪宿淡山〉云：「徑仄愁斜步，溪深怯正看；破船能不渡，晴色敢辭寒。白退山雲細，青還玉宇寬。險艱明已濟，魂夢未渠安。」（卷一）瘦硬生澀，可視作學江西之證。〈和周仲容春日二律〉云：「詩非一字苦，句豈十分清；參透江西社，無燈眼亦明。」（卷三）〈次東坡先生蠟梅韻〉云：「后山未覺坡先知，東坡勾引后山詩。」（卷三）〈和李天麟秋懷五絕句〉云：「雙井無人后山死，只今誰子定傳燈。」（卷四）〈詩話〉云：「後山〈送內〉皆有一倡三歎之聲。」皆可視作學後山之證。其〈立春日有懷二首〉云：「白玉青絲那得說，一杯嚥下少陵詩」（卷一）即學後山〈寄參寥〉：「酌我岩下水，嚥子山中篇。」其〈除夕前一日歸舟夜泊曲渦市宿治平寺〉云：「冷窗凍壁更成晚」，即學後山〈謝人送炭〉：「冷窗凍壁作春溫。」其〈和仲良春晚即事五首〉云：「我語真彫朽，君詩妙斲泥」（卷一）即學後山「平生斲泥手，

斤斧恐長休。」皆可視作學後山之痕迹。至於學半山及晚唐，則著重於絕句。〈詩話〉云：「五七字絕句最少而最難工，雖作者亦難得四句全好者，晚唐與介甫最工。」可視爲學半山晚唐之證。萬里詩中刳去繁縟趨於切近，空靈明淨束起書帙之作，皆可視作學半山與晚唐之痕迹。綜觀此期作品，前後十六年，所得僅五百八十二首（宋鈔本七百四十首），所謂「學之愈力，作之愈寡」，洵非虛言。

二、創新期

此期包括萬里五十二歲以後之詩篇，以創新爲主；偶有學古之作，可視作學古期之遺緒。《荊溪集》以下八集（本集八至四二）隸屬之。

（一）《荊溪集》五卷　淳熙五年戊戌及六年己亥詩（1178～1179）凡四百九十二首。

（二）《西歸集》二卷　淳熙六年己亥詩（1179）凡二百首。

（三）《南海集》四卷　淳熙七年庚子至九年壬寅詩（1180～1182）凡四百首。

（四）《朝天集》六卷　淳熙八年甲辰至十五年戊申詩（1184～1188）凡四百首。（按淳熙十年癸卯無詩。〈朝天集序〉云：「嬰戚還家，詩始廢。」）

（五）《江西道院集》三卷　淳熙十五年戊申及十六年乙酉詩（1188～1189）凡二百五十首。

（六）《朝天續集》四卷　淳熙十六年己酉及紹熙元年庚戌詩（1189～1190）凡三百五十首。

（七）《江東集》五卷　紹熙元年庚戌至三年壬子詩（1190～1192）凡五百首。

（八）《退休集》七卷　紹熙三年壬子至開禧二年丙寅詩（1192～1206）凡七百餘首。

以上八集，詩凡四變：

（甲）《荊溪集》淳熙戊戌詩　淳熙戊戌作詩，萬里自云辭謝唐人、王安石、陳師道、江西諸君子，皆不敢學，而後欣如，自由創作，不復模擬，於是萬象詩材，盡入吟詠。

（乙）《南海集》淳熙庚子詩　廣東三載，緣於土風之鼓盪與江湖嶺海山川之新異，詩材乃變。其間有竹枝歌之作，尤延之以爲有劉夢得之味。

（丙）《朝天續集》淳熙己酉詩　二度立朝，以銜命郊勞金使，歷淮楚江濤，盡東南奇觀；又以所經接近宋金邊界，胸懷作惡，意緒憂戚，心境詩材，大異夙昔。

（丁）《退休集》紹熙壬子詩　壬子掛冠，臥家十五年，不復出仕，家居心境與詩材皆變；又緣於年紀已高，體衰多病，重之以缺乏新環境之刺激，詩作數量大減，僅嘉泰壬戌有詩達百首以上。

若就寫作密度言，淳熙戊戌詩三百八十首爲萬里作詩密度最高之年份，正係「誠齋體」多產之本色。其次淳熙乙酉詩三百四十二首；再次紹熙庚戌詩二百九十五首，數量之豐，庶幾日作一首。就官履言，萬里歷常州任、提舉廣東常平茶鹽、廣東提點刑獄、尚左郎官、太子侍讀、樞密院檢詳、右司郎中、左司郎中、秘書少監、筠州任、秘書監、借煥章閣學士爲接伴金國賀正旦使、實錄院檢討官、江東副運至退休家居。方回謂萬里：「一官一集，每集必變一格。」〔註3〕細加考察，各集容有變異，然大抵以創新爲主。

總結學古與創新二期，學古期中，偶有脫古之作，可視創新期之先聲。如〈過百家渡四絕句〉：

　　一晴一雨路乾濕，半淡半濃山疊重。
　　遠草平中見牛背，新秧疏處有人蹤。（卷一）

又如〈感秋〉：

　　舊不愁秋只愛秋，風中吹笛月中樓。

〔註 3〕《瀛奎律髓》一〈登覽類〉：「過楊子江」。

如今秋色渾如舊，欲不悲秋不自由。（卷六）

至於創新期中，萬里序中雖自云棄江西、半山、晚唐，然觀其〈足痛無聊塊坐讀江西詩〉（卷三九）、〈書黃廬陵伯庸詩卷〉（卷三八）、〈讀唐人及半山詩〉（卷八）、〈送彭元忠縣丞北歸〉（卷一六）、〈和段季承左藏惠四絕句〉（卷二四）、〈讀笠澤叢書〉（卷二七）、〈讀詩〉（卷三一）、〈〈答徐子材談絕句〉〉（卷三五）、〈讀唐人劉賁于駕詩〉（卷三五），乃至於〈詩話〉及「黃御史集序」（卷七九）、「雙桂老人《詩集》後序」（卷七九）、〈唐李推官披沙集序〉（卷八一）、〈頤菴詩稿序〉（卷八三）、〈周子益訓蒙省題詩序〉（卷八三）等序文，實始終未嘗盡棄，唯已非創新期寫作之主流，可視作欣賞前人與學古之餘緒。

清代黃宗羲〈安邑馬義雲詩序〉云：「昔誠齋自序，始學江西，既學後山五字律，既又學半山老人，晚乃學唐人絕句，後官荊溪，遂謝去前學，而後渙然自得。夫誠齋之所以累變者，亦不敢自信之心為之也。」（註4）頗能道出萬里作詩累變之原因。蓋萬里之「忽有所悟」，實乃漸進之悟。自學古之後而能超脫，此其詩於學古期中偶現新創，而於創新期中，仍不免偶遺學古痕跡之故。

[註4]《黃黎洲文集》頁 356。

第二章　楊萬里詩之重要內容

第一節　征　行

　　楊萬里酷愛文詞如好好色，而好詩爲好文詞之尤者，[註1] 嘗自稱「予生好爲詩」，[註2] 故平生足跡所至，莫不有詩。舉凡山水陂塘寺菴莊里，皆入吟詠。所謂「南紀山川題詠徧」「處處山川怕見君」[註3] 即道出萬里作詩之主要興趣在於天然景物。總計萬里之征行詩約九百三十首，若將家居或居官時所作之寫景詩一併計入，則數量更爲浩繁。

　　萬里征行詩之大量寫作，在戊戌詩風轉變之後。由於官履之遷調，征行不免，而途中山川風物，乃成爲萬里之最佳詩材。故征行詩之數量，與萬里行跡關係密切。其大量寫作征行詩可分下列各時期：

　　（一）淳熙六年　常州任滿返吉水途中詩，屬《西歸集》。

　　（二）淳熙七年　除提舉廣東常平茶塩，自吉水之官五羊途中詩，屬《南海集》。

〔註 1〕本集八一〈唐李推官披沙集序〉。

〔註 2〕本集八〇〈南海集序〉。

〔註 3〕張鎡《南湖集》六〈誠齋以南海朝天兩集詩見惠因書卷末〉；姜夔《白石道人詩集》下〈送朝天集歸誠齋，時在金陵〉。

（三）淳熙八年　除廣東提點刑獄，自廣州之官憲臺，以及盪平汀寇途中詩，屬《南海集》。

（四）淳熙九年　平賊班師途中詩，屬《南海集》。

（五）淳熙十五年　議張浚配享高廟事，外貶筠州，出臨安返吉水途中詩，屬《朝天集》（按四部備要本《誠齋詩集》編入《江西道院集》。）

（六）淳熙十六年　八月袛召還京，自筠州高安赴臨安途中詩，屬《江西道院集》。

（七）紹熙元年　接伴借官郊勞使客途中詩，屬《朝天續集》。

（八）紹熙二年　春季送伴借官途中詩，屬《朝天續集》；以及秋季漕江東首度行部途中詩，屬《江東集》。

（九）紹熙三年　春季二度行部途中詩，屬《江東集》。

綜觀萬里征行詩之數量，與宦途奔波成正比。早期及壬子棄官退休，家居吉水，征行之作乃寡。就其各時期之征行詩，可歸為二大類：一為單純描繪山川風物之即景詩；一為融情於景之羈旅行役詩。茲分述於後：

甲：單純描繪山川風物之即景詩　此類作品為萬里諸作中之最傑出者，其描繪山川風物，非在於刻板之刻劃形貌，而在於以新奇可喜之筆觸，活潑風趣之語言，重之以主觀之意識與強烈之幻想，將景物以其擅長之活法技巧使之具象化或抽象化，不僅能把握恆常之景，亦能捕捉稍蹤即逝之景，時而俚辭諺語，衝口而來，才思縱橫，以俗為雅，淡中有味。茲舉各集中傑出者以觀一斑：

（一）一晴一雨路乾濕，半淡半濃山疊重。
　　　遠草平中見牛背，新秧疎處有人蹤。（《江湖集》：〈過百家渡四絕句〉）

（二）岸上行人莫歎勞，長年三老政呼號。
　　　也知灘惡船難上，仰踏桅竿臥著篙。（《荊溪集》：〈過招賢渡〉）

（三）許市人家遠樹前，虎邱山色夕陽邊。

　　石橋分水入別港，茅屋垂楊仍釣船。（《西歸集》:〈將
　　近許市望見虎邱〉）

（四）風頭纔北忽成南，轉眼黃田到謝潭。

　　髣髴一峯船外影，裵幃急著紫嵐巖。（《南海集》:〈舟
　　過謝潭〉。）

（五）夾路黃茅與樹齊，人行茅裏似山雞。

　　長松不與遮西日，却送清陰過隔溪。（《南海集》:〈憩
　　楹塘驛〉）

（六）近岫遙峯翠作圍，平田小港碧竹遮。

　　垂楊一徑深深去，阿那人家住得奇。（《朝天集》:〈過
　　南蕩〉）

（七）嶺下看山似伏濤，見人上嶺旋爭豪。

　　一步一陟一回顧，我腳高時他更高。（《江西道院集》:
　　〈過上湖嶺望招賢江南江北〉）

（八）湖面黏天不見堤，湖心交苧水週圍。

　　暮鴻成陣鴉成隊，已落還飛久未棲。（《朝天續集》:〈湖
　　天暮景〉）

（九）晴明風日雨乾時，草滿花堤水滿溪。

　　童子柳陰眠正著，一牛喫過柳陰西。（《江東集》:〈桑
　　坑道中〉）

（十）青林化作萬黃金，落日光寒色卻深。

　　似看松梢數松子，不妨更與數松針。（《退休集》:〈晚
　　宿小羅田〉）

　　乙:融情於景之羈旅行役詩　此類作品在描繪山川風物之外，而融情於景，大抵爲羈旅行役中之感興觸發，乃藉寫景之實，融以抒情之眞，情景交合，尤見深刻。綜觀萬里此類作品，可區分爲三:

　　一、旅途之險夷苦樂　萬里平生之征行，大抵緣於官職之遷調，而各地奔波，以地理形勢之險夷與氣象之陰晴不定，乃有苦有樂，其情乃自然投注於征行詩中。茲舉各集中較傑出者爲例:

（一）明發愁仍集，寒雲又作屯。
　　懸知今定雨，正坐夜來暄。
　　便恐禾生耳，寧論客斷魂。
　　山深更須入，聞有早梅村。（《江湖集》：〈明發石山〉）

（二）江寬風緊折綿寒，灘多岸少上水船。
　　市何曾遠船不近，意已先到燈明邊。
　　夜投古寺衝泥入，濕薪燒作蟲聲泣。
　　冷牖凍壁更成眠，也勝疎篷仰見天。
　　市人歌呼作時節，詩人兩膝高於頰。
　　還家兒女問何如，明日此懷猶忍說。（《江湖集》：〈除
　　夕前一日歸舟夜泊曲渦市宿治平寺〉）

（三）携家滿路踏春華，兒女欣欣不憶家。
　　騎吏也忘行役苦，一人人插一枝花。（《南海集》：〈萬
　　安道中〉）

（四）阻風兩日卸高桅，笑傲江妃縱酒杯。
　　及過絕湖纔一瞬，翻令病眼不雙開。
　　蘆洲荻港何時了，南浦西山不肯來。
　　相見灣中悶人死，一灣九步十縈迴。（《江西道院集》：
　　〈初六日過鄱陽湖入相見灣〉）

（五）萬石中通一線流，千盤百折過孤舟。
　　灘頭未下人猶笑，下了灘頭始覺愁。（《江西道院集》：
　　〈過石塘〉）

（六）溪行盡處却穿山，忽有人家併有田。
　　幸自驚心小寧貼，誤看田水作深川。（《江東集》：〈明
　　發祈門悟法寺溪行險絕〉）

（七）上得船來恰對山，一山頃刻變多般。
　　初堆翠被百千摺，忽拔青瑤三兩竿。
　　夾岸兒童天上立，數村樓閣電中看。
　　平生快意何曾夢，老向閶門下急灘。（《江東集》：〈閶
　　門外登溪船〉）

（八）濕日雲間淡，晴峯雨後鮮。

水吞隄柳膝，麥到野童肩。

漚漩嬉浮葉，炊烟倒入船。

順流風更順，只道不雙全。(《江東集》:〈入浮梁界〉)

二、行役之愁與歸田之樂　宦海浮沈，征行情苦，途間飽覽山川風物之餘，反觀一己之僕僕風塵，時生行役之愁與嚮往歸田之樂。茲舉各集中較傑出者為例:

（一）蟲聲兩岸不堪聞，把燭銷愁且一尊。

　　誰宿此船愁似我，船篷猶帶燭烟痕。(《荊溪集》:〈丁酉四月十日之官毘陵舟行阻風宿桐陂江口〉)

（二）村北村南水響齊，巷頭巷尾樹陰低。

　　青山自負無塵色，盡日殷勤照碧溪。(《荊溪集》:〈玉山道中〉)

（三）外面千峯合，中間一逕通。

　　日光自搖水，天靜本無風。

　　村酒渟春綠，林花倦千紅。

　　莫欺山埃子，知我入江東。(《西歸集》:〈四月四日午初入出浙東界入信州永豐界〉)

（四）泊舟番君湖，風雨至夜半。

　　求濟敢自必，苟安固所願。

　　孤愁知無益，暫忍復永歎。

　　……

　　初憂觸危濤，不意拾奇觀。

　　近歲六暄涼，此水三往返。

　　未涉每不寧，既濟輒復玩。

　　游倦當日歸，非為猿鶴怨。(《西歸集》:〈四月十三日度鄱陽湖〉)

（五）石橋兩岸好人煙，匹似諸村別一川。

　　楊柳陰中新酒店，蒲萄架底小漁船。

　　紅紅白白花臨水，碧碧黃黃麥際天。

　　政爾清和還在道，為誰辛苦不歸田。(《江西道院集》:〈過楊村〉)

（六）去年乞西歸，謂可休餘生。

今年復東下，駕言入神京。

臥治方小安，趨召豈不榮。

何如還家樂，醉吟聽溪聲。（《江西道院集》：〈行役有歎〉）

（七）過雨溪山十倍明，乍晴風日一番清。

白鷗池沼菰蒲影，紅棗村墟雞犬聲。

肉食坐曹良媿死，囊衣行部亦勞生。

不堪有七今成九，傖父年來老更傖。（《江東集》：〈早炊高店〉）

（八）自歎平生老道途，不堪泥雨又驅車。

鷺鷥第一清高底，拂曉溪中有幹無。（《江東集》：〈明發茅田見鷺有感〉）

（九）動地風來覺地浮，拍天浪起帶天流。

舞翻柳樹知何喜，拜殺蘆花未肯休。

兩岸萬山如走馬，一帆千里送歸舟。

出籠病鶴孤飛後，回首金籠始欲愁。（《江東集》：〈發趙屯得風宿楊林池是日行二百里〉）

（十）荻岸何時了，松舟幾日停。

波來全蜀白，樹去兩淮青。

柔櫓殊清響，征人自厭聽。

不知誰子醉，垂手瞰江亭。（《江東集》：〈發楊港渡入交石夾〉）

三、悼古與憂國　萬里清德雅望，朝野屬心，其立朝諤諤，早為時人所稱。至於其征行詩歌，主要興趣在於天然景物之描繪，故融以悼古憂國之作殊少。然萬里三度立朝期間，嘗為接送金國使者，征行於宋金交界地區，悼古與憂國之情，乃融入詩篇。未幾漕江東，行部間亦偶有斯類作品。清光聰諧謂「誠齋詩不感慨國事」，〔註4〕其言未確。茲舉《朝天續集》與《江東集》中較傑出者為例：

（一）天將天塹護吳天，不數殽函百二關。

〔註4〕《有不為齋隨筆》庚卷。

萬里銀河瀉瓊海，一雙玉塔表金山。

旌旗隔岸淮南近，鼓角吹霜塞北聞。

多謝江神風色好，滄波千頃片時間。(《朝天續集》:〈過楊子江〉)

(二) 衹有清霜凍太空，更無半點荻花風。

天開雲霧東南碧，日射波濤上下紅。

千載英雄鴻去外，六朝形勝雪晴中。

携瓶自汲江心水，要試煎茶第一功。(同上)

(三) 夜愁風浪不成眠，曉渡清平却晏然。

數棒金鉦到江步，一檣霜日上淮船。

佛狸馬死無遺骨，阿亮臺傾只野田。

南北休兵三十載，桑疇麥壠正連天。(同上:〈過瓜洲鎮〉)

(四) 水漾霜風冷客襟，苔封戰骨動人心。

河邊獨樹知何木，今古相傳皂角林。(同上:〈皂角林〉)

(五) 此日淮壖號北邊，舊時南服紀淮壖。

平蕪盡處渾無壁，遠處稍頭便是天。

今古戰場誰勝負，華夷險要豈山川。

六朝未可輕嘲謗，王謝諸賢不偶然。(同上:〈舟過楊子橋遠望〉)

(六) 船離洪澤岸頭沙，人到淮河意不佳。

何必桑乾方是遠，中流以北即天涯。

劉岳張韓宣國威，趙張二相築皇基。

長淮咫尺分南北，淚濕秋風欲怨誰。

兩岸舟船各背馳，波浪交涉亦難爲。

只餘鷗鷺無拘管，北去南來自在飛。

中原父老莫空談，逢著王人訴不堪。

却是歸鴻不能語，一年一度到江南。(同上:〈初入淮河四絕句〉)

(七) 第一山頭第一亭，聞名未到負平生。

不因王事畧小出，那得高人同此行。

萬里中原青未了，半篙淮水碧無情。
登臨不覺風烟暮，腸斷漁燈隔岸明。(同上:〈題盱眙
軍東南第一山〉)

（八）龜山獨出壓淮流，寶塔仍居最上頭。
銀筆書空天作紙，玉龍拔地海成湫。
向來一厄遭群犬，挽以六丁兼萬牛。
逆血腥羶化為碧，空餘風雨鬼啾啾。(同上:〈題龜山
塔前〉)

（九）已近山陽望漸寬，湖光百里見千村。
人家四面皆臨水，柳樹雙垂便是門。
全盛向來元孔道，離耕今日一雄藩。
金湯再葺眞長策，此外猶須子細論。(同上:〈望楚州
新城〉)

（十）只爭一水是江淮，日暮風高雲不開。
白露倦飛波心潤，都從淮上過江來。
一鷺南飛道偶然，忽然百百復千千。
江淮總屬天家管，不肯營巢向北邊。(《江東集》:〈江
天暮景有歎〉)

（十一）函關只有一穰侯，瀛館寧無再帝丘。
天極八重心未死，台星三點坼方休。
只看壁後新亭策，恐作柩中屬國羞。
今日牛羊上邱壠，不知丞相更嗔不。(同上:〈宿牧牛
亭秦太師墳菴〉)

（十二）出了長干過了橋，紙錢風裏樹蕭騷。
若無六代英雄骨，牛首諸山肯爾高。(同上:〈寒食前
一日行部過牛首山〉)

　　除以上二大類征行詩之外，尚有竹枝詞，如作於淳熙八年之〈過顯濟廟前石磯竹枝詞〉(《南海集》)，淳熙十六年之〈過白沙竹枝歌〉(《江西道院集》)與〈竹枝歌〉(《朝天續集》)亦征行見聞之作，間亦多山川風物之描繪。

　　萬里嘗云:「山思江情不負伊，雨姿晴態總成奇，閉門覓句非〈詩

法〉，只是征行自有詩。」〔註5〕征行可以增廣見聞，開濶視野；湖光山色，雨姿晴態，可以增添詩思詩材，而生活之體驗歷練，尤足以富富詩歌之內涵。綜觀萬里征行詩之浩繁，其間頗多一揮而就之即景詩，有寫來風趣省力，靈巧聰明者，是其長處；有草率成章，未能沁人心脾者，是其短處。大抵言之，《朝天續集》之征行作品最為突出，蓋「何嘗一飯忘金堤」，〔註6〕感慨遂深。

第二節　詠　物

　　楊萬里之詠物約五百首，佔《詩集》八分之一，數量可觀，而物類之多樣，幾無不可吟詠者。茲擇要列之於下：

　　　　（一）花類：梅花、桃花、李花、蓮花、荷花、菊花、桐花、杏花、榴花、櫻花、蘭花、木犀、茉莉、海棠、薔薇、芙蓉、蕙花、玫瑰、酴醾、蘆花、金鶯花、金鳳花、梔子花、水仙花、米囊花、芍藥花、瑞香花、牡丹花、山丹花、牽牛花、雞冠花、杜鵑花等。

　　　　（二）果類：梨、桃、石榴、枇杷、蓮子、荔枝、花木瓜等。

　　　　（三）飲食類：酒、藕、酥、菱、蛤蜊、鱟醬、糟蟹、蓴菜、筍蕨、鱸魚、枸杞、蓴菜、蠣房、車螯、竹魚、蒸餅、肴核、葡萄乾、白魚羹、櫻桃煎、水精膾、牛尾狸、蜜金橘、烏賊魚、人面子、雞子頭等。

　　　　（四）鳥蟲類：鴉、鷺、蜂、蝶、蟬、雀、蠅、促織、蠅虎、蜘蛛、蜻蜓、燕子、啄木鳥、水螳螂等。

　　　　（五）樹木類：松、楓、柳、竹、怪菌、榕樹、桄榔樹等。

　　　　（六）天象類：雨、風、雲、雪、霰、霜、露、日、月等。

　　　　（七）其他：小舟、竹床、寒燈、蠟燭、水漚、銅雀硯、烏臼燭

〔註5〕《江西道院集》：〈下棋江灘頭望金華山〉。
〔註6〕清潘定桂〈讀楊誠齋詩集九首〉之二。

等。

以上所詠之物以花為最多，得詩約百七十首，其中以詠梅最為豐贍，有瓶中梅花（卷七）、月下梅花（卷七）、蠟梅（卷八）、殘梅（卷八）、蜜漬梅花（卷八）、雪中梅（卷八）、燭下梅花（卷一一）、風急落梅（卷一六）、西園早梅（卷一六）、雨中梅花（卷一七）、紅梅（卷四〇）等。宋張侃〈對梅效誠齋體〉，[註7] 清查慎行〈偶閱楊誠齋《南海集》，途中多梅花，且有『梅花應恨我來遲』之句。余度嶺正值梅放時，戲效其體，作一絕。〉[註8] 皆見萬里詠梅之作早受前人注意乃至於模擬。

萬里五十二歲前所作《江湖集》，由於「學之愈力，作之愈寡」，詠物作品，頗為沈寂，其中詠梅雖較多，然不過四首，而以〈普明寺見梅〉最具深味：

> 城中忙失探梅期，初見僧窗一兩枝。
> 猶喜相看那恨晚，故應更好半開時。
> 今冬不雪何關事，作伴孤芳却失伊。
> 月落山空正幽獨，慰存無酒且新詩。

《瀛奎律髓》二〇「梅花類」紀昀評云：「誠齋詩多患粗率，此詩順筆掃下，貌似老而實非。」紀昀對萬里詩多有成見，所謂「老而實非」，雖合貶意，然已肯定此詩之突出。近人周汝昌以為「猶喜相看那恨晚，故應更好半開時」一聯，「意思幾層曲折，筆意十分靈活圓轉」，乃學自杜甫〈和裴迪登蜀州東亭送客逢早梅相憶見寄〉中之「幸不折來傷春暮，若為看去亂鄉愁。」[註9] 紀、周二說雖未盡周延，然萬里巧對處，已使讀者忘乎格律之為物。

詠梅之外，《江湖集》尚有詠木犀、野菊、茉莉、酴醾、桃、金鶯花、梔子花、笋、蛙、蝶、月、雨、雪、霰、雹等。其中以〈霰〉

[註7]《張氏拙軒集》二。
[註8]《敬業堂詩集》四七。
[註9]周汝昌《楊萬里選集》頁6。

為詩材，最為罕見：

> 雪花遣霰作前鋒，勢頗張皇欲暗空。
> 篩瓦巧尋疏處漏，踏堦誤到暖邊融。
> 寒聲帶雨山難白，冷氣侵人火失紅。
> 方訝一冬暄較甚，今宵轉嘆臥如弓。

方回云：「霰詩前未有之，三四工甚，盡霰之態。」紀昀云：「起二句粗，三四巧密，然格不高，五句笨，六句湊。」此外〈和馬公弼雪〉亦為《瀛奎律髓》所選：

> 灑竹穿梅湖更山，客間得此未嫌寒。
> 髩疎也被輕輕點，齒冷猶禁細細餐。
> 晴了還成三日凍，消餘留得半庭看。
> 憑誰說似王郎婦，鹽絮吟來總未安。

方回云：「末句言鹽絮，總為末佳，得后山之意。」紀昀云：「起句江西野調，中四句句句得神，末句乃詩人弄筆，無所不可。」〔註10〕雖所見不同，然皆道出萬里學古之迹。

自淳熙五年戊戌（萬里五十二歲）以還，由於作詩觀念之轉變，萬里棄學古而重創新，大膽嘗試，作品多產。所謂「戊戌三朝……步後園，登古城，採擷杞菊、攀翻花竹，萬象畢來，獻予詩材。」由於生活閑適，心境恬靜，重之以詩風轉變，故吟詠不輟，自我磨練，而萬象乃成為最佳之詩材。總計戊戌、己亥二年所作《荊溪》、《西歸》二集，詠物竟達百首，為詠物之鼎盛時期。由於多產量豐，瑕瑜不掩。茲舉其較傑出者以觀：

> （一）韻絕香仍絕，花清月未清。
> 　　　天仙不行地，且借水為名。（〈水仙花〉）
> （二）開處誰為伴，蕭然不可親。
> 　　　雪宮孤弄影，水殿四無人。（〈水仙花〉）
> （三）柳條百尺拂銀塘，且莫深青只淺黃。
> 　　　未必柳條能蘸水，水中柳影引他長。（〈新柳〉）

〔註10〕　《瀛奎律髓》二二「雪類」。

　（四）偶爾相逢細問途，不知何事數遷居。

　　　　微軀所饌能多少，一獵歸來滿後車。（〈觀蟻〉）

　（五）一聲能遣一人愁，終夕聲聲曉未休。

　　　　不解繅絲替人織，強來出口促衣裘。（〈促織〉）

　（六）隔窗偶見負暄蠅，雙腳接娑弄曉晴。

　　　　日影欲移先會得，忽然飛落別窗聲。（〈凍蠅〉）

　（七）稚子相看只笑渠，老天亦復小盧胡。

　　　　一鴉飛立鉤欄角，仔細看來還有鬚。（〈鴨〉）

　（八）百千寒雀下空庭，小集梅梢話晚晴。

　　　　特地作團喧殺我，忽然驚散寂無聲。（〈寒雀〉，以上《荊溪集》詩）

　（九）骨相玲瓏透入懷，花頭倒挂紫荷香。

　　　　繞身無數青羅扇，風不來時也不涼。（〈芭蕉〉）

　（十）秋蠅知我政吟詩，得得緣眉復入髭。

　　　　欲打群飛還歇去，風光乞與幾多時。（〈秋蠅〉，以上《西歸集》詩）

大抵萬里詠物在狀形細微入裏，稍有寄慨諷刺如〈促織〉之作畢竟甚少。此外有〈懷古堂前小梅〉，不重狀形而意境高遠，方回選入《瀛奎律髓》。紀昀雖向貶萬里，然却稱美此詩「渾成圓足，格意俱高」。〔註11〕

　　《荊溪》《西歸》之後而有《南海集》。是集為淳熙七年，萬里之官廣東後之作，緣於赴官之行役與盪平汀寇之艱辛，詠物情減，質量均不如前。唯以廣東風物之異，詠物詩材有稍別者。茲舉其較傑出者以觀：

　（一）一點胭脂染葉旁，忽然紅遍綠衣裳。

　　　　紫瓊骨骼丁香廋，白雪肌膚午暑涼。

　　　　掌上冰丸那忍觸，樽前風味獨難忘。

　　　　老饕要啖三百顆，却怕甘寒凍斷腸。（〈四月八日嘗荔枝〉）

　（二）化工到得巧窮時，東補西移也大奇。

〔註11〕 同上二○「梅花類」。

君看桄榔一窠子，竹身杏葉海棠枝。（〈題恍榔樹〉）

此外又有〈荔枝歌〉，專詠荔枝，然乏深味。

洎至萬里二度立朝之作《朝天集》，緣於朝士間之尋訪送餞，簡寄酬贈，詠物興致未高。唯自淳熙十四年後，稍有復振，然偏重於詠花果，如〈端香花新開十詠〉、〈紫牡丹二首〉、〈紅玫瑰〉、〈枇杷〉、〈山丹花〉、〈白蓮〉、〈牽牛花〉、〈石榴〉等。茲錄數首以觀：

（一）外著明霞綺，中藏淡玉砂。

森森千萬筍，旋旋兩三花。（〈瑞香花新開十詠〉之一）

（二）春去無芳可得尋，山丹最晚出雲林。

柿紅一色明羅袖，金粉群蟲集寶簪。

花似鹿蔥還耐久，葉如芍藥不多深。

青泥瓦斛移山蟻，聊著書窗伴小吟。（〈山丹花〉）

（三）素羅笠頂碧羅簷，脫卸蓋裳著茜衫。

望見竹林心獨喜，翩然飛上翠瓊簽。（〈牽牛花〉）

（四）深著紅藍染暑裳，琢成紋玳敵秋霜。

半含笑裏清冰齒，忽綻吟邊古錦囊。

霧縠作房珠作骨，水品為醴玉為漿。

劉郎不為文園渴，何苦星槎遠取將。（〈石榴〉）

大抵其時詠物，亦著力於狀形摩態，殊乏深刻內涵。又如〈立春後一日和張功父園梅未開之韻〉，為方回所選，以為「末句甚佳」，而紀昀則批斥為「粗鄙至極，讀者以宋詩為戒，正緣此種惡調。」〔註12〕淳熙十五年春，詠物沈寂，較著者有〈和張功父梅詩十絕〉，唯係賡和之作，難以全然自由抒發。

淳熙十五年四月，萬里以議張浚配享高廟事，出守筠州。十六年在筠州任內，偶亦詠物，然為數寥寥，所作《江西道院集》中，有較著者如：

（一）仰架遙看時見些，登樓下瞰脫然佳。

酴醾蝴蝶渾無辨，飛去方知不是花。（〈披仙閣上觀酴

〔註12〕 同上。

醲〉）

（二）細看金鳳小花叢，費盡司花染作工。

雪色白邊袍更紫，更饒深淺四般紅。（〈金鳳花〉）

（三）小松如小兒，能坐未能立。

亂髮覆地皮，勁氣排雪汁。

誰將救暍手，種此青戰戰。

秋陽暴行人，清陰何時及。（〈道旁小松〉）

洎至紹熙元年萬里三度立朝，著有《朝天續集》，詠物稍多，頗有重振之勢。茲舉較著者三首：

（一）岸頭樹子直如筠，誰遣相招住水濱。

不合鏡中貪照影，照來照去總斜身。（〈岸樹〉）

（二）豎起青篙便是桅，片蒲掛了即帆開。

漁郎袖手船頭立，一葉如飛不用催。（〈小舟〉）

（三）要知微雨密還疎，空裏看來直是無。

不被波間三兩點，阿誰見破妙工夫。（〈微雨〉）

此一時期萬里郊勞使客，送伴借官，然途間詠物，亦多爲狀形，殊少寄慨。唯如〈盱眙軍無梅郡圃止有蠟梅兩株〉：「臘裏花開已是遲，西湖十月見瓊肌，嶺頭猶說南枝暖，却向淮南覓北枝。」則係罕見借物寓意之作。

紹熙二年及三年，萬里在江東副漕任，著有《江東集》，其中詠物數量大增，爲繼淳熙戊戌之後之最盛時期。除習常詠物詩材外，諸如竹床、水漚、怪菌、水螳螂等亦盡入吟詠：

（一）已製青奴一壁寒，更搘綠玉兩頭安。

誰言詩老眠雲榻，不是漁郎釣月竿。

醉夢那知蕉葉雨，小舟親過蓼花灘。

蹶然驚起天將曉，窗下書燈耿復殘。（〈竹床〉）

（二）淡日輕雲雨點疎，水漚隨雨起清渠。

跳來走去瓊槃裏，剏見龍宮徑寸珠。（〈水漚〉）

（三）雨前無物撩眼界，雨裏道邊出奇怪。

數莖枯菌破土膏，即時便與人般高。

撤開圓頂丈來大，一菌可藏人一箇。

黑如點漆黃如金，第一不怕驟雨淋。

得雨聲如打荷葉，腳如紫玉排粉節。

行人一箇掇一枚，無雨即合有雨開。

與風最巧能向背，忘却頭上天倚蓋。

此菌破來還可補，只不堪餐不堪煮。（〈怪菌歌〉）

（四）清晨洗面開篷門，巨螳螂在水上奔。

前怒兩臂秋竹竿，後拕一腹春漁船。

偶然拾得破蛛網，挈取四角沉重淵。

柳上螳螂工捕蟬，水上螳螂工捕鱔。

捕蟬頓頓得蟬食，捕鱔何曾得鱔喫。（〈水螳螂歌〉）

所詠亦皆著重於狀形摩態，筆端之活潑剌底，頗嬈趣味。

　　紹熙三年壬子八月萬里棄官家居以至於終老，著有《退休集》。閑居南溪，萬里特於書齋之東，闢一畝地以爲東園，植江梅、海棠、桃、李、橘、杏、紅梅、碧桃、芙蓉各爲徑，取名「三三徑」，息交絕游，徜徉其間。故其時詠物常以齋前或東園花木爲詩材。花木之外，較爲特殊者有玉盤盂、烏臼燭、寒燈、寒雞、蠅虎等：

（一）旁抬近侍自江都，兩歲何曾見國姝。

看盡滿攔紅芍藥，只消一朵玉盤盂。

水精淡白非眞色，珠璧空明得似無。

欲比此花無可比，且云冰骨雪肌膚。（〈玉盤盂〉）

（二）白焰光寒淚亦收，白燈十倍蜜燭休。

忘情也似誠齋叟，燒盡心時不淚流。（〈烏臼燭〉）

（三）老穉都眠獨我醒，寒燈半點伴三更。

雙花忽作蜻蜓眼，孤焰仍懸玉膽瓶。（〈寒燈〉）

（四）寒雞睡著不知晨，多謝鐘聲喚起人。

明曉莫教鐘睡著，被他雞笑不須嗔。（〈寒雞〉）

（五）長有青蠅入夢，初無白額負嵎。

傳業羲皇網罟，齊名鬥穀於菟。（〈蠅虎六言〉）

此外有〈山茶〉一首：「樹子團團映碧岑，初看喚作才犀林。誰將金

粟銀絲膾，簇飣朱紅榮椀心。春早橫招桃李妬，歲寒不受雪霜侵。詩題畢竟輸坡老，葉厚有稜花色深。」此詩爲方回所選，并云：「此詩三四頗龐，亦盡山茶之態，二句亦好。」然紀昀則批爲：「粗鄙至極。明知其病而曲爲之詞，信乎平心之難。」（註13）斯亦見仁見智。考察《退休集》之詠物詩，多集中於紹熙五年、慶元元年及嘉泰二年，此外作品殊少。

綜觀萬里之詠物詩，其量驚人，而詠物之興趣多在於狀物之形態，不在於言志抒懷，故極盡推敲細察之能事，作活潑逼眞之描繪，以求生動突出物類之眞貌，令讀者歎爲觀止。

第三節　憂　世

楊萬里在〈詩論〉一文中以爲「詩也者，矯天下之具也。」「聳乎其必譏，而斷乎其必不可恕。」又在〈和李天麟二首〉中以爲「句中池有草，字外目俱蒿。」又在〈和段季承左藏惠四絕句〉中以爲「道是詩壇萬丈高，端能辦却一生勞，阿誰不識珠將玉，若箇關渠風更騷。」理論與實踐雖恆有差距，然萬里集中，「蒿目而憂世之患」，（註14）關切朝政民生之詩，其量遠不及詠物，征行或簡寄酬贈尋訪送餞之作，其質則頗可觀。茲分「憂朝政」與「憫民生」二方面述之：

甲、憂朝政

楊萬里生當南宋高宗偏安之局，時和議之風瀰漫。由於親受王庭珪、胡銓、張浚等之教導與啓發，萬里在政治意識上，力主對敵用戰，即便形勢有所不容，主采守策，然堅決秉持反對和議之主張。高宗偏安三十五、六年期間，萬里自云其作品，已焚燬無存，其憂朝政之詩固無可考索，唯自壬午秋後憂朝政之詩篇觀之，莫不以反對和議爲其基礎，對於國君用人以非材，加以婉諷，對於抗敵宿將名臣，加以頌

〔註13〕同上二七「著題類」。
〔註14〕《莊子・駢拇》。

楊。茲舉較著者爲例：

（一）莫讀輪臺詔，令人淚點垂。

天乎容此虜，帝者渴非羆。

何罪良家子，知他大將誰。

願懲危度口，倘復雁門蹄。

亂起吾降日，吾將強仕年。

中原仍夢裏，南紀且愁邊。

陛下非常主，群公莫自賢。

金臺尚未築，乃至羨強燕。

只道六朝窄，渠猶數百春。

國家祖宗澤，天地發生仁。

歷服端傳遠，君王但側身。

楚人要能懼，周命正維新。（《江湖集》：〈讀罪己詔〉）

按此詩寫於符離潰敗後，孝宗下罪己詔。萬里讀詔，對國事憂慮萬千，筆之於詩，頗見憂世之慨。詩中婉諷主和者不足以輔佐中興；勛勉主戰之張浚雖敗勿餒，以求重挽頹局，並頌揚孝宗有意恢復，規勸其側身修行，整飭國政，以消除外患，堅定其抗敵自強之策及謀衛國自保之計，否則任用主和議之湯思退黨，則難挽國運。

（二）貪將如中使，兵書不悞今。

只悲熊耳甲，誰怨裹瘡金。

賈傅奚同郡，朱游獨折心。

書生何處說，詩罷自長吟。（同上：〈路逢故將軍李顯忠以符離之役私其府庫士怨而潰，謫居長沙〉）

按符離潰敗，李顯忠貶長沙。此詩係楊萬里據當時傳聞而賦詩，詩中感於宋軍敗後，軍資器械，喪失殆盡，義憤填膺，乃有請斬敗將之激動。唯詩人賦詩，無補於事，憂世徒然，寄慨尤顯沉痛。至於嗣後李顯忠之冤屈得雪，大白天下，則非萬里始料所及。

（三）秋日穿升却霧中，先生更去恐群空。

古誰云遠今猶古，公亦安知世重公。

軒冕何緣關此老，江山所過總清風。

　　　　我行安用相逢得，不得趨隅又北東。(同上：〈道逢王
　　元龜閣學〉)

按符離潰敗後，湯思退黨和議勢力大張，欲罷張浚。王大寶元龜以爲
國事莫大於恢復，堅決主戰，未幾與王十朋、胡銓相繼引去。萬里詩
中婉惜孝宗有意恢復於前而旋即動搖於後，任用奸佞，罷黜賢能，以
爲非國家之福，並對元龜之高風亮節，不與奸佞同流，致無上之敬意，
蓋痛朝政之非與棄才如此。

　　(四) 人道眞虛席，心知必數公。
　　　　賓王欺釣臺，君實誤兒童。
　　　　天在昇平外，春歸小雪中。
　　　　何曾忘諸老，渠自愛松風。(同上：〈紀聞〉)

按此詩以詼諧之筆，寄慨寓諷，蓋憂朝廷用人偏向主和派，而棄置忠
義諸老於不用，乃邦國之不幸。

　　(五) 雨裏短簑頭似雪，客間長鋏食無魚。
　　　　上書慟哭君何苦，政是時人重子虛。(同上：〈跋蜀人
　　魏致堯撫幹萬言書〉)

按此詩慨歎忠臣義士上書暢論國事，以謀振衰起弊、救亡圖強之道，
然未受關注，視同子虛烏有，蓋憂朝政之未能察納雅言，廣聞讜論。

　　(六) 玉堂著句轉春風，諸老從前亦寓忠。
　　　　誰爲君王供帖子，丁寧綺語不須工。(同上：〈立春日
　　有懷〉)

按紹興十三年立春，學士院恢復呈撰帖子詞。周煇《清波雜志》一○云：
「春端帖子，不特詠景物爲觀美，歐陽文忠公嘗寓諷其間，蘇東坡亦然，
司馬溫公自著日錄，特書此四詩，蓋爲玉堂之楷式。自政、宣以後，第
形容太平盛事，語言工麗以相誇，殆若唐人宮詞耳。近時楊誠齋廷秀有
『玉堂著句轉春風……』之句，是亦此意。」蓋萬里憂世爲懷，期君王
能察納雅言，群臣能進獻忠言，若春帖子僅以綺語麗工相誇，何補朝政？
劉克莊論「春端帖子」云：「使此老爲之，必有可觀！」〔註15〕最能體

〔註15〕《後村先生大全集》一七五。

察萬里憂朝政之用心。

綜觀萬里之憂朝政詩篇，多集中於《江湖集》中，時符離潰敗後，孝宗采用和議政策以圖安定。然萬里出自王庭堅、胡銓、張浚之門，主戰救國，故發爲詩篇，乃有憂朝政之作。此外憂朝政之作又多見於《朝天續集》，蓋其時萬里借官接送金使於二國邊境，感觸多有，因懷起興，乃入吟詠。茲不具引。

乙、憫民生

楊萬里三度立朝，及多次任地方官，莫不秉持儒者仁民愛物之思想與胸襟。觀其《千慮策》，上皇帝諸書及箚子，乃至於奉新六月之治績與江東副漕時乞罷江南州軍鐵錢會子等，莫不以仁民便民爲民政之基礎；其揭示吏治之弊與主張薄賦斂節財用，亦莫非憫民生之疾苦。萬里本身憫民如此，其三子任，亦諄諄教誨之：示長孫以廉、恕、公、明、勤爲官箴；〔註16〕送次公以「爭進非身福，臨民只母慈，關征豈得已，壟斷欲何爲！」送幼輿以「估人耕貨不耕田，也合供輸餉萬屯；莫道厚征爲報國，厚民却是負君恩。」〔註17〕皆告誡三子以慈恩臨民，以厚民利民爲先。職是之故，萬里憫民生詩篇，或隱或顯，皆反映此種襟懷。

萬里之憫民生詩，除部份在征行詩中發抒外，立朝時較少，而任地方官及家居時較多，蓋緣於後者多所接觸之故。茲舉較著者以觀：

（一）催科不拙亦安出，吾民瀝髓不濡骨。

邊頜犀渠未晏眠，天不雨粟地流錢。（《江湖集》：〈晚立普明寺門，時已過立春，去除夕三日爾，將歸有歎〉）

（二）稻雲不雨不多黃，蕎麥空花早著霜。

已分忍飢度殘歲，更堪歲裏閏添長。（同上：〈憫農〉）

（三）兩月春霖三日晴，冬寒初暖稍秧青。

春工只要花遲著，愁損農家管得星。（同上：〈農家歎〉）

〔註16〕本集九七〈官箴〉。
〔註17〕本集二九〈送次公子之官安仁監稅〉、〈送幼輿子之官澧浦慈利監稅〉。

（四）自憐秋蝶生不早，只與夜螢聲共悲。

　　　眼邊未覺天地寬，身後更用文章為。

　　　去歲今夏旱相繼，淮江未淨郴江沸。

　　　餓夫相語恐不愁，今年官免和糴不。（同上：〈旱後郴
　　　寇又作〉）

（五）大熟虛成喜，微生亦可嗟。

　　　禾頭已生耳，雨腳尚如麻。

　　　頃者官收米，精於玉絕瑕。

　　　四山雲又合，奈何老農家。（同上：〈宿龍回〉）

（六）繭絲臣敢後，饑饉帝云何。

　　　身達當難免，能稱未要多。

　　　但無田里歎，不必袴襦歌。（同上：〈辛卯五月送丘宗卿
　　　太博出守秀州〉）

（七）飽暖君恩豈不知，小兒窮慣只長饑。

　　　朝朝聽得兒啼處，正是炊粱欲熟時。（《荊溪集》：〈兒
　　　啼索飯〉）

（八）甑頭雲子喜嘗新，紅嚼桃花白嚼銀。

　　　笑殺官人浪歡喜，村人殘底到官人。（《退休集》：〈初
　　　秋戲作山居雜興俳體十二解〉）

（九）問渠田父定無飢，却道官人那得知。

　　　未送太倉新玉粒，敢先雲子滑流匙。（《同上：〈至後入
　　　城道中雜興〉）

（十）群盜常山蛇勢如，一偷捕獲十偷扶。

　　　十偷行賂一偷免，百姓如何奈得渠。（同上：〈十山歌
　　　呈太守胡平一〉）

　　以上諸例不過舉出萬里憫民生之一端。萬里以儒者仁民愛物之胸懷，憂旱憂潦憂雪憂霜，憂賦稅，憂寇盜，莫非憫民生，甚而詩中描繪村夫村婦牧童稚子，亦莫非憫民生。蓋民生之家給人樂，方係國家昇平之基礎。所謂「豐年氣象無多子，只在雞鳴犬吠中」、[註18]「昇

平不在蕭韶裏，只在諸村打稻中」，〔註 19〕正係萬里憫民生最有力之
告白。

第四節　簡寄酬贈送餞題挽

　　簡寄酬贈送餞題挽，乃詩人交游之所不可免。楊萬里詩名見重於
當代，官歷高宗、孝宗、光宗、寧宗四朝，交游人物，上自宰執，下
至吏掾布衣，酬唱乃多，即家居時，以族叔族弟亦頗能詩，故詩社吟
詠不絕。總計萬里此類作品，約一千三百首。此外尚有挽歌約八十首，
其中有以深摯交誼而作詩以挽之者，有受人情囑託而為之者。又有題
某樓某閣，立朝時賀節、賀生辰，以及試帖詩，皆酬應難免，強為之
作。

　　此類詩歌在萬里《詩集》開端已然多有，茲舉較著者為例：

（一）湘江曉月照離裾，目送車塵至欲晡。

　　　歸路新詩合千首，幾時乘興更三吾。

　　　眼邊俗物只添睡，別後故人何似臞。

　　　尚策爬沙追歷塊，未甘直作水中鳧。（《江湖集》：〈和
蕭判官東夫韻寄之〉）

（二）江欲浮秋去，山能渡水來。

　　　姆隅蠻語雜，欸乃楚聲哀。

　　　寒早當緣閏，詩成未費才。

　　　愁邊正無奈，歡伯一相開。（《江湖集》：〈題湘中館〉）

（三）貧難聘歡伯，病敢跨連錢。

　　　夢豈花邊到，春俄雨裏遷。

　　　一犁關五秉，百箔俟三眠。

　　　只有書生拙，窮年墾紙田。（《江湖集》：〈和仲良春晚即
事〉）

（四）澹翁家近醉翁家，二老風流莫等差。

　　　黃帽朱耶飽烟雨，白頭紫禁判鶯花。

〔註 19〕本集四一〈至後入城道中雜興〉（《退休集》），頗見晚歲之憫民。

　　　　袖天老手何須石，行地新堤早著沙。

　　　　三歲別公千里見，端能解榻瀹春芽。(《江湖集》:〈見
　　　　澹菴先生舍人〉)

　　(五)　出晝民猶望，回軍敵尚疑。

　　　　時非不吾以，天未勝人為。

　　　　自別知何恙，從誰話許悲。

　　　　一生長得忌，千載却空思。(《江湖集》:〈故少師張魏公
　　　　挽詞〉)

以上五例皆萬里學古期之作品，其中頗多用典，如第三例「和仲良春
晚即事」，為方回所選，云:「零陵丞時詩，仲良者，永州司法張材，
山東人。連錢、紙田，用韻好勝過之。一犁五秉，百箔三眠，湊合亦
佳，但恐少年作，未自然，學詩者不可不由此而入也。」紀昀批云:
「此詩最允，虛看亦儘有分明處。」〔註20〕查慎行云:「連田如何替
得馬字，一犁關五秉，牽強。」〔註21〕陳衍云:「語未了便轉，誠齋
秘訣。」〔註22〕此外如第四例亦然，唯胡澹菴為萬里所最敬愛恩師之
一，故非比尋常酬應，詩中雖云二人飲茶敍舊，然對一位扶亂持危志
切報國之老臣，予以莫大之期許。第五例挽張浚詩，以張浚為萬里所
最敬愛恩師之一，故亦非尋常挽詩，詩中道出張浚宦海浮沉之悲，與
師恩永懷之意。劉克莊云:「誠齋挽張魏公云:『出晝民猶望，回軍敵
尚疑。』只十箇字而道盡魏公一生，其得人心且為虜所畏，與夫罷相
解都督時事，皆在裏許，然讀者都草草看了。」〔註23〕洵知音之論。

　　淳熙戊戌詩風丞變之後，萬里以二度立朝之《朝天集》，三度立
朝之《朝天續集》及漕江東之《江東集》中酬應唱和之作最多，蓋其
時交游人物，多為能詩之朝士同僚。晚年之《退休集》，則由於詩名
已盛，重之以家居人情，題贈送餞之作乃豐，惟多乏可觀者。茲舉較

〔註20〕　《瀛奎律髓》一○「春日類」。

〔註21〕　《初白菴詩評》下〈瀛奎律髓評〉。

〔註22〕　《宋詩精華錄》三。

〔註23〕　《後村詩話》前集二。

著者以觀：
　　（一）夢中相見慰相思，玉立長身漆點髭。

　　　　　不遣紫宸朝補袞，却教雪屋夜哦詩。（《荊溪集》：〈和
　　　　　范至能參政二絕句〉）

按范至能係萬里所崇敬之詩友，淳熙五年四月拜參知政事，然上任二月即爲奸佞參劾而落職。萬里於和作中頗表憤慨，固非尋常賡和之作。

　　　（二）御柳梢頭晚不風，官梅面上雪都融。

　　　　　如何閶闔新春夜，頓有芙蕖滿眼紅。

　　　　　十里沙河人最鬧，三千世界月方中。

　　　　　買燈莫費東坡紙，今歲鼇山不入宮。（《朝天集》：〈和
　　　　　陳蹇叔郎中乙巳上元晴和〉）

按陳蹇叔與萬里有深厚交誼，此詩賡和而隱寓譏刺，頗見深刻。考《武林舊事》記南宋時杭州情況云：「一入新正，燈火日盛，皆修內司諸璫分主之，競出新意，年異而歲不同，往往於復古、膺福、清燕、明華等殿張掛，及宣德門、梅堂、三閒臺等處臨時取旨，起立鼇山……禁中嘗令作琉璃燈山，其高五丈，人物皆用機關活動，結大綵樓貯之……山燈凡數千百種，極其新巧，怪怪奇奇，無所不有。」足見奢靡至極。萬里藉禁中撤除燈山，藉機婉諷。

　　　（三）劍外歸乘使者車，浙東新得左魚符。

　　　　　可憐霜鬢何人問，焉用詩名絕世無。

　　　　　彫得心肝百雜碎，依前塗轍九盤紆。

　　　　　少陵生在窮如蝨，千載詩人拜塞驢。（《朝天集》：〈跋
　　　　　陸務觀《劍南詩稿》〉）

按陸游係萬里詩友，所跋《劍南詩稿》，雖旨在稱美陸游，然堪稱貼切。

　　　（四）若見丘遲問老夫，爲言臞似向來臞。

　　　　　更將双眼寄吾弟，帶去稽山看鑑湖。（《朝天集》：〈走
　　　　　筆送濟翁弟過浙東謁丘宗卿〉）

按濟翁係萬里族弟，此首送詩用伍員故事，設想新奇罕見。

　　　（五）畢竟西湖六月中，風光不與四時同。

　　　　　接天蓮葉無窮碧，映日荷花別樣紅。（《朝天集》：〈曉

出淨慈送林子方〉〉

按此爲送林子方詩，然詩中則在描繪西湖六月風光。坊刻《千家詩》
題蘇軾作，清恆仁已指出其誤。〔註24〕

（六）瀝血抄經奈若何，十年依舊一頭陀。

袈裟未著愁多事，著了袈裟事更多。（《朝天集》:〈送
德輪行者〉）

按此詩宋、明、清人所見不同。宋羅大經云:「楊誠齋贈抄經頭陀詩云:
『（詩詳上）』今世儒生竭半生之精力以應舉覓官，幸而得之，便指爲
富貴安逸之媒，非特於學問切己事不知盡心，而書冊亦幾絕交，如韓
昌黎所謂『牆角君看短檠棄』、陳后山所謂『一登吏部選，筆硯隨埽除』
者多矣，是未知著了袈裟之事更多也。」〔註25〕明田汝成云:「愚謂前
一詩可爲士人筮進解褐之規。」〔註26〕清王士禎云:「近吳湖州園次（吳
綺）游廣州，有僧大汕者，日伺侯督撫、將軍、諸監司之門，一日向
吳自述酬應雜遝，不堪其苦，吳笑應之曰:『汝既苦之，何不出了家？』
應上皆大噱。……楊誠齋詩云:『袈裟未著言多事，著了袈裟事更多。』
其此僧之謂乎？」〔註27〕細繹萬里詩原意，殆以前二說近是。

（七）太行界天二千里，清晨跳入寒窗底。

黃河動地萬鏊雷，却與太行相趁來。

青崖顚狂白波怒，老天驚倒立不住。

乃是丘遲出塞歸，贈我大軸出塞詩。

手持漢節娛秋月，弓掛天山鳴積雪。

過故東京到北京，淚滴禾黍枯不生。

誓取胡頭爲飮器，盡與遺民解魋髻。

詩中哀怨訴阿誰，河水鳴咽山風悲。

中原萬象聽驅使，總隨詩句歸行李。

君不見晋人王右軍，龍跳虎臥筆有神。

〔註24〕《月山詩話》。

〔註25〕《鶴林玉露》八。

〔註26〕《西湖遊覽志餘》一四〈方外玄縱〉。

〔註27〕《香祖筆記》。又袁枚《隨園詩話》一一亦引此而小誤。

何曾哦得一句子，自哦自寫傳世人。

君不見唐人杜子美，萬草千花句何綺。

祗以詩傳字不傳，却羨別人雲落紙。

莫道丘遲一軸詩，此詩此字絕世奇。

再三莫遣鬼神知，鬼神知了偷却伊。（《朝天續集》：〈跋
丘宗卿侍郎見贈使北詩五七言一軸〉）

按丘崈嘗爲迎接金國賀生辰使之接伴使。萬里所跋非尋常酬應，其間
雖不乏稱美之辭，然實藉跋語感慨國事，語重心長，溢於言表。清光
聰諧謂萬里詩「絕不感慨事」，然不否認此詩「少見其意」。〔註28〕

（八）諭蜀宣威百萬兵，不須號令自精明。

酒揮勃律天西椀，鼓臥蓬婆雪外城。

二月海棠傾國色，五更杜宇說鄉情。

少陵山谷千年恨，不遇丘遲眼爲青。（《江東集》：〈送
丘宗卿帥蜀〉）

按此詩爲清賀裳所賞，嘗析之云：「傾國二字素聯，此却作虛字用，李
延年後再見也。杜宇句尤極弄姿之妙。二物正蜀中花鳥，不惟精切，兼
有風致，次聯亦鉅麗，固是傑作。」〔註29〕所論精審，洵爲萬里知音。

（九）君居東浙我浙西，鏡裏新添幾縷絲。

花落六回疎信息，月明千里兩相思。

不應李杜翻鯨海，更羨夔龍集鳳池。

道是樊川輕薄殺，猶將萬戶比千詩。（《退休集》：〈寄
陸務觀〉）

按此詩係萬里以文學創作互勉，宋羅大經誤以爲與〈南園記〉有關，
殊不知此詩作於紹熙五年，而〈南園記〉事則在慶元三年。〔註30〕楊
陸友誼隆厚，詩中除互勉外，並流露深摯誠懇之友情。

（十）汝仕今差晚，家庭莫恨離。

〔註28〕《有不爲齋隨筆》庚卷。

〔註29〕《載酒園詩話》五。

〔註30〕按〈南園記〉云：「慶元三年二月丙午，慈福有旨以別園賜今少師平
原郡王韓公。」

　　　　學須官事了，廉忌世人知。

　　　　爭進非身福，臨民只母慈。

　　　　關征豈得已，壟斷欲何爲。（《退休集》：〈送次公子之官
　　　　安仁監稅〉）

按父子親情，非比尋常。萬里送長子長孺之官，嘗勉以廉、恕、公、
明、勤；〔註31〕送幼子幼輿之官，嘗勉以厚民爲先。〔註32〕此詩則以
廉勉次子次公，除親情流露外，並見萬里之愛民情懷。

　　綜觀萬里之簡寄酬贈送餞題挽之詩，其量雖多，而可觀者蓋寡。
萬里嘗分詩爲三等，云：「大抵詩之作也，興上也、賦次也、賡和不
得已也。我初無意於作是詩，而是物是事，適然觸乎我，我之意亦適
然感乎是物是事，觸先焉，感隨焉，而是詩出焉，我何與哉？天也，
斯之謂興。或屬意一花，或分題一草，指某物，課一詠，立某題，徵
一篇，是已非天矣，然猶專乎我也，斯之爲賦。至於賡和，則孰觸之，
孰感之，孰題之哉？人而已矣。出乎天，猶懼賤乎天；專乎我，猶懼
弦乎我。今牽乎人而已矣。尙冀其有一銖之天，一黍之我乎？蓋我未
嘗覿是物，而逆追彼之覿；我不欲用是韻，而抑從彼之用，雖李杜能
之乎？而李杜不爲也。是故李杜之集，無牽率之句，而元白有和韻之
作。詩至和韻而詩始大壞矣。故韓子蒼以和韻爲詩之戒也。」〔註33〕
其論詩反對賡和一類作品，而簡寄酬贈送餞題挽之詩，雖未必盡係賡
和，然多非「觸先焉，感隨焉，而是詩出焉」屬諸「興上也」之作品。
萬里以甚豐富之寫作經驗，深刻體會「舍己以絢於人」，〔註34〕難以
自出肺腑，縱橫出沒於筆端。然交游酬應，風氣如此，萬里雖明知其
弊，亦不能自脫於人際關係，於是在「不得已也」之形勢下，粗劣草
率之作不少。萬里自編《詩集》，但存實錄，未予割捨，於歷史考證
上，提供具體可靠之資料，頗具史學價值。

〔註31〕 本集九七〈官箴〉。

〔註32〕 本集三九〈送幼輿子之官澧浦慈利監稅〉。

〔註33〕 本集六七〈答建康府大軍庫監門徐達書〉。

〔註34〕 本集六四〈見蘇仁仲提舉書〉。

第三章　楊萬里詩之重要技巧

　　據楊萬里〈江湖集序〉與〈《荊溪集》序〉之自述創作經歷，言其五十二歲之前初學江西、陳師道，後學王安石而過渡至晚唐。五十二歲之後，忽有所悟而辭謝唐人、王、陳與江西諸君子，而達「瀏瀏焉無復前日之軋軋」之境。江西詩派，自山谷崛起於北宋，汴梁南渡，學者宗之。〔註1〕呂居仁集二十五人之作曰江西詩派，風氣所及，詩人耳濡目染，亦多江西聲氣。萬里學詩自江西入手，固嘗致力於脫胎換骨之模擬，好奇尚硬，乃至於好用事。綜觀江西諸家宗主，不外杜甫與陶潛，高者由庭堅而上探杜甫，如陳師道、晁沖之、陳簡齋；或兼模擬陶潛，如韓駒、徐俯、趙蕃；次者專習庭堅，實亦不脫杜、陶，如方回、三洪、蕭德藻，然皆不出庭堅詩格，而流於剽竊沿襲之弊。萬里欲跳脫乎此，乃轉向庭堅所反對之晚唐尋覓新路。萬里學習安石與晚唐絕句之束起書帙，剗去繁縟，少用典故，適足以救江西記博聞少情性之病；而其目的，則在於創作鮮活之自然詩篇。故在辭謝諸家之後，萬里詩趨向自然平易，對於陶潛、白居易、乃至於張耒，莫不深愛；蓋覺悟於「子建函京之作，作宣灞岸之篇，子荊零雨之章，正長朔風之句，並舉胸情，非傍詩史」，〔註2〕「思君如流水，既是即目；

〔註 1〕朱竹垞〈序裴司直集〉。
〔註 2〕沈約《宋書》六〇〈謝靈運傳論〉。

高臺多悲風，亦唯所見；清晨登隴首，羌無故實；明月照積雪，詎出
經史？」〔註3〕故萬里詩之技巧，乃以不傍經史，直舉胸臆為基礎，
以達「萬象畢來」、「生擒活捉」之即目即景天真自然之境。關於萬里
詩之技巧，錢鍾書嘗就對仗方面拈出「七律當句對」與「善用諸格」：
「南宋則楊誠齋，顯好身手，得大自在，聯如〈送周仲覺〉云：『無
夕不談談不睡，看薪成火火成灰』；〈晴後雪凍〉云：『本是雪前風作
雪，卻緣雪後雪生風』；〈闔門外登溪船〉云：『絕壁入天天入水，亂
篙鳴石石鳴船』；水月寺寒秀軒云：『低低簷入低低樹，小小盆盛小小
花』；〈再和謝朱叔正〉云：『自慚下下中中語，祗合休休莫莫傳』；賀
胡澹菴新居云：『卻入青原更青處，飽看黃本硬黃書』；〈登多稼亭〉
云：『鷗邊野水水邊屋，城外平林林外山』；紅錦黃花云：『節節生花
花點點，茸茸曬日日遲遲』。其中佳對，巧勿可階，而曲能悉達，使
讀者忘格律之窘縛。」〔註4〕此外，本章擬就時間空間之設計，層次
曲折之變化、反常合道之表出、俚語白話之投入四方面試作探索。

第一節　時間空間之設計

　　楊萬里詩之主要興趣在天然景物。摹寫天然景物，與時間空間之
設計，有密切之關係。時間有古今未來，空間有遠近高低大小，詩人
以其所長，精心設計，創造豐富與獨特之詩趣。
　　萬里作詩，常興到筆來，下筆成篇，初未刻意於時空之設計，然
詩人鍛鍊既久，筆到之處而時空設計自然配合。時空之設計以詩人才
情境遇習慣個性之不同，而有多樣無定之構造。綜觀萬里詩，其所最
擅長於時空設計者約有三方面：
　　一、空間之壓縮凝聚：此一設計為萬里所最擅長，設計畫面，移
動方向自遠而近，由大景物之描寫，壓縮凝聚至小景物，視野由開潤

〔註3〕鍾嶸《詩品》。
〔註4〕《談藝錄》頁113。其中引「紅錦黃花」，當作「紅錦帶花」，疑沿趙
　　　　翼《陔餘叢考》二三〈疊字詩〉條而誤。

而狹窄，空間壓縮凝聚，選取局部焦點，全神貫注，將物象姿態特徵，作窮形極相之特寫，使意象躍現而分外突出。茲舉例以見一斑：

（一）急下柴車踏晚晴，青鞋步步有沙聲。
　　　忽逢野沼無人處，兩鴨浮沈最眼明。（《江湖集》：〈丁亥正月新晴晚步〉）

（二）岸上行人莫嘆勞，長年三老政呼號。
　　　也知灘惡船難上，仰踏桅竿臥著篙。（《荊溪集》：〈過招賢渡〉）

（三）一江故作兩江分，立殺呼船隔岸人。
　　　柳上青蟲寧許劣，垂絲到地卻回身。（同上）

（四）秋氣堪悲未必然，輕寒政是可人天。
　　　綠池落盡紅蕖卻，荷葉猶開最小錢。（同上：〈秋涼晚步〉）

（五）城外春光染遠山，池中嫩水漲微瀾。
　　　回身小卻深簷裏，野鴨雙浮欲近欄。（同上：〈淨遠亭午望〉）

（六）秋光好處頓胡床，旋喚茶甌淺著湯。
　　　隔樹漏天青破碎，驚風度竹碧忽忙。（同上：〈城頭秋望〉）

（七）已是霜林葉爛紅，那禁動地晚來風。
　　　寒鴉可是矜渠點，踏折枯梢不墮空。（同上：〈晚風寒林〉）

（八）隔窗偶見負暄蠅，雙腳接挲弄晚晴。
　　　日影欲移先會得，忽然飛落別窗聲。（同上：〈凍蠅〉）

（九）清溪欲下影先翻，隻鷺還將雙鷺看。
　　　綠玉脛長聊試淺，素瓊裳冷不禁寒。（《西歸集》：〈晨炊玉田聞鷺觀鷺〉）

（十）雨足山雲半欲開，新秧猶待小暄催。
　　　一雙百舌花梢語，四顧無人忽下來。（《退休集》：〈積雨小霽〉）

二、空間之擴張外展：此一設計亦係萬里所擅長，然並不常用。

設計畫面，移動方向，自近而遠，由小景物之描寫，擴大至大景物，視野由狹小而開闊。其間亦常以靜態景物作一近一遠之設計，或以動態景物作一內一外之移動，而形成律動感與空間深度感，令人投入立體而窈冥之空間。茲舉二例以見一斑：

（一）隔岸輕舟不可呼，小橋獨木有如無。

落松滿地金釵瘦，遠樹黏天菌子孤。(《江湖集》：〈劉村渡〉)

（二）春醉非關酒，郊行不問塗。

青天何處了，白鳥入空無。(《江湖集》：〈春日六絕句〉)

三、時間之緩捷設計：詩人攝取景物，多以遠觀、近觀、仰視、俯瞰、前瞻、後顧等角度，並采定點成多點觀景。由於景物映象之移動速率，乃造成時間之緩慢或迅捷。在時間緩慢之設計上，如：

（一）梅子留酸軟齒牙，芭蕉分綠與窗紗。

日長睡起無情思，閑看兒童捉柳花。(《江湖集》：〈閑居初夏午睡起二絕句〉)

按本詩自宋以來即受普遍之欣賞。萬里云：「工夫只在一『捉』字上。」[註5] 作者以「日長睡起無情思」之「閑看」心情，投注於「兒童捉柳花」上，場景單一，視點靜止，與「梅子留酸軟齒牙，芭蕉分綠與窗紗」之舒緩不迫氣氛相調和，構成初夏「日長」之冗長感，與「無情思」之從容感。

（二）芙蕖落片自成船，吹泊高荷傘柄邊。

泊了又離離又泊，看他走徧水中央。(《退休集》：〈泉石軒初秋乘涼小荷池上〉)

按本詩喻芙蕖落片為船，以空間之轉向移動作動態之演示，「泊了又離離又泊」一句使律動緩慢，而「水中央」為單一有限之場景，視點靜止，顯出時間之緩慢，尤呈露詩人「乘涼」之閑適心境。

其次，在時間迅捷之設計上，萬里采用場景不斷之更換，以迅捷鏡頭之跳接，造成時間之迅捷感，如：

〔註 5〕《浩然齋雅談》卷中。

河岸前頭松樹林，樹林近處見行人。

行人又被山遮斷，風颭酒家青布巾。（《朝天續集》：〈舟中晚望〉）

全詩一氣而下，由河岸而樹林，由樹林而行人，由行人而山，由山而酒家青布巾，景物映象移動，構成速率加速，氣勢頗勝，令人如聞其聲，如見其狀。此外萬里並善以誇張之描繪，構成時間之迅捷，如：

（一）上得船來恰對山，一山頃刻變多般。

初堆翠被百千摺，忽拔青瑤三兩竿。

夾岸兒童天上立，數村樓閣電中看。

平生快意何曾夢，老向閶門下急灘。（《江東集》：〈閶門外登溪船〉）

（二）動地風來覺地浮，拍天浪起帶天流。

舞翻柳樹知何喜，拜殺蘆花未肯休。

兩岸萬山如走馬，一帆千里送歸舟。

出籠病鶴孤飛後，回首金籠始欲愁。（《江東集》：〈發趙屯得風宿楊林池是日行二百里〉）

二詩摹寫生動，感覺之表出亦頗眞切，唯其間多作說明，詩趣稍弱，遠不及李白〈早發白帝城〉與杜甫〈聞官軍收河南河北〉之予人以迅疾如飛之感。

第二節　層次曲折之變化

《誠齋詩話》討論詩句之層次曲折云：「詩有一句七言而三意者，杜云：『對食暫餐還不能』，退之云：『欲去未到先思回』。有一句五言而兩意者，陳后山云：『更病可無醉，猶寒已自知。』」又云：「東坡煎茶詩云：『活水還將活火烹，自臨釣石汲深情。』第二句七字而具五意：水清，一也；深處清，二也；石下之水，非有泥土，三也；石乃釣石，非尋常之石，四也；東坡自汲，非遣卒奴，五也。」由於句中層次曲折多變，而造成層波疊瀾之境。萬里詩中，偶用此類句法，如：

猶喜相看那恨晚，故應更好半開時。（《江湖集》：〈普明寺見梅〉）

二句層次曲折，化板爲活，而表出自然平易，殊不易得。又如：

一生情重嫌春淺，老去與春無點情。(《江湖集》:〈又和二絕句〉)

二句亦自然平易，「無點情」係憤激之表面語，「情重」方係實語。此外，萬里亦偶作翻案語，矛盾逆折語，以造成層次曲折之多變，如:

鬢禿猶云少，書多却道窮。(《江湖集》:〈山居〉)

道我今貧却，何朝不飯來。(同上:〈待次臨漳，諸公薦之，易地毘陵，自愧無劇才，上章丐祠〉)

秋氣堪悲未必然，輕寒政是可人天。(《荊溪集》:〈秋涼晚步〉)

廢壘荒廬無一好，春來微徑總堪行。(同上:〈休日登城〉)

坐來堪喜還堪恨，看得南山失北山。(《西歸集》:〈小舟晚興〉)

政坐滿城風雨句，平生不喜老潘詩。(同上:〈重九日雨仍菊花未開用轆轤體〉)

然而綜觀萬里詩之致力處，不在於字詞之琱琢，而在於篇之經營。其層次曲折多變之詩篇，清代陳衍知之最精審，其《石遺室詩話》一六云:

宋詩人工於七言絕句而能不襲用唐人舊調者，以放翁、誠齋、後村為最，大抵淺意深一層說，直意曲一層說，正意反一層說、側一層說。

又其《陳石遺先生談藝錄》云:

夫漢魏六朝詩豈不佳？但依樣胡盧，終落空套。作詩當求真是自己話。中晚唐以逮宋人，力去空套。宋詩中如楊誠齋，非僅筆透紙背也，言時摺其衣襟，既向裏摺，又反而向表摺，因指示曰:他人詩只一摺，不過一曲折而已；誠齋則至少兩曲折。他人一摺向左，再摺又向左；誠齋則一摺向左，三摺總而向右矣。生看《誠齋集》，當於此等處求之。

陳衍之論，堪稱具體生動，卓越精闢。萬里七絕，多層次曲折，其他古體亦然。茲舉例以見一斑:

(一) 一年兩踏西山路，西山笑人應解語。

胸中百斛朱墨塵，兩捲珠簾無半句。
殷勤買酒謝西山，慚愧山光開我顏。
鬢絲渾為催科白，塵埃滿胸獨遑惜。（《江湖集》：〈過
西山〉）

（二）溪邊小立苦待月，月知人意偏遲出。
歸來閉乍悶不看，忽然飛上千峯端。
却登釣雪聊一望，冰輪正掛松梢上。
詩人愛月愛中秋？有人問儂儂掉頭。
一年月色只臘裏，雪汁揩磨霜水洗。
八荒萬里一青天，碧潭浮出白玉盤。
更約梅花作渠伴，中秋不是欠此段。（同上：〈釣雪舟
中霜夜望月〉）

（三）罩罩烟痕草許低，初初雨影傘先知。
溪回谷轉愁無路，忽有梅花一兩枝。（同上：〈晚歸遇
雨〉）

（四）古人亡、古人在，古人不在天應改。
不留三句五句詩，安得千人萬人愛。
今人只笑古人癡，古人笑君君不知。
朝來暮去能幾許，葉落花開無盡時。
人生須要印如斗，不道金槌控渠口。
身前只解皺兩眉，身後還能更盃酒。
李太白、阮嗣宗，當年誰不笑兩翁。
萬古賢愚俱白骨，兩翁天地一清風。（《荊溪集》：〈醉
吟〉）

（五）初疑夜雨忽朝晴，乃是山泉終夜鳴。
流到前溪無半語，在山做得許多聲。（《西歸集》：〈宿
靈鷲禪寺〉）

（六）秋曉寒可忍，秋夕永難度。
青燈照書冊，兩眼如隔霧。
掩卷却孤坐，塊然與誰語。
倒臥臥不得，起行行無處。

屋角忽生明，山月到庭戶。

似憐幽獨人，深夜約清晤。

我吟月解聽，月轉我亦步。

何必更讀書，且與月聯句。（《江西道院集》:〈感秋〉）

（七）天公要飽詩人眼，生愁秋山太枯淡。

旋裁蜀錦展吳霞，低低抹在秋山半。

須史紅錦作翠紗，機頭織出暮歸鴉。

暮鴉翠紗忽不見，只見澄江淨如練。（同上:〈夜宿東
渚放歌〉）

（八）老夫渴急月更急，酒落杯中月先入。

領取青天併入來，和月和天都蘸濕。

天既愛酒自古傳，月不解飲眞浪言。

舉杯將月一口吞，舉頭見月猶在天。

老夫大笑問客道，月是一團還兩團。

酒入詩腸風火發，月入詩腸冰雪潑。

一杯未盡詩已成，誦詩向天天亦驚。

焉知萬古一骸骨，酌酒更吞一團月。（《退休集》:〈重
九後二日同徐克章登萬花川谷月下傳觴〉）

（九）仰頭月在天，照我影在地。

我行影亦行，我止影亦止。

不知我與影，爲一定爲二。

月能寫我影，自寫却何似？

偶然步溪旁，月欲在溪裏。

上下兩輪月，若個是眞底？

唯復水是天，唯復天是水？（同上:〈夏夜玩月〉）

（十）小樹梅花徹夜開，侵晨雪片趁花回。

即非雪片催梅發，却是梅花喚雪來。

琪樹橫枝吹腦子，玉妃乘月上瑤臺。

世間除却梅和雪，便是冰霜也帶埃。（同上:〈至後十
日雪中觀梅〉）

以上舉例，皆見層次曲折之變化，筆致靈活巧妙，不論古、律、

絕皆能擅其長。「至後十日雪中觀梅」一首，爲方回選入《瀛奎律髓》云：「此《退休集》詩，最爲老筆，千變萬化，橫說直說。學者未至乎此，不可便以爲率。」〔註6〕讀萬里層次曲折多變之詩篇，皆當作如是觀。

第三節　反常合道之表出

　　語言文字之運用，原無一定之模式或軌迹，然緣於約定俗成之限制，以及相互模仿，相因相成，致使原可自由翻新變化表出之詞句，導入既成之模式或軌迹，遂凝結而爲陳句俗腔，殊乏新鮮之感。於是詩人求新求奇，以創造雋句與詩境，乃以其敏銳之感受與細微之觀察，投注於想像，致力於語言之新生，推陳出新，使日常言語未能直接表出之事物形象，以鮮活奇崛之字句浮現。詩人或以超常理之誇飾，或以非習慣之想像，或以常字之新用，或以主觀之改造或推理，以致乍看出乎意外，細思却能入乎意中。《詩人玉屑》一〇引蘇軾云：「詩以奇趣爲宗，反常合道爲趣。」即明確指出詩歌之奇趣，可從「反常合道」之技巧得之；而「反常合道」，即一反俗腸俗口之陳舊句式陳舊想像，以凡夫俗目觀之，髣髴有違常理；以詩人靈慧觀之，却能合道愜意，詩歌之新境，恆自斯而得。

　　楊萬里詩在反常合道之表出上，有卓越之成績。茲舉例以明之：
　　（一）江欲浮秋去，山能渡水來。（《江湖集》：〈題湘中館〉）
按上句言江河似欲將秋漂浮而去，極寫秋水江天之浩蕩無際；下句言隔江山色能渡水而來。萬里特將靜態之敍述部份減低，投入主觀感受與想像，改作動態之演示，使原本靜態之江與山，生氣盎然，具有聳動耳目之力量，而江山之波瀾壯濶，乃洶湧目前。
　　（二）只怪南風吹紫雪，不知屋角楝花飛。（同上：〈淺夏獨
　　　　　行奉新縣圃〉）

〔註6〕《瀛奎律髓》二〇「梅花類」。

按前人每以雪形容棃花,萬里則以紫雪形容紫色之楝花,堪稱奇想;而以「南風」之吹「紫雪」,尤奇情逸發,令人讀之,心情一快。

　　(三)　春禽處處講新聲,細草欣欣賀嫩晴。(《荊溪集》:〈春暖郡圃散策〉)

按習慣用法之常用字,注入於不尋常之句法中,與常理不合,反能增益新穎韻味,萬里以擬人之技巧,予「講」「賀」二字賦以新意,使春暖境界全出,而達心物交會之意趣。

　　(四)　背壁青燈勸讀書,窺窗素月喚看渠。(《荊溪集》:〈夜坐〉)

按詩人主觀之想像可改造事物,化無情為有情,物可擬人,人可擬物,致使改造後之世界與現實世界常情不合,而產生超現實且令人駭愕之詩趣。萬里將「青燈」「素月」以擬人之手法,活動於常情世界之外。「勸」「喚」二字,化無情物為有情物,此詩人主觀情感之作用,致使詩句更富靈趣。

　　(五)　野菊荒苔各鑄錢,金黃銅綠兩爭妍。
　　　　　天公支與窮詩客,只買清愁不買田。(《西歸集》:〈戲筆〉)

按野菊與荒苔,其圓如錢,詩人注以想像,以鑄錢擬之;又以菊黃苔綠,乃以金銅擬之,皆見設想與構思之巧,而以物擬物,尤能轉移讀者之思索軌迹。詩題雖名「戲筆」,實則詩人蓄意以客觀之事物,經主觀想像而予以改造重現。內涵雖不深,卻見運筆之巧思與風趣。

　　(六)　落紅滿路無人惜,踏作花泥透腳香。(《南海集》:〈小溪至新田〉)

按下句腳踏花泥,原不關嗅覺,而「香」亦無法「透」腳。萬里以新奇之設想,故意將接納感官交綜運用,產生印象與官感之錯綜移屬,使意象活潑生新,其勝人處全在乎此。

　　(七)　撐得篙頭都是血,一磯又復在前頭。(《南海集》:〈過顯濟廟前石磯竹枝詞〉)

詩之誇張愈反常理,愈能聳人耳目。此詩上句「篙頭」本不出血,然

萬里以無理反常之奇想，視篙爲篙工肢體之部份，亦有血肉之知覺，故極言篙師之用力撐船，以奇險之造語，奇崛之形容，作絕妙之誇張，使詩之描摹，益發生動，筆法雖有違常，却具深刻之震撼，其詩趣即在乎此，不得以現實之眞求之，蓋其巧處，正在其反常處。

　　（八）更將**双**眼寄吾弟，帶去稽山看鑑湖。(《朝天集》：〈走
　　　　筆送濟翁弟過浙東謁丘宗卿〉)

二句表出與日常用語不同，設想奇特，想像力豐富，唯不若杜甫〈得廣州張判官叔卿書使還以詩代意〉末尾二句：「却寄雙愁眼，相思淚點懸」之有蘊藉與深刻。然萬里以鋪敍直率，而間出奇崛，亦有不凡處。

　　（九）秧縺束髮幼相以，麥已掀髯喜可知。
　　　　笑殺槿籬能耐事，東扶西倒野酴醾。(《江西道院集》：
　　　　　〈過南蕩〉)

此詩將客觀之景物，經主觀之想像改造而重現，與現實世界之常情有相當之差距，而予人以新鮮之感。詩中以童子束髮喻新秧初生，以掀髯喻麥芒張起，以東扶西倒喻本爲酒名之酴醾花，皆能雙關成趣，擬人化如此，乃臻上境。

　　（十）一眉畫天月，萬粟種江星。(同上：〈宿蘭溪水驛前〉)

上句以新月如眉，聯想婦女以黛畫眉，故以「畫」關合而云：「畫天」；又「眉」又兼有單位計詞之作用。下句仿此，並句法出奇，轉變詞性用法，以簡潔之字面而含豐富之內涵，化俗生新，生峭可喜。

　　（十一）窗外雪深三尺強，窗裏雪深一寸香。(《朝天續集》：〈雪
　　　　曉舟中生火〉)

上句殆爲實指，而句則以雪喻炭灰，設想出奇，致使窗外窗裏，相映成趣，且經由視覺，移屬爲嗅覺，着一「香」字，將官感意象經營巧妙，而具活潑新創之效果。

　　（十二）辭去鍾山一月前，如何知我北歸軒。
　　　　不通姓字殷勤甚，忽到新林野店邊。(《江東集》：〈早
　　　　炊新林望見鍾山〉)

此詩以擬人化之技巧，透過主觀之改造與重現，將原本靜態之鍾山作動態之演示，點睛欲飛，最見警拔。萬里〈午過橫林回望惠山〉：「恨殺惠山尋不見，忽然追我到橫林」，亦以靜態景物情狀姿態作動態之誇張，景象驚人，收聳動耳目之效。

（十三）若無六代英雄骨，牛首諸山肯爾高。(《江東集》：〈寒食前一日行過牛首山〉)

詩人以主觀之推理，運用假定或癡想，爲宇宙間事物尋求理由，雖係荒謬無理，卻能靈趣橫生。此詩云牛首山之高，按理與六代英雄骨無涉，唯詩人注以奇想癡語，鑄詞乃妙。

（十四）柳梢一殼茲緇滓，屋角雙斑谷古孤。(《退休集》：〈初秋戲作山居雜興俳體十二解〉)

萬里以「茲緇滓」狀蟬聲，以「谷古孤」狀鳩聲，別出新裁，前古所無。清代敦誠云：「未知楊詩出於何典？」[註7] 殊不知萬里戲作出奇，直接訴諸聽覺感受，聲息自然展現，使官感意象之表現格外鮮活與新創，又何必用典，以增隔閡。

第四節　俚語白話之投入

楊萬里自云五十二歲之後，拋棄嘗致力學習之前人技巧，於是不復拘泥於字詞神韻，乃大量投入俚語白話，自由抒寫，企圖自江西詩派之外尋求出路。俚語白話入詩，由來已久。以宋而言，歐陽修、王安石、蘇軾、黃庭堅、秦觀、張耒等皆有斯類作品。及至楊萬里，由於大量投入俚語白話，遂造成「亂頭粗服」之詩風，與清人大事抨擊而致賞音寥寥之結果。萬里於〈次李與賢韻〉中自云：「休道曹詩成七步，不須三步已詩成。」搖筆即來，不計粗俚，即指乎此。綜觀萬里詩，此類作品頗多。茲舉數例，以見一斑：

（一）溪邊小立苦待月，月知人意偏遲出。

　　　歸來閉戶悶不看，忽然飛上千峯端。

[註 7]《四松堂集》五〈鷦鷯菴筆記〉。

　　　　却登釣雪聊一望，冰輪正掛松梢上。
　　　　詩人愛月愛中秋，有人問儂儂掉頭。
　　　　一年月色只臘裏，雪汁揩磨霜水洗。
　　　　八荒萬里一青天，碧潭浮出白玉盤。
　　　　更約梅花作渠伴，中秋不是欠此段。（《江湖集》：〈釣
　　　　雪舟中霜夜望月〉）
　（二）曉起窮忙作麼生，雨中安否問秋英。
　　　　枯荷倒盡饒渠著，滴損蘭花太薄情。（同上：〈秋雨歎〉）

以上詩分別作於萬里四十九及五十歲時，其俚語白話入詩已顯。

　（三）三月風光一歲無，杏花欲過李花初。
　　　　柳絲自爲春風舞，竹尾如何也學渠。（《荊溪集》：〈寒
　　　　食相將諸子遊翟園得十詩〉）
　（四）社日今年定幾時，元宵過了燕先歸。
　　　　一雙貼水嬌無奈，不肯平飛故仄飛。（《南海集》：〈正
　　　　月二十八日峽外見燕子〉）
　（五）雨裏船中不自由，無愁稚子亦成愁。
　　　　看渠坐睡何曾醒，及至教眠却掉頭。（《江西道院集》：
　　　　〈嘲稚子〉）
　（六）道旁小樹復低枝，摘盡青梅肯更遺。
　　　　偶爾葉間留一箇，且看漏眼幾多時。（同上：〈亦山亭
　　　　前梅子〉）
　（七）嶺下看山似伏濤，見人上嶺旋爭豪。
　　　　一登一陟一回顧，我腳高時他更高。（同上：〈過上湖
　　　　嶺望招賢江南江北〉）
　（八）晚日暄暖稍霽威，晚風豪橫大相欺。
　　　　做寒做冷何須怒，來早一霜誰不知。（《朝天續集》：〈晚
　　　　風〉）
　（九）幸自通宵暖更晴，何勞細雨送殘更。
　　　　知儂笠漏芒鞋破，須遣拖泥帶水行。（同上：〈竹枝歌〉）
　（十）一色河邊賣酒家，於中酒客一家多。
　　　　青帘不飲能樣醉，弄殺霜風舞殺他。（《江東集》：〈夜

泊平望〉）

（十一）更無一箇子規啼，寂寂空山花自飛。

　　　　啼得春歸他便去，元來不是勸人歸。（《退休集》：〈初

　　　夏即事十二解〉）

（十二）水滿平田無處無，一張雪紙眼中鋪。

　　　　新秧亂插成井字，却道山農不解書。（《退休集》：〈暮

　　　行田間〉）

　　以上諸例，係萬里以俚語白話入詩之可觀者。清代李樹滋云：「用方言入詩，唐人已有之；用俗語入詩，始於宋人；而要莫善於楊誠齋。俗謂待人曰等人，誠齋過汴京詩云：『州橋南北是天街，父老年年等駕迴；忍淚失聲詢使者，幾時眞有六軍來。』用以入詩，殊不覺其俗。」〔註8〕陳衍云：「作白話詩當學誠齋，看其種種不直致法子。」〔註9〕皆已明察萬里投入俚語白話之純熟技巧。然由於萬里詩歌多產，拙劣之作在所難免，雖常見其靈巧聰明之處，而滑浮纖佻之弊亦隨之浮現，如「簇釘朱紅茱椀心」（〈山茶〉）、「甘露落來雞子大」（〈走筆謝趙吉守餉三山生荔枝〉）、「低低橋入低低樹，小小盆盛小小花」（〈水月寺秀軒〉）、「節節生花花點點，茸茸曬日日遲遲」（〈紅錦帶花〉）、「翻來覆去體都痛」（〈不寐〉）、「夢中搔首起來聽，聽來聽去到天明」（〈夜雨〉）等皆是。清代田雯云：「誠齋一出，腐俗已甚。」〔註10〕翁方綱云：「誠齋以輕儇佻巧之音，作劍拔弩張之態，閱至十首以外，輒令人厭不欲觀，此眞詩家魔障。」〔註11〕皆見乎其弊而云然。

〔註 8〕《石樵詩話》四。

〔註 9〕《宋詩精華錄》三。

〔註10〕《古歡堂集》：〈雜著〉一。

〔註11〕《石洲詩話》四。

第四章　楊萬里之詩風

　　詩歌形式之要素，不外內容與形式，二者相互依存，不可截然分割，就內容言，包容時空情理。時空之壯濶波瀾與情理之雄健典實，則構成壯美風格；時空之狹隘短窄與情理之綺艷細緻，則構成優柔風格。情理以時空之變幻，或寧靜，或恣肆；時空以情理之融入，或悲戚，或欣喜。人情景物，豐碩多樣，物我交際，興會萬端，詩人以其獨運之辭采，乃能成獨特之風格。中國詩發展至唐代，風格體製，大抵璨然大備，泊乎北宋，詩人難以復創，乃祈望於前人範疇，以其才情尋求新變，蘇軾之詩歌散文化與庭堅之脫胎換骨，皆係尋求新變以圖創格。及至南宋，詩歌尤難脫前人窠臼，乃多承襲，中興諸家中，尤楊范陸蕭名重於當時，皆有感於江西宗派之重壓與流弊，而欲另覓創作出路，其時楊萬里創闢新風格，於范陸保守穩健風格之外，異軍突起，形成南宋中興詩歌轉變之樞紐。此一新風格之詩歌，深得南宋文學論評家之肯定，嚴羽《滄浪詩話‧詩體》中即特列「楊誠齋體」，無疑係標示萬里詩風之獨特性。以下試分三節論述萬里之詩風。

第一節　亂頭粗服化俗爲雅

　　陳訏《宋十五家詩選》論評萬里詩，以爲「洗淨鉛華」「亂頭粗服」，頗能道出萬里詩歌風格。詩人造句遣詞，雅馴固然爲美，如《詩人玉屑》論詩以典重淵雅爲貴；《滄浪詩話》論詩以俗體俗意俗句俗

字韻宜去，皆以趨雅避俗爲詩之正則，他如《懷麓堂詩話》：「野可犯，俗不可犯。」《洪北江詩話》：「怪可醫，俗不可醫。」皆以俗爲不足觀。然前人所謂俗，非指俚情野語。姜夔《白石道人詩說》云：「人所易言，我寡言之；人所難言，我易言之，自不俗。」陳衍《石遺室詩話》云：「詩最忌淺俗。何謂淺？人人能道語是也；何謂俗？人人所喜語也。」可見俗乃「人所易言」、「人所喜言」之謂，故詞句即使雅馴，若係陳腔爛調，亦陋俗可厭。至於俚情野語，若點化神妙，化俗生新，亦堪稱爲美。謝榛《四溟詩話》三云：「詩忌粗俗字，然用之在人，飾以顏色，不失爲佳句，譬諸富家厨中，或得野蔬，以五味調和，而味自別，大異貧家矣。」陸時雍《詩鏡總論》云：「詩有靈襟，斯無俗趣矣；有慧口，斯無俗韻矣。乃知天下無俗事，無俗情，但有俗腸與俗口耳。古歌子夜等詩，俚情褻語，村童之所报言，而詩人道之極韻極趣；漢鐃歌樂府，多褻人乞子兒女里巷之事，而其詩有都雅之風。如『亂流趨正絕』，景極無色，而康樂言之乃佳：『帶月荷鋤歸』，事亦尋常，而淵明道之極美，以是知雅俗所由來矣。」可見尋常事、俚俗語，亦可化而生新，變以爲雅。楊萬里之詩，敍寫尋常事而能變凡俗之題材爲雅事，用俚俗語而能變凡俗之字面爲雅句。由於喜用與善用，筆端高妙，雖亂頭粗服乃成化俗爲雅之風格。茲舉例以明之：

（一）不特山盤水亦回，溪山信美暇徘徊。
　　　　行人自趁斜陽急，關得歸鴉更苦催。(《江湖集》：〈過下梅〉)

日暮尋歸宿，原本尋常事，然行人趕路，却怨歸鴉有意苦催，更增心急意亂，遂見詩趣。

（二）却是春殘景更佳，詩人須記許生涯。
　　　　平田派綠村村麥，嫩水浮紅岸岸花。(同上：〈三月三日雨作遣悶十絕句〉)

詩寫春殘景象，而麥綠花紅本通俗習見，然經作者點染字面，乃能去

俗生新。

　　（三）春醉非關酒，郊行不問途。

　　　　　青天何處了，白鳥入空無。(同上〈春日六絕句〉)

全詩不見藻飾，而意境清遠脫俗。

　　（四）柳條百尺拂銀塘，且莫深青只淺黃。

　　　　　未必柳條能蘸水，水中柳影引他長。(《荊溪集》〈新
　　　　　柳〉)

以口語入詩，寫出岸上新柳與水中柳影相銜之美。

　　（五）百千寒雀下空庭，小集梅梢話晚晴。

　　　　　特地作團喧殺我，忽然驚散寂無聲。(同上〈寒雀〉)

群雀喧人，一時驚散，乃尋常情景，此化俗生新，頗爲傳神。

　　（六）稚子金盆脫曉冰，綵絲穿取當銀鉦。

　　　　　敲成玉磬穿林響，忽作玻璃碎地聲。(同上〈稚子弄
　　　　　冰〉)

弄冰原係俗事，難饒詩味，然經作者巧手點化，生動自然，表出兒童
生活之一面，甚見妙趣。

　　（七）霧外江山看不眞，只憑雞犬認前村。

　　　　　渡船滿板霜如雪，印我青鞋第一痕。(《南海集》〈庚
　　　　　子正月五日曉過大皋渡〉)

全詩洗淨鉛華，清新雅緻。

　　（八）懊惱春光欲斷腸，來時長緩去時忙。

　　　　　落紅滿路無人惜，踏作花泥透腳香。(同上〈小溪至
　　　　　新田〉)

前三句俚情野語，人人能道，末句設想新奇，能將日常陳言，轉俗爲雅。

　　（九）浙山兩岸送歸艎，新擣春藍淺染蒼。

　　　　　自汲江波供盥漱，滿晨滿面落花香。(《江西道院集》
　　　　　〈洗面絕句〉)

「洗面」原不堪爲詩材，然經作者妙筆描繪，竟清新可喜，凡俗全失。

　　（十）尋春不見只思還，却在來仙小崦間。

　　　　　映出一川桃李好，只消外面矮青山。(同上〈郡圃上

　　　　　已》）

全詩不作辭藻粧點，搖筆即來，口語而詩，以青山爲背景，襯映桃李
之美，化俗爲雅，能言人所難言，頗饒詩趣。

　　（十一）道旁小樹復低枝，摘盡青梅肯更遺。

　　　　　　偶爾葉間留一箇，且看漏眼幾多時。（同上：〈亦上亭
　　　　　前梅子〉）

全詩口語俗語入詩，而含玄機哲理；末二句絃外之音，不落言筌，最
見理趣。

　　（十二）漁郎艇子入重湖，老眼慇懃看著渠。

　　　　　　看去看來成怪事，化爲獨鷗立橫蘆。（《朝天續集》：〈過
　　　　　新開湖〉）

此詩前三句原本平庸，唯末句奇想，乃能轉俗爲雅，化平庸爲鮮活。

　　（十三）亭午曬衣晡摺衣，柳箱布襆自攜歸。

　　　　　　妻孥相笑還相問，赤腳蒼頭更阿誰。（同上：〈曬衣〉）

「曬衣」本爲庸俗題材，作者變爲雅緻，以其率眞，故饒詩趣。

　　（十四）水滿平田無處無，一張雪紙眼中鋪。

　　　　　　新秧亂插成井字，却道山農不解書。（《退休集》：〈暮
　　　　　行田間〉）

此詩寫習見之景，出語新穎，而毫無藻飾，信筆寫來，而詩趣盎然。

　　　以上數例已明萬里亂頭粗服化俗爲雅之風格。此一風格，恆具古
拙之美，得言外不傳之妙，偶有奇思，化虛冥爲有象，化靜肅爲有聲，
亦能用巧而見工。大抵言之，萬里詩此一風格，係經苦心錘鍊，遍參
諸家之後，洗淨鉛華，而至平白常語之境。王安石〈題張司業詩〉云：
「看似尋常最奇崛，成如容易却艱辛。」王應奎《柳南隨筆》六云：
「白香山之詩，老嫗能解，可謂平易矣，而張文潛以五百金得其稿本，
竄改塗乙，幾不存一字，蓋其苦心錘鍊如此。」楊萬里晚年特賞白居
易與張耒詩，云：「偶然一讀香山集，不但無愁病亦無」、[註1]「晚
愛肥仙詩自然，何曾繡繪更瑚璉。春花秋月多冰雪，不聽陳言只聽

─────────────────────
〔註 1〕《退休集》：〈端午病中止酒〉，係萬里去世前三日之作。

天」，〔註2〕並指出「別有天珍」〔註3〕之可貴，其寫作路線，蓋認同於此。明胡應麟以爲萬里詩近元和，殆有所見而云然。〔註4〕清呂留良謂萬里詩「蓋落盡皮毛，自出機杼，古人之所謂似李白者，入今之俗目，則皆俚嗲也。……嗚呼！不笑不足以爲誠齋之詩。」〔註5〕翁方綱云：「誠齋之詩，巧處即其俚處。」〔註6〕雖見仁見智，然皆肯定萬里詩之亂頭粗服風格之別於尋常作家。

第二節　快直鋪露活潑刺底

梁劉勰《文心雕龍》以「情在詞外」爲隱，以「狀溢目前」爲秀。隱具含藏微婉之美，以繁複含意爲工；秀具快直鋪露之美，以表出卓絕爲巧。大抵言之，正說直賦之詩，易於吐露；比興婉言之詩，易於隱微。綜觀萬里詩，快直鋪露活潑刺底爲其本色風格之一。摹寫精詳，景物太露，固少餘蘊，然愜意快目，風趣橫生，無稍晦之詞，彷彿平易，實則精純，工夫鍛鍊至潔，方造斯境，萬里之詩有得於此。茲舉例以明之：

（一）雨月春霖三日晴，冬寒初暖稍秧青。

春工只要花遲著，愁損農家管得星。（《江湖集》：〈農家歎〉）

此詩以春擬人化，而諷刺沉痛，快直鋪露，不復含蓄。

（二）岸上行人莫嘆勞，長年三老政呼號。

也知灘惡船難上，仰踏桅竿臥着篙。（《荊溪集》：〈過招賢渡〉）

此詩詞語生動活潑，極力摹寫灘惡難上與篙工費力之狀，一幅登灘之景，裸露目前。

〔註2〕《退休集》：〈讀張文潛詩〉。
〔註3〕同上。
〔註4〕《詩藪》：〈外編〉五。
〔註5〕《宋詩鈔》。
〔註6〕《石洲詩話》四。

（三）梅於雪後較多花，草亦晴初忽幾芽。

河凍落痕餘一寸，殘冰閣在柳根沙。（同上：〈雪霽出城〉）

此詩雪後景色，觀察細緻，清新如畫，鋪露快直，尤見眞率。

（四）一年生活是三春，二月春光儘十分。

不必開窗索花笑，隔窗花影也欣欣。（同上：〈春曉〉）

此詩快率直陳，節奏迅速，流露盎然春意。

（五）細草搖頭忽報儂，披襟攔得一西風。

荷花入暮猶愁熱，低面深藏碧傘中。（同上：〈暮熱游荷池上〉）

此寫暮熱之景，賦體直陳，活潑刺底，而其中以「碧傘」比擬荷葉，風趣而略帶婉麗。

（六）隔窗偶見負暄蠅，雙腳挼挲弄晚晴。

日影欲移先會得，忽然飛落別窗聲。（同上：〈凍蠅〉）

全詩體物細微，狀溢目前，鋪敍陳說，活潑盡妙。

（七）攜家滿路踏春華，兒女欣欣不憶家。

騎吏也忘行役苦，一人人插一枝花。（《南海集》：〈萬安道中書事〉）

全詩鋪敍直陳，表出行役苦外之樂，頗見暢快。

（八）雨裏船中不自由，無愁稚子亦成愁。

看渠坐睡何曾醒，及至教眠却掉頭。（《江西道院集》：〈嘲稚子〉）

全詩鋪露，迤直描繪稚子之形貌，活潑有趣，生動逼人。

（九）嶺下看山似波濤，見人上嶺旋爭豪。

一登一陟一回顧，我腳高時他更高。（同上：〈過上湖嶺望招賢江南江北〉）

此詩以輕快節奏之筆如實表出，有快直鋪露活潑刺底之風格，甚見作者巧妙構思。

（十）上得船來恰對山，一山頃刻變多般。

初堆翠被百千摺，忽拔青瑤三兩竿。

夾岸兒童天上立，數村樓閣電中看。

平生快意何曾夢，老向闔門下急灘。(《江東集》:〈闔
門外登溪船〉)

全詩以鋪敍之筆，直寫岸高水低，眞切動人，而舟下急灘，岸景猶電，
一瞥而逝，尤見筆端之鋪露活潑。

（十一）老夫不奈熱，跣足坐瓦鼓。

臨池觀游魚，定眼再三數。

魚兒殊畏人，欲度不敢度。

一魚試行前，似報無他故。

眾魚初欲隨，幡然竟回去。

時時傳一杯，忽忽日將暮。(《退休集》:〈觀魚〉)

詩中極力摹寫游魚形態，刻劃展露，活潑刺底，毫無晦澀之語。

（十二）獨對秋筠倒晚壺，喜無吏舍四歌呼。

柳梢一殼茲緇淬，屋角雙斑谷古孤。(同上:〈初秋戲
作山居雜興〉)

此詩後二句以平上聲之「茲緇淬」狀蟬鳴；以入上平聲狀鳩鳴，逕直
描摹，鋪露活潑，自出心裁，有獨特處。

快直鋪露活潑刺底之外，萬里亦偶有隱藏微婉風格之詩篇，然非
其本色。如:

飽喜饑嗔笑殺儂，鳳凰未可笑狙公。

儘逃暮四朝三外，猶在桐花竹實中。(《退休集》:〈有歎〉)

宋劉克莊嘗論此詩云:「舊談楊誠齋絕句:『……（引詩畧，唯第二句
作鳳皇未必勝狙公，第三句作幸逃暮四朝三外。）』不解所謂，晚始
稍悟其意:此自江東漕奉祠歸之作也；鳳雖不聽命於狙公，然猶待桐
花竹實而飽，以花實自況祠廩也，欲併祠廩掃空之爾！未幾，遂請掛
冠。」〔註7〕其說精審可采。唯此詩情在詞外，雖有餘蘊，然非萬里
詩篇所投注。對於萬里詩，宋代尤表以爲「痛快」；葛天民以爲「死
蛇解弄活潑潑」；元代劉祁以爲「活潑刺底，人難及也」等，皆能道
出誠齋詩之本色風格。

〔註7〕《後村詩話》前集二。

第三節　飛動馳擲畫趣橫生

　　楊萬里詩之重要興趣在於天然景物，據其自云：「萬象畢來」、「生擒活捉」等語觀之，其描寫景物注重耳目觀感之天眞狀態。換言之，即以眼觀物，以舌言景，擺脫成語典故，逕敍直接印象。然而實存景狀與事物雜亂散漫，大而無當，無法自成格局，詩人就地取材，抽象表達，乃成大宇宙中之小境界。在此實存之小境界中，萬里除作濃縮放大抽樣甄選外，並在積久既存之意象與體驗上，注入想像與比擬，以作者心靈之感受與反射，予以剪裁、重組、綜合，表出人所未言，或人所難言之景象；並以敏捷靈巧之筆，捕捉跳騰踔厲之無盡造化，乃構成其飛動馳擲畫趣橫生之風格。茲舉數例以觀之：

　　（一）一晴一雨路乾濕，半淡半濃山疊重。

　　　　　遠草平中見牛背，新秧疎處有人蹤。（《江湖集》：〈過
　　　　百家渡〉）

全詩白描直敍，不假珝飾，迅捷捕捉稍縱即逝之景象，有不凡之畫趣。

　　（二）城外春光染遠山，池中嫩水漲微瀾。

　　　　　回身小却深簷裏，野鴨雙浮欲近欄。（《荊溪集》：〈淨
　　　　遠亭午望〉）

本詩首先呈露遠景，再由遠而近，乃至專注凝視小景而作極大之特寫，突出意象，構成靜中見動，由遠而近之活動畫趣。

　　（三）隔樹漏天青破碎，驚風度竹碧匆忙。（同上：〈城頭秋望〉）

二句寫風來樹搖，碧竹擺動，以「破碎」描繪所見青天，頗具「實事不能快意，而華虛驚耳動心」﹝註8﹞之作用，而尤顯飛動馳擲，眼明手捷。

　　（四）秧纔束髮幼相依，麥已抓鬔喜可知。

　　　　　笑殺槿籬能耐事，東扶西倒野酴醾。（《江西道院集》：
　　　　〈過南陽〉）

────────────────

﹝註 8﹞王充《論衡・對作篇》。

前二句以童子束髮喻新秧初長，幼字雙關；以掀髯笑態喻麥芒趨熟，喜字雙關；又以東扶西倒醉狀以況酴醾，復雙關成趣，誠能言人所未言與人所難言，而即景即目，甚饒畫趣。

（五）仰架遙看時見些，登樓下瞰脫然佳。

酴醾蝴蝶渾無辨，飛去方知不是花。（同上：〈披山閣
上觀酴醾〉）

末二句汰除複雜背景，純淨孤立而突出物象，飛動馳擲，畫趣橫生，予讀者以新穎之感受。

（六）河岸前頭松樹林，樹林盡處見行人。

行人又被山遮斷，風颭酒家青布巾。（《朝天續集》：〈舟
中晚望〉）

本詩寫舟中晚望之景，蹤逝之間，迅捷捕捉，構成活動多變，如目親歷之實感。

（七）湖面黏天不見堤，湖心茭葑水週圍。

暮鴻成陣鴉成隊，已落還飛久未棲。（同上：〈湖天暮景〉）

此詩描繪湖天暮景，以靜態之湖面爲背景，襯出動態之鴻鴉歸棲已落還飛，畫面寬潤，而全景以視覺意象表出，寫景在目，畫趣橫生。

（八）霽天欲曉未明間，滿目奇峯總可觀。

却有一峯忽然長，方知不動是眞山。（《江東集》：〈曉
行望雲山〉）

末二句突出物象，狀溢目前，飛動馳擲，畫趣橫生。

錢鍾書云：「誠齋善寫生……如攝影之快鏡；兔起鶻落，鳶飛魚躍，稍縱即逝而及其未逝，轉瞬即改而當其未改，眼明手捷，蹤矢躡風，此誠齋之所獨也。」〔註9〕正可作萬里飛動馳擲畫趣橫生詩風之註腳。〔註10〕

〔註9〕《談藝錄》頁138。

〔註10〕方回〈讀張功父南湖集并序〉論南宋中興各家詩風云：「梁溪之槁淡細膩，誠齋之飛動馳擲，石湖之典雅標致，放翁之豪蕩豐腴，各擅一長。」其中以「飛動馳擲」論誠齋，頗得其一端。

第五章　歷代對楊萬里詩之論評評議

第一節　宋代十五家

　　宋人對於楊萬里作品之論評，多見褒揚，罕有貶抑。時論肯定其詩名，甚至有推許爲詩壇之盟主者：

　　（一）姜特立云：「今日詩壇誰是主，誠齋詩律正施行。」又云：「洋洋海內服詩聲，手決雲章萬象明。」〔註1〕

　　（二）陸游云：「我不如誠齋，此評天下同。」「誠齋老子主詩盟。」〔註2〕并致書推許萬里「主盟文墨爲之司命。」〔註3〕

　　（三）周必大云：「執詩壇之牛耳」、「誠齋詩名牛斗寒」、「學問文章，獨步斯世。」〔註4〕

　　（四）袁說友云：「斯文宗主賴公歸，不使它楊僭等夷，四海聲名今大手，萬人辟易幾降旗。」〔註5〕

─────────────

〔註1〕　《梅山續稿》〈謝楊誠齋惠長句〉及八〈和詩〉。
〔註2〕　《劍南詩稿》五三〈謝王子林判院惠詩編〉及四二〈贈謝正之秀才〉。
〔註3〕　《誠齋集》六七〈答陸務觀郎中書〉云：「古者文人相輕，今人相輕而妬焉推焉。曰妬之者，戲詞也；妬者推之至，推者謙之至，舍己主盟司命而推人以主盟司命，不已謙乎！」按陸游致萬里書無考，或已佚。
〔註4〕　《平園續稿》八〈跋楊廷秀贈族人復字道卿詩〉；《省齋文稿》五〈奉新宰楊廷秀攜詩訪別次韻送之〉及一九〈題楊廷秀浩齋記〉。
〔註5〕　《東塘集》五〈和楊誠齋韻惠南海集詩三首〉。

（五）項安世云：「雄吞詩界前無古」、「誠齋四海一先生。」〔註6〕

（六）趙蕃云：「四海推鳴鳳。」〔註7〕

（七）葛天民云：「生機語熟都不排，近世獨有楊誠齋。」〔註8〕

（八）王邁云：「九州四海一誠齋」、「江西社裏陳黃遠，直下推渠作社魁。」〔註9〕

（九）劉克莊云：「海內咸推獨步，江西橫出一枝。」〔註10〕

（十）方岳云：「大楊風日春」、「文字照九州。」〔註11〕

以上例舉十條，皆見宋人對萬里作品之肯定；而張侃、嚴羽並以「誠齋體」目之，〔註12〕尤可見一斑。

宋人對作家作品之論評方法，常採標榜、象徵、摘句、評點等方式，其論評萬里作品亦然。茲列舉各家重要論評，並作按語以為評議。

1. 陸　游

俗子與人隔塵俗，何嘗相逢風馬牛。夜讀楊卿《南海》句，始知天下有高流。（《劍南詩稿》一九〈楊廷秀寄《南海集》〉）

飛卿數闋嬌南曲，不許劉郎誇竹枝。四百年來無繼者，如今始有此翁詩。（同上）

文章有定價，議論有至公。我不如誠齋，此評天下同。……字字若長城，梯衝何由攻。我望已畏之，謹避不欲逢。……我欲與馳逐，未交力已窮。太息謂王子，諸人無此功。……

（《劍南詩稿》五三〈謝王子林判院惠詩編〉）

〔註6〕《平菴悔稿》五〈題劉都監所藏楊秘監詩卷〉、〈送楊主簿〉。

〔註7〕《淳熙稿》一二〈寄誠齋先生〉。

〔註8〕《葛無懷小集》：〈寄楊誠齋〉。

〔註9〕《臞軒集》一六〈山中讀誠齋詩〉。

〔註10〕《後村先生大全集》三六〈題誠齋畫像〉。

〔註11〕《秋崖先生小稿》二六「夜夢至何許，巖壑深窈，石上苔痕隱起如小篆。有僧謂予曰：『楊誠齋、范石湖題也。』明日讀洪舜俞〈登玲瓏〉詩，有『幾人記曾來，老苔蝕琱鏤』之句，恍然如夢，因次韻記之。」

〔註12〕張侃《張氏拙軒集》二〈對梅效楊誠齋體〉；嚴羽《滄浪詩話》：〈詩體〉。

按陸游論詩，講求自得、自然與詩外工夫；〔註13〕推崇晚唐之工巧，
然又指斥其卑下。〔註14〕其論評萬里《南海集》爲劉夢得、溫飛卿
之後繼者，並云溫詩「其工不減夢得竹枝」，強調詩之「工」，已隱
約暗示萬里《南海集》之具唐人風味。南宋初期，楊陸雖並稱，然
楊之詩名實駕乎陸之上，陸游致萬里書中嘗許爲「主盟文墨爲之司
命」，〔註15〕并於致友人詩中，如〈贈謝正之秀才〉云：「誠齋老子
主詩盟，片言許可天下服。」〔註16〕〈謝王子林判院惠詩編〉云：「我
不如誠齋。」雖係自謙，而實衷心誠服。錢鍾書云：「放翁謝王子林
曰：我不如誠齋，此論天下同。又理夢中作意云：詩到無人愛處工。
放翁之不如誠齋，正以太工巧耳。放翁爲曾文清弟子，趙仲白題《茶
山集》所謂劍南燈傳者。余觀茶山詩槎枒清快，實與誠齋爲近，七
言律絕尤往往可亂楮葉，視劍南工飭溫潤之體，大勿類，豈師法之
淵源，固不若土風之鼓盪耶。」〔註17〕錢氏之論信然，其說蓋源委
於劉克莊〈茶山誠齋詩選序〉。〔註18〕

2. 周必大

誠齋萬事悟活法。(《平園續稿》一〈次韻楊廷秀待制寄題朱氏渙
然書院〉)

今時士子見誠齋大篇鉅章，七步而成，一字不改，皆掃千
軍、倒三峽、穿天心、透月窟之語，至於狀物姿態，寫人
情意，則鋪敍纖悉，曲盡其妙，遂謂天生辯才，得大自在，
是固然矣。抑未知公由志學至從心，上規賡載之歌，刻意
風雅頌之什，下逮左氏、莊、騷、秦、漢、魏、晉、南北

〔註13〕　郭紹虞《中國文學批評史》下卷頁55至56。
〔註14〕　《劍南詩稿》七九〈宋都曹寄詩且督和答作此示之〉云：「及觀晚唐
　　　　作，令人欲焚筆。」又卷一五〈記夢〉云：「晚唐諸人戰雖塵，眼暗
　　　　頭白眞徒勞。」
〔註15〕　同註3。
〔註16〕　《劍南詩稿》四二〈贈謝正之秀才〉。
〔註17〕　《談藝錄》頁138。
〔註18〕　《後村先生大全集》九七。

朝、隋、唐以及本朝。凡名人傑作，無不推求其詞源，擇
用其句法。五十年之間，歲鍛月鍊，朝夕思維，然後大悟
大徹，筆端有口，句中有眼，夫豈一日之功哉。(同上卷九〈跋
楊廷秀石人峯長篇〉)

韓退之稱柳子厚云：「玉佩瓊琚，大放厥辭。」蘇子瞻答王
庠書云：「辭至於達而止矣。」誠齋此詩，可謂樂斯二者。
(同上卷一一〈跋楊廷秀飲酒對月辭〉)

按周必大頗推崇萬里詩，所謂「誠齋詩名牛斗寒」、〔註19〕「學問文
章，獨步斯世」、〔註20〕「妙絕古今」、〔註21〕「詞章壓縉紳」，〔註
22〕皆美譽有加。必大論詩主張「凡古人篇章無不窮極根源採擷精
華」、〔註23〕「詞翰雖君子餘事，必淵源有自，乃可貴焉」，〔註24〕
故強調學問根柢與向古學習。〔註25〕基於此一觀點，其論評萬里詩，
特藉跋石人峯長篇，力申其說，說明萬里詩之成就，係得力於遍參
古人，所謂「真積力久，乃入悟門」，非僅「天生辯才，得大自在」
而已。此外，必大並指出萬里詩之活法特色，其〈跋揚廷秀飲酒對
月辭〉〔註26〕言萬里詩兼具「放」與「達」，已然拈出萬里活法之一
端。

〔註19〕 《省齋文稿》五〈奉新宰楊廷秀攜詩訪別次韻送之〉。
〔註20〕 《省齋文稿》一九〈題楊廷秀浩齋記〉。
〔註21〕 《平園續稿》一〈次韻楊廷秀并序〉。
〔註22〕 《益公題跋》一二〈題楊文卿詩卷〉。
〔註23〕 《益公題跋》一〈題曾伯震所得子中兄二絕〉。
〔註24〕 《益公題跋》九〈跋趙德麟書〉。
〔註25〕 周必大論詩，強調學問根柢與向古學習。其〈跋胡忠簡公和王行簡
　　　　詩〉云：「用事博而精，下語豪而工。」(《益公題跋》二)。〈跋韓子
　　　　蒼與曾公袞錢遜叔諸人唱和詩〉云：「彼有志之士，其操心也專，其
　　　　學古也力。」(同上卷三)、〈題宋蛙西園詩稿〉云：「平時於經史皆
　　　　究極本原。」(同上卷六)、〈跋米元章書秦少游詞〉云：「因古人之
　　　　法而得三昧自在之力，此詞此字之所以傳世。」(同上卷九)〈跋米
　　　　芾馬賦〉云：「使能約以法度，博以問學，則生當步翰墨之場，沒且
　　　　登名文章之錄。」(同上卷一○) 皆足為證。
〔註26〕 《平園續稿》一一。

3. 尤　袤

尤袤對萬里作品之論評未見於《梁谿遺稿》，而僅見於〈白石道人《詩集》自序〉之引述：「先生（尤袤）因爲余言：近世人士喜宗江西……痛快有如楊廷秀者乎！」以「痛快」論評楊詩，言簡意賅；其說並直接影響羅大經。

4. 樓　鑰

> 平生楊誠齋，可仰不可見……蓬萊幾清淺，筆力愈雄健。(《攻
> 媿集》二〈送楊廷秀秘監赴江東漕〉)

按樓鑰之文學論評偏重文論，頗受胡銓「風水相遇」自然成文之理論直接影響，其〈答綦君更生論文書〉，〔註27〕主破除奇變，重視常態，講求和平正直；至於論詩，特稱許「忠義感慨，憂世憤激」之「別是一種肺肝」，而反對「著意形似」。〔註28〕唯其論萬里，着眼於筆力，以爲「雄健」，蓋稱美之辭。《攻媿集》七〇〈跋楊伯子詩卷〉云：「平生未識誠齋而多見其詩，每深向若之歎。」頗見景仰萬里之忱。

5. 袁說友

> 君侯大雅姿，萬態歸物色。商畧《南海》心，以心不以迹。
> 試吐胸中奇，如臂指運力。今推王楊賢，童子漫雕刻。(《東
> 塘集》一〈題楊誠齋《南海集》〉)

> 詩以變成雅，騷以變達意。變其權者徒，中有至當意，水
> 清石自見，變成道乃契。文章豈無底，過此恐少味。(同上)

按以上論評，可歸納二點：（一）善吐心胸之奇；（二）唯變而中有當意。蓋皆稱美萬里之詞。萬里嘗惠贈《南海集》與袁說友，說友於〈和楊誠齋韻謝惠南海集詩〉中，以萬里爲「斯文宗主賴公歸」、「四海聲名今大手，萬人辟易幾降旗」，〔註29〕更見推崇。

〔註27〕《攻媿集》六六。
〔註28〕同上〈答杜仲高（旃）書〉。
〔註29〕《東塘集》五。

6. 葛天民

> 參禪學詩無兩法，死蛇解弄活潑潑，氣正心空眼自高，吹
> 毛不動會生殺。生機語熟却不排，近代獨有楊誠齋。才高
> 萬古付公論，風月四時輸好懷。知公別具頂門竅，參得徹
> 兮吟到今。……（《葛無懷小集》）

按葛天民所謂「死蛇解弄活潑潑」，即萬里活法；「氣正心空眼自高」，
即萬里透脫超悟之論；而「生機語熟却不排」，即萬里辭彙運用之特
色。葛氏所論，堪稱萬里詩之解人。

7. 陸九淵

> 學粗知方恥爲人，敢崇文貌蝕誠眞。……君詩正似清風快，
> 及我征帆故起蘋。（《象山先生全集》二五〈和楊廷秀送行〉）

按陸九淵爲心學大師，論文以「眞」爲貴，然亦不廢文采；〔註30〕論
詩宗主風雅，重視「發乎情止乎義」，〔註31〕對歷代作家，推許陶、
韋與杜；〔註32〕又或緣於江西鄉情，頗稱美黃、陳、徐、韓、呂、三
洪、二謝。對於萬里作品，九淵雖未作逕直論評，然其和詩，可歸納
爲二點：（一）誠眞；（二）快。「誠眞」係九淵論評基礎，亦即萬里
性靈詩之精神；「快」則指萬里之才捷，與周必大所謂「七步而成」
者，大抵雷同。

8. 韓 淲

> 《江東集》裏好清詩，未看爭知看便知。句句多般都有格，
> 篇篇出眾不趨時。包藏許大冰霜骨，搭帶些兒錦繡皮……
> （《澗泉集》一四〈楊秘監《江東集》〉）

按韓淲所論專就《江東集》立說，以爲萬里作品：（一）有格；（二）
出眾不趨時。以其詩之「清」，乃有「格」；以其「包藏許大冰霜骨」，
乃能「出眾不趨時」。韓氏之論，可謂內容風格兼議，人格詩格並及，

〔註30〕《象山先生全集》六〈與包詳道之四〉。
〔註31〕同上卷七〈與程帥〉。
〔註32〕同上〈與競壽翁〉。

惜稍嫌平泛。

9. 項安世

我雖未識誠齋面，道得誠齋句裏心。醉語夢書辭總巧，生擒活捉力都任。雄吞詩界前無古，新創文機獨有今。此爲小山題短紙，自家元愛晚唐吟。（《平菴悔稿》五〈題劉都監所藏楊秘監詩卷〉）

按項安世係萬里後輩，與萬里長子長孺相友善，其〈送楊主簿〉云：「誠齋四海一先生，詩滿江湖以字行。」〔註33〕又〈又用韻酬贈潘楊〉云：「四海誠齋獨霸詩，世無仲氏敢言箋。」〔註34〕可見推許萬里備至。項氏雖非南宋文評大家，然明辨萬里詩之「生擒活捉」、「新創文機」及「愛晚唐吟」，已然深解能新能活爲萬里詩之特色，以及標舉晚唐爲萬里論詩之主張。其透徹之見，誠不亞於周必大與張鎡。清朱緒曾《開卷有益齋讀書志》五以爲安世《平菴悔稿》詩出入誠齋，「才力富健，無瑣屑噍殺之音，非四靈江湖諸人可及。」安世之深解與推崇萬里詩，據此可知其淵源。

10. 張　鎡

筆端有口古來稀，妙悟奚煩用力追。南紀山川題欲徧，中朝文物寫無遺。後山格律非窮苦，白傅風流造坦夷。霜鬢未聞登翰苑，緩公高步或因詩。（《南湖集》六〈誠齋以《南海》朝天兩集詩見惠，因書卷末〉）

造化精神無盡期，跳騰踔屬即時追。目前言句知多少，罕有先生活法詩。」（《南湖集》七〈攜楊秘監詩一編登舟因成二絕〉）

按張鎡論詩，推崇八老。《南湖集》五〈題尚有軒〉云：「作者無如八老詩，古今模軌更求誰？淵明次及寒山子，太白還同杜拾遺。白傅東坡俱可法，涪翁無己總堪師。胸中活底仍須悟，若泥陳言卻是癡。」所論與萬里接近，或受萬里之直接影響。張鎡係萬里後輩，

〔註33〕《平菴悔稿》五〈送楊主簿〉。
〔註34〕同上卷七〈又用韻酬贈潘楊二首〉。

為宋人中深悉萬里作品特色者之一，其論評萬里，約有二端：（一）妙悟欣如：所請「妙悟欣如」，即萬里〈《荆溪集》序〉中自稱其大悟之後，「辭謝唐人王陳及江西諸君子，皆不敢學，而後欣如。」亦即〈白石《詩集》自序〉所謂「大悟學即病，顧不若無所學之為得。」由於萬里詩之主要興趣在於自然之描寫，流露性靈之真，故而不以藻飾彫刻自然，能擺脫學古〈詩法〉之束縛，直繪萬象真貌。此即張鎡所云：「筆端有口古來稀，妙悟奚煩用力追」，指出萬里妙悟後之欣如。張鎡所論在淳熙十四年，親見萬里妙悟後之欣如結果，而張、楊交游甚篤，唱和甚多，相知甚深，故論楊詩，頗得真髓。至於慶元庚申周必大〈跋楊廷秀石人峯長篇〉，〔註35〕強調萬里悟後之「筆端有口」，乃悟前「遍參力追」之結果，所論較晚，可視作張鎡論評之補充。（二）活法即景：天地萬象，景物多變，萬里善敏銳細微觀察於動靜之間，捕捉瞬息剎那之景，寫生逼真，此即張鎡所謂「跳騰踔屬即時追」之活法特色。錢鍾書所謂「誠齋則如攝影之快鏡，兔起鶻落，鳶飛魚躍，稍縱即逝而及其未逝，轉瞬即改而當其未改，眼明手捷，蹤矢躡風，此誠齋之所獨也。」〔註36〕其說殆源委於此。綜觀張鎡二點論評，精闢卓越，就描繪自然言，已品得楊詩真味，洵為萬里知音。

11. 姜　夔

此老筆硯交，誠齋古元禮。毫端灑秋露，去國詞愈偉。(《白石道人詩集》卷上〈呈徐通仲兼簡仲錫〉)

韻高落落懸清月，鏗鏘妙語春冰裂。一自長安識子雲，三歎郢中無白雪。(同上：〈次韻誠齋送僕往見石湖長句〉)

翰墨場中老斲輪，真能一筆掃千軍。年年花月無閑日，處處山川怕見君。箭在的中非爾力，風行水上自成文。先生只可三千首，回施江東日暮雲。(同上卷下〈送朝天續集歸誠齋

時在金陵〉〉

按白石論評，可歸納爲三：（一）音韻高妙；（二）自然成文；（三）揮灑踔厲。至於言其去國之詞「偉」，則嫌籠統。萬里係白石所崇敬之長輩詩人，論評溢美在所難免，然頗具卓識，尤以「處處山川怕見君」點出萬里征行詩之多樣與擅長寫生，合乎所謂「人所易言，我寡言之；人所難言，我易言之」、〔註37〕「大悟學即病，顧不如無所學之爲得」〔註38〕之超雋能新捐書爲詩之旨。

12. 王　邁（周密附）

先生出奇作新酒，自作自歌自爲壽……誰知先生詩更奇，
刊落陳言付芻狗。（《臞軒集》一三〈讀誠齋新酒歌仍效其體〉）

按王邁崇拜萬里，且推許爲黃陳之後之江西詩魁，〔註39〕並進而倣效萬里詩。其論評萬里〈新酒歌〉，點出「奇」之特色。以「奇」視萬里詩之南宋論評者，除王邁之外，尚有周密，唯王氏以萬里之「奇」爲長而效之；周氏以萬里之「奇」爲短而貶之，云：「失之好奇，傷正氣」，唯頗推許其〈閑居初夏午睡起〉絕句，以爲「極有思致」。〔註40〕

13. 劉克莊

歐陽公屋畔人，呂東萊派外詩。海外咸推獨步，江西橫出
一枝。（《後村先生大全集》三六〈題誠齋畫像〉）

後來誠齋出，眞德秀所謂活潑，所謂流轉完美如彈丸者，
恨紫微公不及見耳。（同上九五：〈江西詩派總序〉）

比之禪學，山谷，初祖也；呂、曾，南北二宗也；誠齋稍
後出，臨濟德山也。（同上九七〈茶山誠齋詩選序〉）

今人不能道語，被誠齋道盡。（《後村詩話》前集二）

放翁學力也，似杜甫；誠齋天分也，似李白。（同上）

〔註37〕　《隨園詩話》四引白石。
〔註38〕　〈白石道人詩集自序〉。
〔註39〕　《臞軒集》一六〈山中讀誠齋詩〉。
〔註40〕　《浩然齋雅談》卷中。

按劉克莊係南宋重要文學論評家，受業於眞德秀，淵源於林光朝，〔註41〕而作品爲葉適所賞，係兼詩人之道學家。在《刻楮集序》中，克莊自述其學詩歷程云：「初余由放翁入，復喜誠齋。」〔註42〕顯見所受之影響；其〈病起〉十首之九云：「誠叟放翁幾日死，著鞭萬一詩肩隨。」〔註43〕又〈湖南江西道中〉之九云：「派裏人人有集開，境師山谷與誠齋。」〔註44〕皆見其傾慕之忱。克莊論詩，兼重學力與天分，故比較楊、陸時，以陸之學力似杜、楊之天分似李，又嘗比較楊、蕭，以爲蕭德藻「才慳於誠齋」。〔註45〕綜觀克莊之論評，推獎萬里方面：（一）納萬里於江西一派，與山谷並稱，比爲臨濟德山；（二）獨步詩壇，爲中興大家數。稱美萬里詩篇方面：（一）活潑流轉完美；（二）能道人所未能。皆指出萬里作品之鮮活與獨創。又按克莊論詩，不廢書與學，其〈跋韓隱君詩〉云：「資書以爲詩，失之腐；捐書以爲詩，失之野。」〔註46〕然對萬里捐書以爲詩之作，未加貶抑，反而推崇備至，蓋受萬里立身大節之感召與遠播遐邇詩名所震懾，南宋論評萬里者亦具此共同特徵。

14. 羅大經

> 余觀杜陵詩亦有全篇用常俗語者，然不害其爲超妙，如云（引詩從畧），楊誠齋多效此體，亦自痛快可喜。（《鶴林玉露》三）

> 楊誠齋送行詩云：「不愁不上青霄去，上了青霄莫愛身。」蓋祖杜少陵送嚴鄭公云：「公若居台輔，臨危莫愛身。」然以之送邊謫向用之士，則意味尤深長也。（同上卷八）

按羅大經文學論評具見於《鶴林玉露》。綜觀其書，記事爲多，論評爲少，且論評缺乏系統與精義，并偏重於技巧論。大經係萬里同鄉後

〔註41〕《宋元學案》四七〈艾軒學案〉。
〔註42〕《後村先生大全集》九六。
〔註43〕同上卷三五。
〔註44〕同上卷六。
〔註45〕《後村詩話》二。
〔註46〕同註42。

輩，且與楊長孺遊，故所記楊家事，大抵翔實可采，惜詩文論評殊少。上列二條，亦不過以萬里善倣杜甫而稱美之；而摘句論評，固宋人之習，大經所摘，限於追古倣杜，惜不見萬里詩之鮮活創新。

15. 黃　昇

> 六言絕句如王摩詰「桃紅復含夜雨」及王荊公「楊柳鳴蜩
> 綠暗」二詩，最爲警絕，後難繼者。近世惟楊誠齋〈醉歸〉
> 一章：「月在荔枝梢上，人行荳蔻花間。但覺胸吞碧海，不
> 知身落南蠻。」雄健富麗，殆將及之。（《玉林詩話》）

> 天下未嘗無對，東坡以章質夫寄酒不至，作詩云：「豈意青
> 州六從事，化爲烏有一先生。」或以綠研寄楊誠齋，爲人
> 以栢木簡換去，誠齋用此意作詩謝云：「如何綠玉含風面，
> 化作青銅溜雨枝。」二事可爲奇對，亦善用坡詩也。（同上）

按黃昇之文學論評，主要見諸《玉林詩話》、《唐宋諸賢絕妙好詞選》及《中興以來絕妙好詞選》，唯未卓然成家。其論萬里六言，爲宋人僅見者，所舉〈醉歸〉六言，以爲「雄健富麗」，上追荊公。考荊公〈題西太一宮壁〉六言二首（即「楊柳鳴蜩綠暗」與「二十年前此地」），東坡、山谷皆有和作而望塵莫及。萬里〈醉歸〉一首，細加品味，亦不及荊公遠甚，黃昇所謂「殆將及之」，實溢美之辭。六言之作，荊公、萬里之後，南宋作家當以劉克莊能傾力投注而闢新境。至於第二條黃昇謂萬里「善用坡詩」「可爲奇對」，不過舉萬里善對之一端之而已，不足以涵蓋萬里詩。

第二節　元代二家

在中國文學批評史上，元代係沈寂時期，其間雖有專門著述，如陳繹曾《文說》與《詩譜》爲應制舉而作；王構《修辭鑑衡》綴集宋人《詩話》文集。他如蔣子正《山房隨筆》，楊載《〈詩法〉家數》、范梈《詩學禁臠》、韋居安《梅磵詩話》、吳師道《吳禮部詩話》與《詞話》等，雖間有可取，然乏系統，殊少精義。其他零篇散論，難脫宋人議論

範疇。至於大家如王義山、郝經、方回、劉壎、趙文、戴表元、劉將孫、劉賡、吳澄、袁桷、陳櫟、楊維楨、王禮等，尚能承古，而偶發新論。

　　然而，楊萬里作品入元之後，所受論評沈寂。大家如王義山、郝經、趙文、戴表元、劉將孫、楊維楨等，竟無一語道及；吳澄亦不過於題跋中畧述之，而未加以論評；（註47）陳櫟雖有論評，然所言甚簡：「楊誠齋亦間氣所生，何可輕議。其詩文有無限好語，亦有不愜人意處。文過奇帶輕相處，蓋自《莊子》來。」（《勤有堂隨錄》）不過言其源委。宋周必大嘗指出萬里作品自遍參諸家而來，《莊子》不過所參之一種。此外如盛如梓，摘句評賞，以爲萬里有效東坡者：「楊誠齋『昇平不在簫韶裏，只在諸村打稻聲』，即東坡『吾君勤儉倡優拙，自是豐年歌笑聲。』」（《庶齋老學叢談》卷中之下）然不過言萬里詩學古之一端而已。綜觀元代對萬里作品之論評，其較可觀者，唯劉壎與方回二家，茲分別言之如下：

1. 劉　壎

誠齋先生楊文節公萬里嘗作古賦，然其天才宏縱，多欲出奇，亦間有以文爲戲者，故不錄。惟〈浯溪賦〉言唐明皇父子事體，厥論甚當……誠齋此賦，出意甚新，殆爲肅宗分疏者。靈武輕舉，貽笑後代，其譏議千人一律，而此賦獨能推究當時人情國勢，宛轉辨之，犁然當於人心，亦奇已。結語乃步驟〈後赤壁賦〉：「開户視之，不見其處」，亦本唐人〈湘靈鼓瑟詩〉：「曲終人不見，江上數峯青」。中間有曰：「觀馬嵬之威垂，渙七萃之欲離，殫尤物以說焉，僅平達於巴西。」此四句形容絕妙。（《隱居通議》四）

誠齋先生楊文節公詠徐孺子云：「南州一高士，東漢獨清風。」此兩句辭峭而意足，無能及者。繼云：「故國已禾女，荒阡猶石翁。」則幾於刻畫，不及前聯矣。（同上卷一一）

按劉壎論萬里〈浯溪〉，著重於內容，以爲「厥論甚當」、「出意甚新，

殆為肅宗分疏者」，所見自不誤。然此賦實乃萬里借古喻今之作，以唐玄宗影射徽宗，唐肅宗影射高宗。衡諸人情國勢，肅宗高宗之登基，方能維繫殘局。萬里所論，與岳珂《桯史》所謂「便覺……肅宗無所逃罪」（卷三）相異，而劉壎肯定楊說，確具慧眼。明代瞿佑《歸田詩話》沿其說，以為「其論甚恕」。至於風格，萬里賦承襲北宋歐、蘇一派，以散勢行韻文，其「步驟後赤壁賦」，正是承襲之迹。此外，劉壎論評萬里詠徐孺子詩，則賞其「辭峭而意足」而貶抑其刻畫，唯摘句而評，固未足以概全貌。

2. 方　回

誠齋時出奇崛。（《桐江集》三）

〈過楊子江〉……中兩類俱爽快，且詩格尤高。（《瀛奎律髓》一〈登覽類〉）

〈明發南岸〉……第六句絕妙。（同上卷六〈宦情類〉）

〈和仲良春晚即事〉……連錢、紙田，用韻好勝之過。一犁五秉，百箔三眠，湊合亦佳，但恐少年作，未自然。（同上卷一〇〈春日類〉）

〈普明寺見梅〉、〈梅花下小飲〉……二詩猶少作也。誠齋詩晚乃一變，《江湖》《荊溪》二集，猶步步繩墨。（同上卷二〇〈梅花類〉）

〈懷古堂前小梅漸開〉……此見《荊溪集》，知常州時作。梅詩難矣，瘦健清洒如此，亦不易得。（同上）

〈立春後一日和張功父園梅未開韻〉……末句甚佳。（同上）

〈至日後十日雪中觀梅〉此《退休集》詩，最為老筆，千變萬化，橫說直說。學者未至乎此，不可便以為率。（同上）

〈雪〉……詠三首，誠齋此詩枯瘦甚矣。（同上卷二〇〈雪類〉）

〈和馬公弼雪〉……末句言鹽絮，總為末佳，得後山之意。（同上）

〈霰〉，霰詩前未有之。三四甚工，盡霰之態。（同上）

〈中秋前一夕翫月〉此詩五六佳，句亦清瘦。(同上卷二二〈月類〉)

〈送丘宗卿帥蜀〉三首，〈逢贛守張子智左史進直敷文閣移帥八桂〉二首……五首皆壯麗。「白鷺」「青鞋」一聯，變體俊快。(同上卷二四〈送別類〉)

〈送族弟子西赴省〉，送士人赴省，及鹿鳴宴，舉世難得好詩。此乘船入月中一句奇。(同上)

〈山茶〉……此詩三四頗粗，亦盡山茶之態。第二句亦好。
(同上卷二七〈著題類〉)

〈走筆謝趙吉守餉三山生荔枝〉此詩三四非親嘗生荔者不悟也。(同上)

〈木犀呈張功甫〉誠齋與尤延之、張功父各和數首，砧字最難押，唯取此首唱。(同上)

誠齋之飛動馳擲。(《桐江續集》八〈讀張功父《南湖集》〉)

按方回學詩，初學張文潛，再學王安石，又次學蘇舜欽、梅堯臣，又出入於楊萬里與陸游，而後歸於江西派。〔註48〕其論詩，講求格高、字響、活句，對四靈江湖大肆譏評。所著《桐江集》、《桐江續集》、《文選顏鮑謝詩評》及《瀛奎律髓》皆其重要論評著述，其中尤以《瀛奎律髓》為最重要，自序云：「所選，詩格也；所注，《詩話》也。」〔註49〕綜觀方回所選注誠齋詩，可歸數點：(一) 奇峭；(二) 早期作品如《江湖》《荊溪》仍步步繩墨；(三) 一官一集，每集必變；(四) 清瘦；(五) 壯麗。第一點「奇峭」，宋人王邁、周密已然見及，並非新論；第二點及第三點，係據萬里序之自述；至於第四點及第五點「壯麗」、「清瘦」，不過舉其一端。方回選詩，基於「格高」，所謂「格高」，即后山「學詩如學仙，時至骨自換」之「換骨」，故以「格高」乃產於拙樸龔僻；故以為「愈老愈剝落」、「工

〔註48〕《桐江集》三〈送喻唯道序〉。
〔註49〕《桐江續集》三二。

則麤，不工則細；工則生，不工則熟」，强調巧後之拙，華後之樸，
細後之麤，熟後之僻，以粗拙爲正面之主張。﹝註50﹞此一觀點爲清
代紀昀大肆抨擊，其〈刊誤序〉中言方回「以生硬爲高格，以枯槁
爲老境，以鄙俚粗俗爲雅音。」﹝註51﹞殆不滿於方回格高之論。故
方回所選萬里詩二十餘首，泰半爲紀昀批爲「粗鄙」、「鄙俗」、「淺
率」、「未自然」等。《瀛奎律體》之外，方回於〈讀張功父《南湖集》〉
中拈出「飛動馳擲」，頗能明萬里詩風之一端。

第三節　明代二家

　　明代文學論評，由於文士群體之關注與投入，蔚爲風氣；始自宋
濂、劉基、方孝孺；次及茶陵派之李東陽、前七子；再至唐順之、王
愼中；相對立之後七子與公安派；主折衷之李維楨；稍後之焦竑、屠
隆、竟陵派諸家。諸家雖聲名有高低，作品有多寡，然莫不重詩文論
評，而且不論尚法古模擬，或主自由創作，皆關心於群己作品之得失。
論評之遞代或多樣，呈露興盛活躍之情狀，雖或呈偏頗，或秉折衷，
或獨出機杼，皆有可觀處。

　　明代文學論評雖風氣鼎盛，名家輩出，然議論楊萬里作品甚爲沈
寂，且罕有單獨立論。萬里作品，入元已受冷落，入明復遭漠視，唯
宋濂、李東陽二家爲較可觀者。他如何良俊、胡應麟亦畧言及萬里，
然與他家合論，且無足觀，茲不述。﹝註52﹞以下分別論述宋濂與李東
陽論評萬里作品之見：

1. 宋　濂
　　　馴至隆興、乾道之時，尤延之之清婉，楊廷秀之深刻，范
　　　至能之宏麗，陸務觀之敷腴，亦皆有可觀者；然終不離天
　　　聖、元祐之故步，去盛唐爲益遠。(《宋學士全集》二八)

﹝註50﹞　參考郭紹虞《中國文學批評史》下卷頁118至124。
﹝註51﹞　《紀文達公遺集》九。
﹝註52﹞　何良俊《四友齋叢說》二五：胡應麟《詩藪》外編五。

按宋濂論詩基本上接受《詩‧大序》「詩言志」之見，以為「外觸乎物，內發乎情，情至而形於言，言形而比於聲，聲成而詩生」，〔註53〕不滿於時人作詩之彫刻辭藻而倡言法古，并標舉學習杜甫，作為相師之途，而上達不相師之言志。〔註54〕其論萬里詩，以為「深刻」，誠發前人所未發，然以為「不離天聖、元祐之故步」者，則未見萬里詩之獨創已然別出機杼，豈天聖、元祐乃至於盛唐所能囿歟！

2. 李東陽

楊廷秀學李義山，更覺細碎；陸務觀學白樂天，更覺直率；概之唐調，皆有所未聞也。（《懷麓堂詩話》）

按李東陽論詩重聲韻與取類，以為「必博學以聚乎理，取物以廣夫才，而比之以聲韻，和之以節奏，則其為辭，高可諷，長可詠，近可以述，而遠則可以傳矣，豈必模某家，效某代，然後謂之詩哉！」〔註55〕極力反對摹擬。故其評萬里學李義山，以為「更覺細碎」「概之唐調皆有所未聞」，皆基於反對摹擬上立論。楊萬里詩固有學唐者，然其詩終棄模擬而欣如創作，故知東陽之論不過為反模擬主張尋覓例證，豈足以綜概楊詩歟！

第四節　清代二十家

清代文人蔚起，學術鼎盛，文學論評發達，舉凡古昔尚質與尚文、應用與純美，對立與調和諸論，莫不經清人演繹重申。由於清代學術不尚空論，講求實驗，實事求是，無徵不信，故其文學論評必據理論為標準，或依例證以闡明，頗能集前代特點之大成。

經元、明二代文學論評者之冷落後，楊萬里作品入清而廣受議論，然貶者眾，褒者寡，其間亦有折衷之論。茲分別論述評議於後。

〔註53〕《宋文憲公全集》三七。
〔註54〕同上卷一七。
〔註55〕《懷麓堂集》：〈文前稿〉八〈鏡川先生詩集序〉。

一、貶者十五家

1. 賀裳《載酒園詩話》五〈楊萬里〉條下云：「誠齋生平論詩最多，讀其集則涉粗豪一路。」

2. 吳喬《圍爐詩話》五云：「楊誠齋詩云：『野逕有香尋不得，闌干石背一花開。』雖淺薄猶可。又云：『不須苦問春多少，煖幕晴帘總是春。』兒童語耳。」

3. 朱彝尊《曝書亭集》三八〈葉李二使君合刻詩序〉云：「今之言詩者每厭棄唐音，轉入宋之流派，高者師法蘇黃，下乃效及楊廷秀之體，叫囂以爲奇，俚鄙以爲正。」又卷五二〈書劍南集後〉云：「生者流爲蕭東天，熟者降爲楊廷秀。蕭不傳而楊傳，效之者何異海畔逐臭之夫邪。」

4. 葉燮《原詩》外篇云：「詩文集務多者必不佳……宋人富於詩者，莫過於楊萬里、周必大，此兩人所作，幾無一首一句可采。」

5. 田雯《古歡堂集》：〈雜著〉一云：「誠齋一出，腐俗已甚。」又〈論詩絕句〉云：「拈出誠齋村究語。」（七言絕卷二）又〈鹿沙《詩集》序〉云：「南轅以後，楊誠齋輩又俚俗過甚。」（序卷二）

6. 查愼行《初白菴詩評》下〈瀛奎律髓評〉中，評萬里〈明發南屏〉、〈和仲良春晚即事〉、〈山茶〉、〈走筆謝趙吉守餉三山生荔枝〉、〈蠟梅〉諸詩，以爲「俗」、「牽强」、「不成語」、「不解」。

7. 沈德潛《說詩晬語》下云：「楊誠齋積至二萬餘……然排沙簡金，幾於無金可簡。」

8. 宋顧樂《夢曉樓隨筆》云：「楊范佻巧取媚。」

9. 全祖望《鮚埼亭集》一三云：「晚更頹唐，大似誠齋。」又卷二二云：「信筆不復作意，遂爲誠齋。」

10. 紀昀《瀛奎律髓刊誤》中評萬里〈蠟梅〉、〈普明寺見梅〉、〈光信弟坐上賦梅花〉、〈立春後一日和張功父園梅未開韻〉、〈雪〉、〈和馬公弼雪〉、〈霰〉、〈山茶〉、〈走筆謝吉守餉三山生荔枝〉、〈木犀呈張功父〉、〈宿牧牛亭秦太師墳菴〉、〈贈胡衡仲〉等，以爲「粗

鄙之至」、「多患粗率」、「鄙俗」、「粗鄙」、「粗鄙至極」、「惡調」、「野調」、「不自然」、「格不高」、「笨」、「湊」、「率」、「庸」、「好用當代事亦是一病。」

　　11. 王昶《春融堂集》二二〈舟中無事偶作論詩絕句〉云：「楊監詩多終淺俗。」

　　12. 趙翼《陔餘叢考》二三「疊字詩」云：「南宋惟楊誠齋〈水月寺〉詩……〈紅錦黃花〉詩……則已纖佻。」又《甌北詩話》六云：「誠齋專以俚言俗語闌入詩中，以爲新奇……以纖佻自貶。」

　　13. 翁方綱《石洲詩話》四云：「誠齋之詩，巧處即其俚處。」又云：「誠齋之竹枝較石湖更俚。」又云：「誠齋用轆轤進退格，實是可厭，至云……叫囂儃俚之聲，令人掩耳不欲聞。」又云：「誠齋以輕儇佻巧之音，作劍拔弩張之態，閱至十首以外，輒令人厭不欲觀，此眞詩家之魔障。」又〈七言律詩鈔凡例〉云：「誠齋詩什之富不減放翁，白石推許雖至，然俚俗過甚，漸多靡靡不振之音，半壁江山所以日即于孱弱矣。」

　　14. 謝章鋌《賭棋山莊集》：《詞話續編》一云：「楊誠齋念奴嬌云：『（從畧）』此等字面俱惡俗。」

　　15. 李慈銘《越縵堂日記》云：「誠齋則粗梗油滑，滿紙邨氣，似擊壤而乏理語，似江湖而乏秀語。……七絕間有清雋之作，亦不過齒牙伶俐而已。如〈閒居初夏午睡起二絕〉……亦是尋常閑適語，不出江湖側調……《退休集》尤晚年之作，老筆頹唐，其甚率俗者，幾可噴飯。」

　　按清代詩論以神韻、格調、性靈、肌理四說爲最暢行。四說之中，與清代學風最不相合者爲性靈說，故萬里之性靈詩受清人貶抑者眾，其中尤以主肌理說之翁方綱及主格調說之沈德潛最足以代表。翁氏本其肌理說，主實主學，故大肆抨擊萬里作品，斥責其輕儇佻巧叫囂儃俚之病，並譏諷爲詩家魔障。性靈詩之弊，常在浮滑纖佻淺薄，翁氏所言甚確。其他如賀裳、朱彝尊、田雯、查愼行、紀昀、王昶、趙翼、

謝章鋌、李慈銘等論詩，雖未標舉肌理說，然對萬里作品之論評，與翁氏並無二致，殆清人學風重質尚實使然（即使主靈說之袁枚，亦講求以學問濟性靈，以人巧濟天籟）。此外，主格調說之沈德潛，其論詩主旨本諸葉燮，著重詩質，講求溫柔敦厚與格調，其不滿於萬里作品固不待言。以上諸家雖貶抑萬里詩，然誠如《四庫提要》所云：「誠齋雖江西詩派之末流，不免有龐俚頹唐之處，而才思健拔，包孕富有，自是南宋一作手，非後來四靈、江湖諸派可得而並稱。」仍然肯定萬里在詩史之地位。

二、褒者三家

1. 袁枚《隨園詩話》八云：「誠齋一代作手，談何容易！後人嫌太雕刻，往往輕之。不知其天才高妙，絕類太白，瑕瑜不掩，正是此公真處。」卷九云：「詩有音節清脆，如雪竹冰絲，非人間凡響，皆由天性使然，非關學問。在唐則青蓮一人，而溫飛卿繼之，宋有楊誠齋。」

2. 潘定桂《楚庭耆舊遺集》一九〈讀楊誠齋《詩集》〉云：「精靈別闢一山川，百尺蠶叢直到天」、「玉戚朱干為大武，蕢桴土鼓出原音」、「每於人巧俱窮處，直把天工綴拾來；餐到韭菁驚異味，陶成瓦礫亦詩材」、「但愛縱橫穿月窟，絕無依傍寄人籬」、「公子荷衣清絕俗，天孫雲錦巧翻新」。

3. 延君壽《老生常談》云：「少讀《說詩晬語》，謂楊誠齋詩如披沙揀金，幾於無金可揀，以是從不閱看，四十歲後方稍稍讀之，其機穎清妙，性靈微至，直有過人處，未可一筆抹殺。今摘句於左……靈機獨引，未嘗不佳，其弊恐流於淺滑……刻意生新，非才情絕大者不能。」

按袁枚為清代主性靈說之代表，其說上承楊萬里與袁宏道諸人而予以修正。其論重天分而不廢工力，尚自然而不廢彫琢，學古師心，不稍偏畸，此殆目睹性靈詩率真雋新鮮活而易近於浮滑纖佻之流弊。

因此袁枚論評萬里作品，稱其：（一）「天才高妙，絕類太白」；（二）「眞」；（三）「天性使然，非關學問」。然袁枚《續詩品》〈博習〉云：「不關學，終非正聲。」主張以學濟性靈。唯指出萬里詩「瑕不掩瑜」，大抵仍褒楊之意。以性靈說論詩與清代學風不合，在清代諸家貶抑萬里詩聲中，袁枚力排眾議，加以褒楊，洵爲萬里之知音解人，或可稍釋萬里詩歷元、明至清孤行天壤數百年之寂寞。袁枚而後有延君壽，其論萬里詩深受袁枚影響，稱美萬里詩「機穎清妙」、「性靈微至」、「靈機獨引」、「刻意生新」、「才情絕大」，與袁枚之論，並無二致。至於潘定桂，尤欽服萬里詩，其〈讀楊誠齋《詩集》〉所表露對萬里詩之觀點有六：（一）善寫山水詩；（二）性靈天籟；（三）脫古創新；（四）天分縱橫（五）土風鼓盪：（六）萬象皆詩材。據此以觀，潘氏確能領悟萬里詩之長，故乃長言永歎之。錢鍾書《談藝錄》謂「自宋至清，稱道誠齋者，無如潘定桂子駿。」〔註56〕蓋有所見而云然。

三、褒貶參半者二家

1. 蔣鴻翮《寒塘詩話》云：「楊誠齋詩，粗直生硬，俚辭諺語，衝口而來，才思頗佳，而習氣太重。予嘗謂其自具八繭吳錦，不受製天絲機錦，乃從村莊兒女，攙入布經麻緯，良可惜也。摘其一二語諷之，轉耐尋味。絕句感慨尤多，不失竹枝遺意。」

2. 陳訏《宋十五家詩選》云：「楊誠齋矯矯拔俗，魄力又足以勝之，雄傑排奡，有籠挫萬象之概，攀韓頡蘇宜也。」又云：「誠齋《詩集》甚富，然未免過於擺脫，不但洗淨鉛華，且亂頭粗服矣。恐操觚家不事持擇，墮入劣境，故余於先生詩，寧失之矜愼，爲後學防濫觴，即先生亦別開生面矣。」

按蔣、陳二氏論評萬里作品褒貶參半，所論亦大抵相類。蔣氏頗能考察萬里詩之「粗直生硬，俚辭諺語」之特色，並稱美萬里「衝口

而來，才思頗佳」之天分，此殆上承宋代周必大、張鎡、葛天民、劉克莊之論。然貶斥萬里作品「習氣太重」，則係多數清代論者之見。至於所謂「具八繭吳錦，不受製天絲機錦，乃從村莊兒女，攙入布經麻緯，良可惜也。」則未知誠齋之所以爲誠齋之特色。至於陳氏，稱美萬里之「拔俗」、「魄力」、「雄傑排奡」與「籠挫萬象」，以爲足以「攀韓頡蘇」。所論頗近於宋代周必大所謂之「筆端有口，句中有眼」、「掃千軍、倒三峽、穿天心、透月窟。」及姜夔所謂之「處處山川怕見君」、「眞能一筆掃千軍」之說。然貶斥萬里「過於擺脫」「亂頭粗服」，與蔣氏所謂「粗直生硬」，大抵同調，故其選錄萬里作品，「寧失之矜愼，爲後學防濫觴。」蓋未能接受萬里「亂頭粗服」之詩風。

結　論

　　楊萬里家世清寒，耕讀傳家，其生平事蹟，顯見於論時事格君心，尤憂心悄悄於進賢嫉邪、宗社安危之大計，守職守節，持操剛直，進退黜陟，不失其正，公論美之。至於其詩，抒寫性情，流連光景，因地之所值，而於人情事變物理悠然會心，自出機杼，才思健拔，包容豐贍，造南宋中興詩壇轉變之新氣象。清代紀昀稱萬里「自爲南宋一作手，非後來四靈、江湖諸派可得而並稱」，〔註1〕洵非溢美之辭。此外，其文學論評，自成體系，卓然成家，不論論評歷代作家，或予後人之影響，皆有可觀之成績。茲不揣譾陋，試作結論如下：

一、道德風節之肯定

　　茲列數端，肯定萬里之道德風節：

（一）立朝諤諤至剛至大

　　萬里三度立朝，爲官清正，秉義盡忠，有宰輔之風。時人目所親見，耳所親聞，最堪徵信。如周必大云其「立朝諤諤，知無不言，言無不盡，要當求之古人，眞所謂浩然之氣，至剛至大，以直養而無害，塞於天地之間者。」〔註2〕朱熹云其「清德雅望，朝野屬心。」〔註3〕

〔註 1〕《四庫全書總目提要》一六〇集部〈別集類〉。
〔註 2〕《省齋文稿》一九〈題楊廷秀浩齋記〉。

趙蕃云其「先生力學自誠明，忠信今知蠻貊行。」〔註4〕此外，羅大經記其事甚詳，多可采信，如載其「晚年退休，悵然日：『吾平生志在批鱗請劍，以忠鯁南遷，幸遇時平主聖。老矣，不獲遂所遇矣！』立朝時議論挺挺，如乞用張浚配享，言朱熹不當與唐仲友同罷，論儲君監國，皆天下大事。孝宗嘗日：『楊萬里直不中律。』光宗亦日：『楊萬里也有性氣。』故其自贊云：『禹日也有性氣，舜云直不中律。自有二聖玉音，不用千秋史筆。』」〔註5〕具實寫出萬里立朝風範。綜觀萬里平生三度立朝，其初度立朝，友人張栻以論張說出守袁，萬里抗疏留栻，又遺允文書，以和同之說規之，栻雖不果留，而公論偉之。其二度立朝，數度上書及箚子，懇切論政，並荐士六十，上王淮丞相，以及議論太子參決庶務，乃至於力言張浚配享而忤孝宗，復見其剛直無畏。其三度立朝，上書乞留劉光祖及以日曆易序事而丐去，皆見其耿介。周必大言萬里「立朝諤諤」「至剛至大」，洵屬的論。

（二）廉隅其行仁愛其民

萬里出身清寒，其〈答劉子和書〉、〈答周子充內翰書〉、〈答盧誼伯書〉中屢言「某少也賤」、「某少也賤且貧」、「某孤苦餘生，不自意全」；〔註6〕又於〈答學者書〉云：「饑寒二字，天不輕以與人。有以與之，必有以當之也。某半生了無所止，得此二字耳。」〔註7〕皆見其畢生宦海浮沈，安於清貧之精神。羅大經云：「誠齋父子，視金石如糞。誠齋將漕江東，有俸給僅萬緡，留庫中，棄之而歸。」又云：「誠齋自秘書監將漕江東，年未七十，退休南溪之上，老屋一區，僅庇風雨，長鬚赤腳，纔三四人。徐靈暉贈詩云：『清得門如水，貧唯帶有金。』蓋記實也。」又云：「誠齋云：『人皆以飢寒為患，不知所

〔註3〕《朱文公文集》三八〈答楊廷秀〉。
〔註4〕《淳熙稿》二〇〈次韻楊廷秀太和萬安道中所記七首〉之五。
〔註5〕《鶴林玉露》五。
〔註6〕本集六五及六六。
〔註7〕本集六四。

患者，正在於不餒不寒。』」〔註8〕葛天民云：「我與誠齋略相識，亦不知他好官職，但知拚得忍飢七十年，脊梁如鐵心如石。」〔註9〕皆時人所記而可徵信者。由於出身清寒，萬里能達彼群情，洞夫民隱，故居官任職，反對苛斂，憐憫窮民。自其《千慮策》及「書」「箚子」等，可見其仁心仁政之理論；自其奉新六月之治績，見其仁心仁政之實踐；自其「無廉於其躬，無仁於其民，此某之所當憂」，〔註10〕見其清廉操守；自其「若恩信不可行，必待健決而後可以集事，可以行令，則六經可廢矣」，〔註11〕見其儒者襟懷。泊乎晚年，三子相繼之官，萬里皆分別作官箴及詩送之，以廉潔厚民教誠訓勉，〔註12〕可謂自始至終，秉持廉於其躬仁於其民之精神。尤袤云其「爲郡不知歌舞樂，憂民贏得鬢毛斑。」〔註13〕朱熹云其「清介廉潔」，〔註14〕皆稱美萬里之儒者仁民品德。

（三）孝親尊師重友

　　先就孝親言：萬里父楊芾以孝聞，《宋史》入「孝義傳」。萬里幼承庭訓，事親至孝。中進士後，任官於地方，得祿奉養雙親。「吾母病肺生怯寒，晚風鳴屋正無端，人家養子要作官，吾親此行誰使然。」「千里來爲五斗米，老親望望且歸休。春光儘好關儂事，細雨梅花只做愁。」〔註15〕皆見人子之孝思。萬里八歲時，生母毛氏已卒。繼母羅氏，撫育恩深，萬里事之至孝。羅氏長年病肺，萬里克盡孝道，謁

〔註 8〕　《鶴林玉露》四、十四、十五。
〔註 9〕　《葛無懷小集》：〈寄楊誠齋〉。
〔註 10〕　本集六五〈與任希純運使寶文書〉。
〔註 11〕　本集六三〈與張嚴州敬夫書〉。
〔註 12〕　本集九七〈官箴〉；《退休集》：〈送次公子之官安仁監稅〉、〈送幼輿子之官澧浦慈利監稅〉。
〔註 13〕　《梁谿遺稿》：〈送提舉楊大監解組西歸〉。
〔註 14〕　《朱子語類》一二〇。
〔註 15〕　《江湖集》：〈負丞零陵更盡而代者未至，家君攜老幼先歸，追送出城，正值泥雨，萬感驟集〉、〈甲申上元前聞家君不快，西歸見梅有感二首〉。

醫已遍江湖，而祿養三十年，人竟不知爲繼母。觀其淳熙壬寅七月丁母憂而廢詩年餘，即見其喪親之痛與懷親之深。

次就尊師言：萬里親炙之恩師有高守道、王庭珪、劉安世、劉廷直、劉才邵、胡銓與張浚，莫不敬之尊之。茲以其師事張浚爲例：胡銓云：「（萬里）紹興戊寅丞零陵；乞言於大丞相魏國公以鍵其志，公報以正心誠意之說，則又喟曰：『夫與天地相似者非誠矣夫！公以是期吾，吾其敢不力！』乃揭其藏之齋而屬予記之。」〔註16〕胡銓係萬里恩師，耳目親聞，據其所述，最見萬里尊師重道之一面。羅大經云：「楊誠齋爲零陵丞，以弟子禮謁張魏公。公時以遷謫故，杜門謝客。南軒爲之介紹，數月乃得見，因跪請教，公曰：『元符貴人，腰金紆紫者何限，惟鄒志完、陳瑩中姓名與日月爭光。』誠齋得此語，終身屬清直之操。」〔註17〕大經係萬里同鄉後輩，十餘歲時，嘗「侍家君竹谷老人謁誠齋」，〔註18〕故記萬里事多可采信，據其所述，又可佐證萬里尊師重道之一面。淳熙十五年，萬里不惜得罪當權，逆忤孝宗，據理力言恩師張浚當配享高廟一事，尤見萬里於尊師之具體表現，其道德勇氣洵非常人所及。

三就重友言：萬里交游廣濶，對定交之摯友，不論以同里同年或文字相交，皆畢生相敬，情誼永固。如與蕭德藻、周必大、周必正、黃世永、張栻、張杓、劉珙、謝昌國、丘崈、林光朝、尤袤、范成大、吳燠、余端禮、陸游、張鎡、袁說友、何異、朱熹、王蘭、陳公璟、張貴謨、曾震、劉德秀、京鏜、袁樞等之交誼即是。其次萬里交友不論深淺，皆能秉之於義。如乾道八年張栻以論張說出守袁，萬里抗疏留栻，與紹熙元年劉光祖坐論吳端事忤旨罷官，萬里上書留光祖即是。其次萬里交友，知所擅長而上荐求用。如淳熙十二年上王淮〈荐士錄〉，疏朱熹、袁樞、京鏜等六十人以獻即是。其次萬里交友不以

〔註16〕《澹菴先生文集》一八〈誠齋記〉。
〔註17〕《鶴林玉露》三。
〔註18〕《鶴林玉露》一〇。

友人之居高位擁實權而貪緣攀附。如慶元元年余端禮任右相；二年余端禮任左相、京鏜任右相；三年、四年及五年京鏜仍任右相；六年京鏜任左相；嘉泰元年謝深甫任右相；二年謝深甫仍任右相，袁說友同知樞密院事；三年袁說友參知政事、張孝伯同知樞密院事；四年張孝伯參知政事；開禧元年劉德秀簽書樞密院事。其間萬里嘗數度受召赴行在，而皆上箚子懇辭，無意藉此謀取四度立朝之高位。其高風亮節，令人欽佩，孝友之行，追配古人。

（四）對敵立場始終如一

萬里自青年時期，師事王庭珪，及初仕贛州戶掾與任永州零陵丞，復師事胡銓與張浚。胡銓嘗上高宗封事乞斬秦檜與王倫，激烈反對和議；王庭珪鼎力支持，並遭貶官。張浚尤爲南宋初期重要之主戰反和人物。萬里稟承師訓，反和議之對敵立場，始終如一。自采石告捷，萬里強化其反和之對敵立場，且對虞允文無限景仰。其後宋軍符離潰敗，孝宗復采和金之策，然並未動搖萬里之對敵立場。乾道間上《千慮策》與虞允文與陳俊卿，首度表明反和對敵之立場。淳熙十二年〈上壽皇論天變地震書〉，申言保淮保江、精擇守將、更新軍備、繕治海舟、早察敵情，預爲應變之計，雖非直指和議之非，然所陳「十事」及「十二勿」已顯示其和議不可長久之見，實亦基於反和議之立場立論。泊乎晚年退休，萬里憂韓侂冑居中用事，嘗拒作〈南園記〉與上奏論韓之奸，蓋患其禍國殃民；及至開禧用兵，伐金反和立場與萬里原相契合，然手書遺囑，仍大斥侂冑，究其原因，并非反對主戰之立場，而係悲痛奸臣之妄作，以未周之準備，徒啓兵端，陷生民於塗炭，擲國家於孤注。綜觀萬里平生，其對敵之主反和立場，始終如一，處長期和議之政局下，而能固守不易，堅定之志，誠非投機貪緣見風轉舵之輩所能相比。

萬里身處南宋初期，一生清寒儉樸，以貧礪其志節，堅其情操，練達世事，知民疾苦。及其科試登第，孤寒拔起，養親而盡孝，登仕而盡忠。爲人處世，進退以道，出處以誠，寓忠於公，寓剛於正。

事或當言則不循默以苟安，事或當行則不瞻顧而躊躇；行之以直而不畏貴倖，處之以正而不避權勢，雖以抗疏忤君而遭罷黜，然不易其一心之節，忻然泰若，絕無怨尤，清節氣度，有古大臣之風。不論其初操或晚節，皆爲時人所重，而垂範後世。宋袁燮云：「誠齋楊公未第時，嘗小蹶矣！自期以千里之姿，必能致遠，竟如其言。歷官中外，表表可紀，抽身早退，晚節益高，其平生之志也歟！」〔註 19〕黃昇云：「以道德風節映照一世，實爲四朝壽俊。」〔註 20〕清紀昀云：「以詩品論，萬里不及（陸）游之鍛鍊；以人品論，則萬里偶乎遠矣。」〔註 21〕盛大士云：「宋楊誠齋……文人若此，更加一等矣。」〔註 22〕在在肯定萬里之道德風節。唯近有大陸學者撰文，力詆萬里晚年退休不復出仕云：「誠齋退處故鄉，依然度其『荷花正鬧蓮蓬嫩，月下松醪且滿斟』的悠閒歲月。而加官晉秩，局外高鳴。」又云：「誠以久遠朝迹，又有余端禮、京鐙等執政派先後維護，不但未罹罪網，反受特別優遇，加待制、領官祠、升階官、晉封爵。風雲變幻，冷眼旁觀，獨擅山林肥遯之福。」〔註 23〕蓄意毀謗萬里晚節，歪曲前賢形象，執意翻案，強作新論，似有不當。

二、誠齋體獨創性之確認

唐代詩歌，由於詩體之完美性、技巧風格之獨創性、錯綜性與代

〔註 19〕 《絜齋集》八〈題誠齋帖〉。

〔註 20〕 《中興以來絕妙好詞選》二。

〔註 21〕 《四庫全書總目提要》一六○集部〈別集類〉。

〔註 22〕 《樸學齋筆記》七。

〔註 23〕 《文史論叢》（1981）：于北山〈楊萬里交游考畧〉。按于北山此文，敍錄僅二十八人，觀其考述，疏失甚多，如以楊萬里卒年爲「公元1207」、王庭珪卒年爲「公元 1171」；又以爲「乾道二年誠齋赴奉新縣令任」，皆誤。又王庭珪條未引〈跋王瀘溪民瞻先生帖〉、〈回王敷文民瞻家定親啓〉；胡銓條未引〈澹菴先生文集序〉、〈跋詩〉與胡銓撰〈楊文卿墓誌銘〉、〈誠齋記〉；虞允文條未引書、啓及挽詞；范成大條未引石湖詩原韻；余端禮條未引〈東宮勸讀錄〉及楊長孺跋語等重要資料，皆見疏失。

表性，後代詩人莫不受其影響。宋承唐後，詩人知之最深，學之最力。
宋嚴羽云：

> 國初之詩，尚沿襲唐人，王黃州學白樂天，楊文公劉中山
> 學李商隱，盛文肅學韋蘇州，歐陽修學韓退之古詩，梅聖
> 俞學唐人平澹處。〔註24〕

明周子文云：

> 宋初之詩，劉子儀楊大年諸人，皆學李商隱，謂之西崑體。
> 然義山皆本之少陵也。當時猶具體而微。至神宗朝，黃山
> 谷、王半山、陳后山諸公出而詩道大備。東坡山谷專宗少
> 陵，半山稍出入盛唐，后山則規模中唐。〔註25〕

所謂學杜、學白、學李，係大概言之，非謂專守唐人一家。由於詩歌
創作與詩人學養才情關係密切，詩人若乏天機，強效唐人，反令思擾
神沮。宋代詩歌之體裁、法式、風格，多有效唐人者，然「宋人承唐
人之後，而能不襲唐賢衣冠面目，別闢門戶，獨樹壁壘，其才力學術，
自非後世所及。」〔註26〕昔人謂唐人以詩爲詩，主情韻；宋人以文爲
詩，主議論。此宋詩承唐而變異，能獨樹一幟。就詩史演變言，二者
約略相埒。然由於詩體之承唐，宋人求變唯在〈詩法〉，所謂「一詩
之出，必極天下之至精。狀理則理趣渾然，狀事則事情昭然，狀物則
物態宛然，有窮造化之所不能到者。」〔註27〕於是自元祐黃陳以還，
「點鐵成金」「脫胎換骨」遂成〈詩法〉。相沿成風，形成江西詩派之
強大勢力，進而披靡南宋詩壇。

　　楊萬里生乎南宋初期，時風影響所及，學詩不免自江西入手。嚴
羽云：「近代諸公乃作奇特解會，遂以文字爲詩，以才學爲詩，以議論
爲詩。夫豈不工？終非古人之詩也。蓋於一唱三歎之音，有所歉焉。且
其作多務使事，不問興致；用字必有來歷，押韻必有出處，讀之反覆終

篇，不知著到何在。其末流甚者，叫噪怒張，殊乖忠厚之風，殆以罵詈
爲詩。詩而至此，可謂一厄也。」〔註28〕此一病徵，萬里於學詩經歷中
早已見及，並謀求改變之道。故學江西諸子與后山之後，萬里轉學半山
絕句而「終須投換晚唐間」，經模仿依傍之後而終於大悟，擺脫資書以
爲詩之習，不復自古人作品中孳生詩材，而逕朝自然具體事物，以心目
感受，發掘原料，抒寫直接印象與切身情事。宋人王邁、劉克莊輩，以
萬里晚年作〈江西宗派詩序〉、〈江西續派《詩集》序〉，乃歸萬里於江
西詩派。〔註29〕然綜觀萬里詩，凡數變而始成，卓然名家，有獨特風貌。
其詩意興湧健痛快，運用俚語白話而不覺其俗，刻畫物態而不流於纖，
脫除依傍，戞戞生新，自出機杼，意境幽峭，入今俗目，或嗤爲俚嗲，
或相與大笑。蓋萬里盡棄眾體，矯矯拔俗，籠挫萬象，別開生面，自成
新體，已非江西派「拆東補西裳作帶」，〔註30〕與夫「特剽竊之黠者」
〔註31〕面目。若歸其詩於江西派，則係未深究之膚淺言論。嚴羽於南宋
中興諸家，特標「楊誠齋體」，即有見於萬里詩之獨創性而云然。

　　綜觀萬里以晚唐之束起書帙，改革江西之資書剽竊，又復以胸中
透脫，信手孤高，革除依傍模擬，而致心目無法之境。所謂「問儂佳
句如何法，無法無盂也沒衣」，〔註32〕正係詩歌獨創性之基礎。詩人
經歷乎此，方能達「傳宗傳派我替羞，作家各自一風流；黃陳籬下休
安腳，陶謝行前更出頭」。〔註33〕在詩歌藝術上，「楊誠齋體」之獨創
性，不唯於南宋詩壇樹立新形象，並且開闢宋詩之新途徑。至於萬里
詩爲宋人所重，而入元明清，反受冷漠，則或緣於文學論評之沈寂、
「文必秦漢，詩必盛唐」之風行、神韻格調肌理說之並盛、性靈說之

〔註28〕《滄浪詩話》：〈詩辨〉。
〔註29〕王邁《臞軒集》一六〈山中讀誠齋詩〉；《後村先生大全集》六〈湖
　　　　南江西道中〉、三六〈題誠齋像〉、九七〈茶山誠齋詩選序〉。
〔註30〕任淵《後山詩注》三〈次韻西湖徙魚〉。
〔註31〕《潯南遺老集》四〇。
〔註32〕本集三八〈醉閣皂山碧崖道士甘叔懷贈十古風〉。
〔註33〕本集二六〈跋徐恭仲省幹近詩〉。

未振諸因，而導致「孤行天壤數百年，幾乎索解人不得」〔註34〕之情況，良可痛惜。

三、文學論評之影響

　　楊萬里之文學論評，尤其在詩論方面，卓然成家，且頗具影響力，近者如姜夔、張鎡、四靈、劉克莊、嚴羽；遠者如清代之袁枚，皆或多或少，直接或間接，汲取萬里詩論之觀點。茲分別述之。

　　（一）對姜夔之影響　白石云：「近過梁谿，見尤延之先生。問余詩自誰氏？余對以異時泛閱眾作，已而病其駁如也。三薰三沐師黃太史氏。居數年，一語噤不敢吐，始大悟學即病，顧不若無所學之為得，雖黃詩亦僶然高閣矣。……是皆自出機軸，亶有可觀者，又奚以江西為？余曰：誠齋之說政爾。」〔註35〕白石所謂「學即病」，主張不泥〈詩法〉，與萬里所謂「學之愈力，作之愈寡」、〔註36〕「無法無盂也也沒衣」〔註37〕相同。白石又云：「作者求與古人合，不若求與古人異；求與古人異，不若不求與古人合，而不能不合，不求與古人異，而不能不異」、〔註38〕「一家之語，自有一家之風味。」〔註39〕主張貴獨創尚風格，與萬里所謂「傳宗傳派我替羞，作家各自一風流」〔註40〕相契合。淳熙十四年白石以蕭德藻之介紹而得親炙於萬里，所學詩自江西入，復習晚唐，殆受萬里標舉晚唐說之影響。紹熙二年白石有〈除夜自石湖歸苕溪〉十首寄錄與萬里，萬里報云：「所寄十詩有裁雲縫霧之妙思，敲金戛玉之奇聲。」〔註41〕此外，並嘗稱白石「文無所不工，

〔註34〕《談藝錄》頁138。
〔註35〕《白石道人詩集》自序一。
〔註36〕〈荊溪集序〉。
〔註37〕同註32。
〔註38〕《白石道人詩集》自序二。
〔註39〕《白石詩說》。
〔註40〕同註33。
〔註41〕見於白石詩前小序，《誠齋集》闕載。

甚似陸天隨」，〔註42〕觀其〈湖上寓居雜詠〉十四首，與陸龜蒙〈自遣詩三十絕〉頗類，足見萬里所言不虛。項安世云白石「古體黃陳家格律，短章溫李氏才情。」〔註43〕頗能道出白石詩殘留黃陳之迹與受晚唐之影響。萬里標舉晚唐，而其詩別出機杼不循依傍；白石大悟學即病，貴獨創尚風格，而其詩終不脫黃陳溫李皮陸，蓋眼高手低，力有未逮。

　　（二）對張鎡之影響　　張鎡云：「詩本無心作，君看蝕木蟲。旁人無鼻孔，我輩豈神通。風雅難齋駕，心胸未發蒙。吾雖知此理，恐墮見聞中。」〔註44〕又云：「作者無如八老詩，古今模軌更求誰？淵明次及寒山子，太白還同杜拾遺。白傅東坡俱可法，涪翁無己總堪師。胸中活底仍須悟，若泥陳言卻是癡。」〔註45〕又云：「造化精神無盡期，跳騰踔厲即時追，目前言句知多少，罕有先生活法詩。」〔註46〕又云：「覓句先須莫苦心，從來氏注勝如金；見成若不拈來使，箭已離弦作麼尋。」〔註47〕皆與萬里所論相類。萬里云：「尤蕭范陸四家翁，此後誰當第一功；新拜南胡為上將，更差白石作先鋒。」〔註48〕推崇如此，殆姜張對詩歌之見解有淵源於萬里者。

　　（三）對四靈之影響　　楊萬里學詩自江西入，洞悉其資書以為詩之弊，乃標舉晚唐以藥江西之病。江西詩原由鄙薄晚唐而起，萬里厭棄江西詩，乃復取晚唐詩。影響所及，永嘉四靈（徐照、徐璣、翁卷、趙師秀）以厭棄江西詩，而宗主晚唐。唯萬里所賞之晚唐作家有李商隱、杜牧、李賀、韓偓、崔道融、陸龜蒙、于濆、劉駕、黃滔、李咸

〔註42〕《齊東野語》一二。《誠齋集》闕載。本集二七〈讀笠澤叢書〉三首，見萬里標舉晚唐與稱美陸龜蒙。

〔註43〕《平菴悔稿》七〈謝姜夔秀才示詩卷從千巖蕭東夫學詩〉。

〔註44〕《南湖集》五〈詩本〉。

〔註45〕《南湖集》五〈題尚友軒〉。

〔註46〕《南湖集》七〈攜楊秘監詩一編登舟因成二絕〉。

〔註47〕《南湖集》九〈覓句〉。

〔註48〕本集四一〈進退格寄張功甫姜堯章詩〉。

用等，而四靈所賞者乃宋初九僧、林逋、潘閬、魏野等所宗主之舊晚唐體，範疇狹小，局限於姚合、賈島。此外，萬里標舉晚唐，旨在取晚唐之「捐書以爲詩」之啓示，求解脫於江西，而不復模擬依傍，恢復耳目觀察感受；而四靈在忌用事重白描上雖同於萬里，然凡賈島姚合所漸染者，皆陰據取摘用，乃不免「資書以爲詩」，既破一法，又立一法，仍不脫模擬依傍。

　　（四）對劉克莊之影響　克莊自述其學詩經歷云：「初余由放翁入，復喜誠齋，又兼東都南渡江西諸老，上及於唐人大小家數，手鈔口誦。」〔註49〕其學詩自宋人入手而進窺唐人，殆受萬里影響。所謂「誠齋放翁幾日死，著鞭萬一詩肩隨」、〔註50〕「今人不能道語，被誠齋道盡。」〔註51〕乃至於〈題誠齋畫像〉、〔註52〕作〈茶山誠齋詩選序〉，〔註53〕皆見其傾倒景仰之忱。其學晚唐受四靈影響，固亦效法賈島姚合，然亦學許渾、王建、張籍、李賀。克莊云：「資書以爲詩失之腐，捐書以爲詩失之野。」〔註54〕故其詩揉合江西晚唐，而形成「飽滿四靈，用事冗塞」〔註55〕之情況。唯其中年以後詩，力趨俚俗，深受萬里之影響，觀其〈田家〉、〈宿山中〉、〈答婦兄林公遇〉、〈泛舟六絕〉諸詩，大似誠齋。

　　（五）對嚴羽之影響　嚴羽爲南宋詩歌理論家，反對蘇黃以來詩體以及當時之四靈詩派，區分盛唐與晚唐，以禪喻詩，排斥以文字、才學、議論爲詩。所著《滄浪詩話》影響明清極大，爲南宋最著之詩話。綜觀其詩歌理論之受萬里影響者，約有以下八端：

　　（1）以禪喻詩　萬里云：「晚因子厚識淵明，早學蘇州得右丞，

〔註49〕　《後村先生大全集》九六〈刻楮集序〉。
〔註50〕　《後村先生大全集》三五〈病起〉十首之九。
〔註51〕　《後村詩話》前集二。
〔註52〕　《後村先生大全集》三六。
〔註53〕　《後村先生大全集》九七。
〔註54〕　《後村先生大全集》九六〈韓隱君詩序〉。
〔註55〕　《瀛奎律髓》四二。

忽夢少陵談句法，勸參庾信謁陰鏗。」「不分唐人與半山，無端橫欲割詩壇，半山便遣能參透，猶有唐人是一關。」「要知詩客參江西，政如禪客參曹溪，不到南華與修水，於何傳法更傳衣。」「受業初參且半山，終須投換晚唐間，〈國風〉此去無多子，關捩挑來祇等閒。」〔註56〕所謂參透、傳法、關捩，皆禪家話頭，致其詩論禪味甚足。嚴羽以禪喻詩，受其影響。

（2）重風味輕形似　萬里云：「詩已盡而味方永，乃善之善也。」〔註57〕「讀書必知味外之味。」「舍風味而論形似，故應嘿然也。」「江西之詩，世俗之作，知味者當別之矣。」「去詞去意而詩有在。」〔註58〕嚴羽論詩宗旨，頗與之相近。

（3）反對以文為詩　萬里云：「詩非文比也，必詩人為之，如攻玉者必得玉工焉，使攻玉之工代之琢則竊矣。而或者挾其深博之學，雄儁之文，於是欒梏其偉辭以為詩；五七其句讀而平上其音節，夫豈非詩哉？」〔註59〕嚴羽所謂「近代諸公乃作奇特解會，遂以文字為詩，以才學為詩，以議論為詩，夫豈不工，終非古人之詩也。蓋於一唱三嘆之音有所歉焉。」〔註60〕顯受其影響。

（4）以唐音藥江西弊　萬里云：「近世此道之盛者，莫盛於江西，然知有江西者不知有唐人。」〔註61〕特以唐音以藥江西弊，頗影響嚴羽。唯萬里標舉唐音偏於晚唐，且不奉為宗主，蓋明乎「作家各自一風流」，不以藥江西弊後，復立一法以自縛，故倡言「無法無盂也沒衣」之說。而嚴羽標舉唐音偏於盛唐，特尊李杜，蓋有見於江西流弊、永嘉四靈乏才力以挽江西，與江湖詩人步入性靈之途，乃宗主盛唐，

〔註56〕本集七〈書王右丞詩後〉：八〈讀唐人及半山詩〉：三八〈送分寧主簿羅宏材秩滿入京〉；三五〈答徐子材談絕句〉。

〔註57〕〈詩話〉。

〔註58〕本集七七〈習齋論語講義序〉：七九〈江西宗派詩序〉。

〔註59〕本集三八〈頤菴詩藁序〉。

〔註60〕《滄浪詩話》：〈詩辨〉。

〔註61〕本集七八〈雙桂老人詩集後序〉。

復立一法，重生依傍。

（5）詩體　萬里《誠齋詩話》中論李杜蘇黃之句法詩體，爲嚴羽辨體之先聲。

（6）五七絕最難工　萬里云：「五七字絕句最少而最難工，雖作者亦難得四句全好者。」〔註62〕嚴羽所謂「律詩難於古詩，絕句難於八句，七言律詩難於五言律詩，五言絕句難於七言絕句。」〔註63〕即本乎此。

（7）唐以詩取士故詩工　萬里云：「詩至盛唐而盛，至晚唐而工，蓋當時以此設科而取士，士皆爭竭其心思而爲之，故其工後無及焉。」「唐人未有不能詩者；能之矣，亦未有不工者……無他，專門以詩賦取士而已。詩又其專門者也，故夫人而能工之也。」〔註64〕嚴羽所謂「或問：『唐詩何以勝我朝？』唐以詩取士，故多專門之學，我朝之詩所以不及也。」〔註65〕即本乎此。

（8）反對和韻　萬里論詩，反對賡和，〔註66〕以爲「李杜之集，無牽率之句，而元白有和韻之作。詩至和韻而詩始大壞矣。」〔註67〕嚴羽所謂「和韻最害人詩。古人酬唱不次韻，此風始盛於元白皮陸。本朝諸賢乃以此鬥工，遂至往復有八九和者。」〔註68〕即本乎此。

（六）對袁枚之影響　萬里論詩標舉晚唐，而欲經由晚唐，上窺〈國風〉，蓋以其眞而有餘味。所謂「受業初參且半山，終須投換晚唐間，〈國風〉此去無多子，關捩挑來衹等閒。」「三百篇之後此味絕矣！惟晚唐諸子差近之。」「晚唐諸子，雖乏二子（按：指李白與杜甫。）之雄渾，然好色而不淫，怨誹而不亂，猶有〈國風〉〈小

〔註62〕　〈詩話〉。

〔註63〕　《滄浪詩話》：〈詩法〉。

〔註64〕　本集七九〈黃御史集序〉；八三〈周子益訓蒙省題詩序〉。

〔註65〕　《滄浪詩話》：〈詩評〉。

〔註66〕　本書〈詩論〉章。

〔註67〕　本集六七〈答建康府大軍庫監門徐達書〉。

〔註68〕　《滄浪詩話》：〈詩評〉。

雅〉之遺音。」〔註69〕乃至於〈詩話〉中所謂「微婉顯晦」，皆緣於
此。袁枚論詩主性靈說，所謂「心爲人籟，誠中形外。」「詩難其眞
也，有性情而後眞。」「言之有味，聽之可愛。」「自古文章所以流
傳至今者，皆即情即景，如化工肖物，著手成春，故能取不盡而用
不竭，不然，一切語古人都已說盡，何以唐宋元明，才子輩出，能
各自成家，光景常新耶！」「天涯有客號詅癡，錯把抄書當作詩，而
人之後天有詩，於是以門戶判詩，以書籍炫詩，以疊韻、次韻、險
韻敷衍其詩，抄到鍾嶸詩品日，該他知道性靈時。」「詩不成於人而
成於其人之天，其人之天有詩，脫口而吟；其人之天無詩，雖吟而
不如無吟……予往往見人之先天無詩，而人之後天有詩，於是以門
戶判詩，以書籍炫詩，以疊韻、次韻、險韻敷衍其詩，而詩道日亡。」
〔註70〕此皆深受萬里之影響。而其影響直接且可具見者，莫過於袁
枚《詩話》文集中論評或引述萬里：

(1) 楊誠齋曰：從來天分低拙之人，好談格調，而不解風
　　趣。何也？格調是空架子，有腔口易描；風趣專寫性
　　靈，非天才不辦。余深愛其言。須知有性情便有格律，
　　格律不在性情外。(《隨園詩話》一)

(2) 誠齋一代作手，談何容易，後人嫌太雕刻，往往輕之，
　　不知天才高妙，絕類太白，瑕瑜不掩，正是此公眞處。
　　(《隨園詩話》八)

(3) 詩有音節清脆，如雪竹冰絲，非人間凡響，皆由天性
　　使然，非關學問。在唐則青蓮一人，而溫飛卿繼之，
　　宋有楊誠齋。(《隨園詩話》九)

(4) 夫詩寧有定格哉？〈國風〉之格不同乎〈雅〉〈頌〉，
　　皋禹之歌不同乎三百篇，漢魏六朝之詩不同乎三唐，
　　談格者將奚從善乎？楊誠齋之言曰：「格調是空間

〔註69〕　本集三五〈答徐子材談絕句〉；八三〈頤菴詩藁序〉；八三〈周子益
　　　　　訓蒙省題詩序〉。
〔註70〕　《續詩品》：〈齋心〉；《隨園詩話》七及三；《小倉山房詩集》二；《小
　　　　　倉山房文集》三八。

架，拙人最易藉口。」周櫟園之言曰：「吾非不能爲
何李格調以悅世也，但多一分格調，必損一分性情，
故不爲也。」(《小倉山房文集》二八〈趙雲松甌北集序〉)

（5）蔣心餘好山谷而不好楊誠齋，僕好誠齋而不好山谷。
　　　　(《隨園尺牘》一〇〈再答李少鶴〉)

據此可見袁枚直以萬里爲同道。此外，袁枚詩境平易擺脫處，近乎萬
里，觀其「好誠齋而不好山谷」之自述，可以想見其所受之影響。

附錄：楊萬里年表

一、本年表以君主紀年爲主，並附甲子及西元。

二、南宋時事，詳於《續資治通鑑長編》（李燾）、《建炎以來繫年要錄》（李心傳）、《皇宋十朝綱要》（李埴）、《兩朝綱目備要》（佚名）、《續資治通鑑》（畢沅）、《宋史》（脫脫等）、《宋史紀事本末》（馮琦）諸書。此外，如《增補歷代紀事年表》、《歷代名人年譜》（吳榮光）、《中國大事年表》（陳慶騏）、《宋代史年表》（《宋史》提要編纂協力委員會）諸書，亦詳列時事。故本年表時事一項從簡，唯多列與楊萬里相關者。萬里友人進士及第及生卒，亦並附焉。

三、楊萬里詩九集係按年編次，本年表唯列各集起訖，不列詩題。至於其他各體文字，唯列可確考撰作年份者，並註明卷數以便檢閱。然如牋、啓、尺牘（卷四八、四九～六一、一〇四～一一一）過於瑣碎，茲從略。

宋帝年號	歲次干支	西元	年齡	時　　事	楊　公　事　蹟	楊　公　詩　文
高宗建炎元	丁未	1127	1	是年欽宗靖康二年，金執徽欽二宗北去。金立張邦昌爲楚帝。五月康王構即位南京，改元建炎。周必大、王佐、范成大、錢佃、歐陽鈇、王淮二歲；周必正、胡公武、陸游、姜特立三歲；尤袤四歲；程大昌、洪邁五歲；陳從古、劉珙六歲；謝諤、楊輔世七歲；顏師魯、汪應辰九歲；曾敏行十歲；洪适、蕭燧十一歲；傅自得十二歲；林光朝十四歲；陳俊卿十五歲；王十朋十六歲；虞允文十八歲；胡銓、蕭許二十六歲；劉安世二十八歲；張浚三十一歲；羅元通三十二歲；王大寶三十四歲；張九成六歲；秦檜三十八歲；劉才邵四十二歲；王庭珪四十八歲。	九月二十二日子時生於吉州吉水（江西吉安）南溪。	
二	戊申	1128	2	金兵南下，高宗幸揚州避敵。黃潛善、汪伯彥爲尚書左右僕射。張浚參贊御營事。胡銓、羅梨恭中進士。黃文昌、羅全署、趙像之、李祥生。楊存卒。		
三	己酉	1129	3	金兵逼近揚州，帝幸臨安。黃潛善、汪伯彥罷。金兵渡江，帝航海走。張浚爲川陝宣撫處置使。楊邦乂（44）殉國。		
四	庚戌	1130	4	金立劉豫爲齊帝。韓世忠、岳飛連敗金兵。林枅、邵驥、朱熹生。		
紹興元	辛亥	1131	5	秦檜爲尚書右僕射。吳燠、袁樞、王原之生。		
二	壬子	1132	6	黃龜年上書劾秦檜、檜罷。張孝祥生。		
三	癸丑	1133	7	帝遣章誼爲金通問使。張栻、朱晞顏、彭元亨生。		
四	甲寅	1134	8	吳玠、吳璘、韓世忠連挫金兵。張浚知樞密院事。曾光祖生。	生母毛氏卒。	
五	乙卯	1135	9	徽宗殂於金。趙鼎、張浚爲尚書左右僕射。丘崈、余端禮、孫逢吉、彭惟孝生。		
六	丙辰	1136	10	劉豫入寇失敗。陳安節、曾震生。		
七	丁巳	1137	11	金廢齊，降封劉豫爲蜀王。秦檜爲樞密使。黃文晟生。		
八	戊午	1138	12	秦檜爲尚書右僕射。遣王倫使金議和。金江南招諭使張通古至宋。孫近參知政事。胡銓上封事乞斬秦檜、王倫，貶監廣東都鹽倉。張浚、岳飛入疏反和議。胡泳、劉坪、京鏜生。		
九	己未	1139	13	宋金和議成。陳公琚、陸九淵生。		

一〇	庚申	1140	14	金背盟南侵。岳飛連戰皆捷，奉詔班師。貶祕閣修撰張九成。趙汝愚、辛棄疾、袁說友生。	師事同鄉高守道，與其子高德順爲友。
一一	辛酉	1141	15	韓世忠、張俊爲樞密使，岳飛爲副使。岳飛被害。宋金和議再成。蔡戡生。	
一二	壬戌	1142	16	金使來冊帝爲大宋皇帝。帝母韋氏歸自金。加秦檜太師封魏國公。劉珙、顏師魯中進士。劉光祖生。	
一三	癸亥	1143	17	行人洪皓、張邵、朱弁還自金。趙蕃生。	師事王庭珪。
一四	甲子	1144	18	初禁野史。何若請黜程頤之學。王倫爲金所殺。陳謙、曾三聘生。	
一五	乙丑	1145	19	加檜妻婦子孫官封。秦熺爲資政殿學士。	
一六	丙寅	1146	20	張浚上疏論時事落銕連州居住。劉像卒。	
一七	丁卯	1147	21	金與蒙古和。	自吉水之安福師劉安世、劉廷直；友劉彥純、劉景明、李與賢、劉彥與。
一八	戊辰	1146	22	金完顏亮爲右相。秦熺知樞密政事。竄胡銓於海南。劉安世、黃文昌、陳舉喜、陳仲諤、趙像之、朱熹、蕭燧中進士。鞏豐生。	在安福。
一九	己巳	1149	23	金完顏亮弑帝自立。王庭珪送辰州編管。	去安福，返吉水。
二〇	庚午	1150	24	金主亮大殺宗室。羅點生。	多赴禮部試。
二一	辛未	1151	25	四月賜禮部進士趙逵以下四百四人及第出身。蕭德藻、周必大、楊愿、陳從古、林枅、陳居仁、程大昌中進士。	與叔楊輔世、內姪羅全寰並落第。
二二	壬申	1152	26	韓侂冑生。	
二三	癸酉	1153	27	金改元貞元，遷都燕京，改爲中都。張鎡生。	師事劉才邵。與曾括交。
二四	甲戌	1154	28	三月賜禮部進士張孝祥以下三百五十六人及第出身。萬庚、馬大同、葉顒、虞允文、范成大、吳燠、李長庚、朱時敏、孫秌、曹冠、何異、萬鍾中進士。黃疇若生。	與叔楊輔世同中進士，歸吉水南溪。
二五	乙亥	1155	29	秦檜（66）卒。復張浚、張九成等官。徙胡銓於衡州。	
二六	丙子	1156	30	金主亮改元正隆。欽宗殂於金。復安置觀文殿大學士張浚於永州。	爲贛州（江西贛縣）司戶。晉謁胡銓、張九成。與黃文昌定交。
二七	丁丑	1157	31	金初議南侵。湯思退爲尚書右僕。謝諤、胡晉臣、京鏜、喻叔奇中進士。	在贛州司戶任。
二八	戊寅	1158	32	金以李通參知政事，議舉兵南侵。劉才邵（73）卒。	在贛州司戶任。秩滿，返南溪，卜居於潀塘里之竹烟波月村。

二九	己卯	1159	33	湯思退、陳康伯爲尙左右僕射。張九成（68）卒。李曀生。	多負丞零陵（湖南零陵），與呂行中、張材同僚，並識吳湯輔。	
三〇	庚辰	1160	34	三月賜禮部進士梁克家等及第出身。丁時發、沈揆、沈瀛中進士。劉廷直卒。	在零陵。	祭劉諤卿知縣文（102）
三一	辛巳	1161	35	九月金主亮南侵。十一月張浚判建康府。虞允文采石告捷。金主亮爲其下所殺。羅元亨卒。李壺生。	在零陵。得張栻介紹以弟子禮謁張浚。浚勉以正心誠意之學。師事胡銓。友於張栻、張杓。結識蕭德藻。	海鰌賦（44）。和張欽夫望月詞（45）。新喻知縣劉公墓表（122）。
三二	壬午	1162	36	二月虞允文爲川陝宣諭使。六月高宗傳位。七月張浚入朝，進封魏國公宣撫江淮。周必大除監察御史兼中書舍人。	在零陵。秋七月焚詩千餘。考試湖南漕司，取施淵然魁漕試。季秋視旱出巡至臘月。	江湖集始卷，羅元亨墓表（122）。施少才蓬戶甲稿後序（77）。跋張欽夫介軒銘（98）。
孝宗隆興元	癸未	1163	37	史浩爲尙書右僕射，張浚爲樞密使都江淮軍馬。詔復岳飛官爵。李顯忠敗於符離。湯思退爲右僕射。張浚降爲江淮宣撫使。胡銓爲中書金人、王庭珪爲監簿。張孝祥佑平江府。十二月湯思退、張浚爲尙書左右僕射。	春，零陵秩滿，忽病傷寒，謁醫二旬。夏離零陵返吉水。八月以張浚荐，除臨安府教授，赴杭。至都下，曾謁胡銓與王庭珪。	玉立齋記（71）。送郭慶道序（77）。跋熊叔雅所作唐傑孝小贊（98）。
二	甲申	1164	38	湯思退力主和議。罷張浚判福州。湯思退罷相。陳康伯爲尙書左僕射。楊蒔（69）、張浚（68）卒。	正月父病歸家，未赴臨安府教授任，八月四日父卒，享年六十有夷。丁父憂，家居吉水。	景延懷記（71）。祭張魏公文（101）。
乾道元	乙酉	1165	39	宋金秘議成，虞允文參知政事，旋罷、洪适爲尙書右僕射。黃文昌（38）卒。	丁憂家居，曾一度至永和（江西廬陵南）。	黃世永哀辭（45）。
二	丙戌	1166	40	三月賜禮部進士蕭國梁等及第出身。羅全罳、蔡戡、何澹、謝深甫、徐安國、邵驥、曾三聘、倪思、徐木中進士，葉顒、魏杞爲尙書右僕射、陳俊卿同知樞密院事。	丁憂家居，春，曾往還永和與南溪間。冬免喪，赴長沙，見張栻、張杓、劉珙、甘彥和、侯彥周、吳伯承等。季冬赴都下。	中秋月賦（43）。劉景明游長沙序（77）。
三	丁亥	1167	41	二月虞允文知樞密院事，六月爲四川宣撫使。十一月陳俊卿參知政事。劉珙同知樞密院事。	春抵臨安，見陳俊卿、虞允文，獻《千慮策》三十篇。夏返吉水。收徒羅椿。	秋雨賦（43）。見陳應求樞密書，見虞彬甫樞密書（63），送羅永年序（77）、《千慮策》（87~89）。曾時仲母王氏墓誌銘（126）。
四	戊子	1168	42	市蔣蒔、陳俊卿爲尙書左右僕射。	吉水家居。叔楊輔世之官麻陽。	一經堂記（71）。送郭銀河序（77）。
五	己丑	1169	43	三月賜禮部進士鄭僑等及第出身。黃黼、王藺、黃景說、張貴謨中進士。虞允文爲樞密使。八月陳俊卿、虞允文爲尙書左右僕射。羅上達（74）卒。	吉水家居。	與陳應求左相書（63）。鱖堂先生楊公文集序（78）。
六	庚寅	1170	44	陳俊卿罷。范成大爲金國祈請使。梁克家參知政事。張孝祥（38）、王大寶（77）、楊輔世（50）卒。	四月知隆興府奉新縣（江西奉新），賦不擾而足，縣以大治。曾一度往豫章（江西南昌）。十月以虞允文荐，召爲國子博士，初度立朝。	與左相陳應求書，與虞彬甫右相書（63）。與張嚴州敬夫書（65）。與胡澹菴書（65）。種懷堂記（71）。竹所記（71）。祭九叔知縣文（101）。跋張友直草蟲、跋劉景明四美堂序（98）。

七	辛卯	1170	45	劉珙同知樞密院事。張說簽書樞密院事。左司員外郎張栻言說不宜執政。丘崈自太傅出知秀州。	春，在國子博士任。二月銓試典校試卷（此據宋會要職官六二）。七月遷太常博士。	書呂聖與零陵事序（78）。曾正臣妻劉氏墓誌銘（126）。鬱林州教授毛崈老墓誌（128）。
八	壬辰	1171	46	二月改左右僕射爲左右相。虞允文、梁克家爲左右相。張栻出守袁。七月虞允文爲四川宣撫使。陳謙、李沐、李大異、汪逵中進士。王庭珪（93）卒。	二月爲張栻以論張說出守袁事抗疏留栻，並遺書虞允文，以和說規之。栻雖不果留，而公論偉之。四月爲省試官。九月升太常丞。	上壽皇乞留張栻黜韓玉書（62）。上虞彬甫丞相書，與虞宣撫書（63）。壬辰輪對第一、二箚子（69），朱氏墓誌銘、羅元通墓誌銘（126）。節使趙忠果謚議（96）（此據宋會要禮五八謚，訂在本年。）
九	癸巳	1173	47	留正使金。梁克家罷。曾懷爲右相。張說知樞密院事，鄭聞參知政事。林光朝出爲桂路提刑。丁時發漕湖南。葉衡持節淮東。韓子雲漕江東。	四月二十八日遷將作少監。	癸巳輪對第一、二箚子（69）。水月亭記（71）。題曾無己漁浦晚歸圖（98）。
淳熙元	甲午	1174	48	葉衡爲右相。龔茂良參知政事。張杓通判嚴州。陳之守南劍。蕭國望之泉州。虞允文（65）卒。	春，出知漳州，不赴，旋回吉水。	得臨漳陛辭第一、二箚子（69）。嚴州聚山堂記（71）。祭虞丞相文（101）。
二	乙未	1175	49	葉衡罷。李彥穎參知政事。王淮簽書樞密院事。范成大帥蜀。馬子嚴曾光祖中進士。胡泳（38）、羅全略（48）、曾敏行（58）卒。	改知毗陵（江西武進），上章乞祠。	羅元忠墓誌銘（126）。
三	丙申	1176	50	王淮同知樞密院事。趙雄簽書樞密院事。蕭許（75）卒。	吉水家居。	怡齋記（72）。羅全略墓誌銘、浩齋先生劉公向夫人墓誌銘、李母曾氏墓誌銘、通直劉君裴夫人墓誌銘（127）。鈐轄趙公墓誌銘（128）。
四	丁酉	1177	51	范成大召還。王淮參知政事。趙雄同知樞密院事。	夏，之官毗陵。	江湖集終卷。荊溪集始卷。延陵懷古（45）。知常州謝到任表（46）。默堂先生文集序（79）。故承事郎通判鎮江府蔡公墓誌銘（128）。
五	戊戌	1178	52	三月史浩爲右相。四月陳俊卿判建康。范成大參知政事，旋罷，帥金陵。趙雄爲右相。王淮爲樞密使。錢良臣參知政事。蔡戡使廣東。李寅仲、黃疇若中進士。羅椿落第。劉珙（57）。林光朝（65）卒。	在毗陵任。二月出郊勸農。五月妻重病。秋，范成大曾來訪。暮秋曾迓使客。（是年詩風丕變）	宣州新郭章先生祠堂記（72）。送葉伯文序、益齋藏書目序（78）。
六	己亥	1179	53	夏旱，詔求真言。朱熹疏論紀綱。郴寇平。胡公武（55）卒。	二月除廣東常平茶鹽。六月西歸過姑蘇謁范成大。六月抵吉水。蕭德藻來訪。秋喪壽伭子。	荊溪集終卷。西歸集始卷。興崇院經藏記（72）。答施少才書（65）。跋曾達臣所作蜥蜴螳螂墨戲（99）。
七	庚子	1180	54	周必大參知政事。胡銓（79）、張栻（48）卒。	正月赴提舉廣東常平茶鹽任。春末抵五羊（廣東廣州）。	西歸集終卷。南海集始卷。廣東提舉謝到任表（46）、王氏慶衍堂記（72）、祭張欽夫文（101）、陳先生墓誌銘（128）。
八	辛丑	1181	54	王淮爲右相。朱熹提舉浙東常平茶鹽。陳安節（46）卒。	正月曾遊蒲澗。二月除廣東提點刑獄，之官韶州（廣東曲江）。冬盜沈師犯南粵，帥師往平之。	韶州學兩公祠堂記（72）。羅价卿墓誌銘（129）。通判吉州向侯墓誌銘（130）。

九	壬寅	1182	56	王淮、梁克家爲左右相。王藺使金。沈揆除秘書少監。朱熹爲江西提刑，不拜，乞奉祠。	春，班師返韶州。七月繼母羅氏（81）卒。解官居喪。廢詩。八月加直秘閣。	南海集終卷（七月後無詩）。謝除直秘閣表（46）。
一〇	癸卯	1183	57	余端禮使金。陳賈請禁道學。	丁母憂，家居，廢詩。	
一一	甲辰	1184	58	周必大爲樞密使。沈揆除秘書監。	十月除喪，始作詩，十一月除尚書吏部員外郎，二度立朝。初識霍篪於京。	朝天集始卷，達齋先生文集、似剡老人正論序、江西宗派詩序（79）。夏侯墓誌銘（129）。
一二	乙巳	1185	59	趙汝愚爲四川制置使。章森使金。十二月奉上太上皇后冊寶于德壽宮。	二月銓試考校點檢試卷（據宋會要職官六二）。五月除吏部郎中，荐朱熹等六十人於王淮丞相。地震應詔上書。八月兼侍讀。	上壽皇論天變地震書（62）。論吏部酬賞之弊箚子、論吏部恩澤之弊箚子、論吏部差注之弊箚子（63）。乙巳輪對第一、二、三箚子（69）。代梁丞相作壽齋明廣慈備德太上皇后冊文（96）。獨醒雜志序（79）。淳熙荐士錄（113）。忠襄楊公行狀（118）、王舜輔墓誌銘、陳擇之墓誌銘（129）。
一三	丙午	1186	60	高宗八秩壽辰，孝宗詣德壽宮慶壽。留正簽書樞密院事。陸游差知嚴州，赴行在。陳俊卿（74）、吳燠（50）卒。	正月十八日遷樞密院檢詳。三月十九日皇太子書「誠齋」二大字。五月二十六日遷朝請郎。秋上章乞漕閩，未許，遷右司郎中。十一月二十五日遷左司郎中。	謝賜御書表（46）。劉氏族表門閭記、樞密院官屬題名記（73）。南海集序（80）。
一四	丁未	1187	61	二月周必大爲右相。八月留正參知政事。十月高宗（81）崩。十一月創政事堂，召皇太子參決庶務。陸游刻劍南詩稿二十卷於嚴州郡治。錢佃（62）卒。劉克莊生。	正月銓試考校點檢試卷（據宋會要職官六二）。姜夔以蕭德藻荐來訪。七月十三日旱暵應詔上書。十月十一日遷秘書少監。十一月初七上疏勸阻太子參決庶務。	旱暵應詔上書、上壽皇論東宮參決書、上皇太子書（62）。荊溪集序、西歸集序（80）。光堯太上皇諡議（96）。跋廖仲謙所藏山谷先生詩卷、跋周卿軍大戴禮踐阼篇大公丹書、跋謝安國詠史詩三百篇、跋段季承所藏三先生墨跡、跋豐城府君劉滋十詠（100）。王僑卿墓表（122）。朝奉大夫起居郎吳公墓誌銘（125）。
一五	戊申	1188	62	二月周必大爲右相。八月留正參知政事。十月高宗（81）崩。十一月創政事堂，召皇太子參決庶務。陸游刻劍南詩稿二十卷於嚴州郡治。錢佃（62）卒。劉克莊生。正月皇太子初決庶務。三月翰林學士洪邁議以呂頤浩、趙鼎、韓世忠、張俊配享高宗廟廷，吏部侍郎章森乞用張浚、兵飛；秘書監楊萬里乞用張浚，不報，洪邁、楊萬里并予郡。尤袤請召群臣再集議配享臣僚。蕭燧參知政事。五月王淮罷。六月以朱熹爲兵部郎官，未上面罷。貶侍郎林栗知泉州。	以議高廟配享，力言張浚當預，且謂洪邁無異指鹿爲馬。孝宗覽疏不悅曰：萬里以朕爲何如主。由是以直秘閣出知筠州（江西高安）。四月出臨安，返吉水。秋赴筠州任。	朝天集終卷，江西道院集始卷。知筠州謝到任表（46）。駁配享不當疏（62）。盧溪先生文集序、西溪先生和陶詩序、彭文蔚補注韓文序、易外傳序、江湖集序（80）。丞相太保魏國正獻公墓誌銘（123）。
一六	己酉	1189	63	正月周必大、留正爲左右相。王藺參知政事。葛邲同知樞密院事。二月孝宗內禪，光宗即位。陸游除實錄院檢討官。五月王藺知樞密院事。周必大罷。金世宗殂。王淮（64）卒。	四月二日遷朝散大夫。五月四日再復直秘閣。六月五日遷朝請大夫。八月十二日祇召還京。十月二十九日爲秘書監。冬銜命郊勞使客。	江西道院集終卷。朝天續集始卷。代賀立皇太子表、賀紹熙皇帝登極表、賀壽皇聖帝傳位表、賀至尊壽皇帝尊號表（46）。謝復直秘閣表、謝宮臺轉兩官表（47）。己酉自筠州赴行在奏事十月三日上殿第一、二、三箚子、輪

年號	干支	西元	年齡	朝政	行蹤	著作
						對箚子(69)。與周子充少保書(66)。浩齋記(73)。約齋南湖集序(80)。霍和卿當世急務序(81)。跋御書誠齋二大字、跋御書御製梅雪詩(98)。
光宗紹熙元	庚戌	1190	64	正月帝奏上壽聖皇太后至尊壽皇帝壽成皇后冊寶。七月留正爲左相。王藺樞密院使。葛邲參知政事，胡晉臣簽書樞密院事。丘密除太常少卿。十二月王藺罷。葛邲知樞密院事。胡晉臣參知政事。本年四月賜禮部進士余復等及第出身。曾煥、李壁中進士，劉德修坐論吳端事漕潼川。金章宗立。	正月借煥章閣學士爲接伴金國賀正旦使。四月上疏留劉光祖。五月兼實錄院檢討官。八月孝宗日曆成，爲作序，以留正改曆傅伯壽作序，爲外，帝宣諭勉留，會孝宗聖政，當奉進，孝宗不悅；十一月以直龍圖閣出爲江東轉運副使權總領淮西、江西軍馬錢糧。	朝天續集終卷。江東集始卷。賀皇帝春上壽成尊親表、賀紹熙皇帝冊立皇后表(46)。進和御製賜進士余復詩再復表、謝御寶封回自劾狀表、江東運副謝到任表(47)。秘書省自劾狀、辭免著庭轉官箚子(70)、建昌軍麻姑山臧書山房記、郴州仙居轉船倉記、新喻縣新作秀江橋記(73)。朝議大夫直徽猷閣江東運判徐公墓誌銘(125)。太宜人蕭氏墓誌銘、夫人趙氏墓誌銘、夫人李氏墓誌銘(129)。庚戌殿試武舉策御題(96)。
二	辛亥	1191	65	趙汝愚爲吏部尙書。余處恭帥建康。	在金陵（南京）江東副漕任。秋，巡行所部。	荐劉起晦章燮堪充舘學之任奏狀、荐舉吳師廖保徐文若毛霑鮑信叔政績奏狀(70)。眞州重修狀觀亭記、吉州新建六一堂記(73)。千巖摘稿序(81)。太令人方氏墓誌銘(129)。
三	壬子	1192	66	四月丘密爲四川制置使。八月詔兩淮行鐵錢交子。陸九淵(54)、林栗(63)卒。	春巡行所部。秋，乞罷江南州軍鐵錢會子，不奉，忤宰相意。八月十一日知贛州，不赴，乞祠，返吉水。自是不復出仕。	江東集終卷、退休集始卷。和淵明歸去來辭、范女哀辭(45)。乞罷江南州軍鐵錢會子奏議、荐舉徐木袁采朱元之求揚揭政績奏功、荐舉王自中曾集徐木德政續同安撫司奏狀、舉眉州布衣程俟應賢良方正拜同安撫司奏狀(70)。建康府新建貢院記(74)。樞密兼參知政事權公墓誌銘(124)。安人王氏墓誌銘(130)。
四	癸丑	1193	67	葛邲爲相。胡晉臣知樞密院事，旋卒。陳騤參知政事，趙汝愚知樞密院事，余端禮同知樞密院事。留正赴都堂視事。姜特立遷浙東。朱熹知潭州。	吉水家居，闢東園，開三三徑。三月二十三日授秘閣修撰提舉隆興府玉隆萬壽宮。	梅花賦(44)。泉石膏肓記、不欺堂記、山月亭記、吉水縣除屯田租記(74)。唐李推官披沙集序、通鑑韻語序(81)。知漳州監丞吳公墓誌銘(125)。蕭君國華墓銘、劉君季從墓銘、端溪主簿曾東老墓誌銘、臨賀太守簡公墓誌銘(130)。
五	甲寅	1194	68	六月孝宗崩。七月光宗內禪。寧宗立。留正罷。趙汝愚爲相。京鏜參知政事，余端禮知樞密院事。鄭僑同知樞密院事。鄒深甫爲御史中丞。劉德秀爲監察御史。朱熹爲侍講。謝諤(74)、羅點(45)卒。	春上巳周必大來訪。十月遷中大夫。	李氏重修遺經閣記、友善堂記、福榮堂記、遠明樓記、邵州希濂堂記、譚氏學林堂記(74)。五美堂記(82)。石湖先生大資政范公文集序(82)。宋故龍圖閣學士張公神道碑。

寧宗慶元	乙卯	1195	69	正月李沐爲右正言。二月趙汝愚罷。四月余端禮爲右相。鄭僑參知政事。京鏜知樞密院事。謝深甫簽書樞密院事。七月韓侂胄加保寧節度使。周必大致仕。彭元亨（63）、程大昌（73）卒。	五月召赴行在，辭。六月奉旨不許。再辭。九月除煥章閣待制，提舉興國宮。多訪周必大。	謝除特授煥章閣待制表（47）。與余右相書、再與余右相書（66）。辭免召命公箚、再辭免箚子、辭免除煥章閣待制恩命箚子（70）。廖氏龍潭書院記（75）。杜必簡詩集序、定齋居士孫正之文集序（82）。
二	丙辰	1196	70	余端禮爲左相。京鏜爲右相。鄭僑知樞密院事。謝深甫參知政事。罷禮部侍郎倪思。罷殿中侍御史黃黼。禁用僞學黨。削修撰朱熹官。趙汝愚（57）卒。	六月乞引年致仕。十二月三省同奉詔不允。	陳乞引年致仕奏狀（70）。邵州重復舊學記、羅氏萬卷樓記、喚春園記、贛縣學記（75）。上章乞休致戲作念奴嬌詞以自娛（97）。夫人張氏墓誌銘（131）。
三	丁巳	1197	71	閏六月貶留正爲光祿卿。十二月籍僞學之士周必大、朱熹等五十九人。曾光祖（64）卒。	曾拒作南園記。七月再陳乞引年致仕，不允。	再陳乞引年致仕奏狀（70）。廣溪李氏義槩堂記（75）。送郭才舉序（82）。
四	戊午	1198	72	姚愈上疏請禁道學，加韓侂胄少傅。謝深甫知樞密院事。葉翥同知樞密院事。	正月六日進封吉水縣開國子食邑五百戶，十七日授太中大夫。	賀郊祀大禮赦書表、謝郊祀大禮進封開國子食邑表（47）。龍圖遺稿序（83）。跋蕭武寧告詞、跋蕭侍御廷試眞書（100）。
五	己未	1199	73	京鏜爲右相。加韓侂胄少師、封平原郡王。張杓（？）卒。	三月十七日除通議大夫寶文閣待制致仕。	謝致仕轉通議大夫除寶文閣待制表（47）。辭免轉一官仍除寶文閣待制致仕奏狀（70）。玉笥山重修飆馭廟記（75）。澹菴先生文集序、存齋覽古詩斷序（82）。宋故華文閣直學士贈特進程公墓誌銘（125）。
六	庚申	1200	74	加韓侂胄太傅。京鏜爲左相。謝深甫爲右相。何澹知樞密院事。陳自強簽書樞密院事。光宗崩。京鏜（63）、朱晞顏（68）、朱熹（71）卒。	長子長孺令南昌。次子次公官安仁監稅。三子幼輿官禮浦慈利監稅。十二月二十五日進封吉水縣開國伯。	謝明堂大禮進封開國伯食邑表（47）。答福帥張子儀尙書書、與南昌長孺家書（67）。永新重建寶峰寺記、章貢道院記、靜菴記（76）。三山陳先生樂書序、眉山任公小醜集序（82）。祭朱侍講文、祭太師文忠公文左相文（102）。中奉大夫通判洪州楊公墓表（122）。太宜人郎氏墓誌銘、節婦劉氏墓銘、太孺人劉氏墓誌銘（131）。
嘉泰元	辛酉	1201	75	謝深甫爲右相。陳自強參知政事。余端禮（67）、李祥（74）卒。	婿陳履常之官泰寧。	陳簽判思賢錄序、頤菴詩稿序、澈溪居士文集後序、送侯子雲序、周子益訓蒙省題詩序（83）。湖北檢法廳盡心堂記（76）。跋張永州尺牘、跋張伯子所藏代安國帖、跋彭道原詩、跋羅天文墨蹟（100）。祭余丞相文、再祭恭左相文（102）。陳養廉墓誌銘、靜菴居士墓銘（131）。

二	壬戌	1202	76	弛偽學之禁，復諸貶謫者官。陳自強知樞密院事。加韓侂冑太師封平原郡王。袁說友同知樞密院事，趙像之(75)、歐陽鈇(77)、陳公璵(64)卒。	秋，郡士劉訥敏叔寫必正、必大、萬里為三老圖。冬曾二度入郡城。	答袁機仲寄示易解書、答陸務觀郎中書、答徐宋臣監臣書、再答陸務觀郎中書、答袁起巖樞密書(68)。秀溪書院記、醉樂堂記(76)。應齋雜著序(83)。跋王瀘溪民瞻先生帖、跋張魏公答忠簡胡公書十二紙、跋忠簡胡公諫草(100)。祭趙民則提刑少監文、祭西和太守陳師文(102)。王同父墓誌銘、劉隱君墓誌銘、夫人劉氏墓銘(132)，宋故少師大觀文左丞相魯王神道碑(120)。
三	癸亥	1203	77	謝深甫罷，陳自強為右相。袁說友參知政事，張孝伯同知樞密院事，傅伯壽簽書樞密院事，陸游除寶謨閣待制。	八月十六日進寶閣直學士，辭免，召赴行在，辭免，旋奉詔赴行在，辭免，不許，復上奏狀。	謝除寶謨閣直學士表、謝賜衣帶表(47)。上陳勉之丞相辭免新除寶謨閣直學士書(68)。辭免除寶謨閣直學士奏狀，辭免召赴行在奏狀(70)。長汀縣重修縣治記(76)。江西續派二曾居士詩集序、三近齋餘錄序(82)。宋故少保左丞相觀文殿大學士贈少師邠國余公墓銘(124)。西和州陳史居墓誌銘(132)。
四	甲子	1204	78	正月韓侂冑定議伐金。四月張孝伯參知政事，八月罷、張巖繼任。陸游致仕。周必大(79)、王厚之(74)、袁說友(65)卒。	正月二十六日進爵廬陵縣開國侯，食邑一千戶。四月易外傳書成。	謝郊祀大禮進封廬陵郡侯加食邑表、謝以長男長孺官係朝該遇郊祀大禮封敍通奉大夫表(47)。瑞蓮齋易序(76)。易外傳後序、周易宏綱序(85)。與建康帥丘宗卿侍郎書、答袁幾仲侍郎書(68)跋李彥良瑞木(100)。祭周益公丞相文(102)。六一先生祠堂碑(121)。
開禧元	乙丑	1205	79	陳自強為右相。劉德秀為簽書樞密院事。七月韓侂冑為平章軍國事。以丘崈為江淮宣撫使，不拜。周必正(81)、袁樞(75)卒。	孟秋，曾上奏陳韓侂冑之姦，未達。九月召赴行在，以淋疾力辭。冬次子次公入京受縣。	山居記(76)。淋疾祈禱青詞(97)。
二	丙寅	1206	80	四月削奪秦檜王爵，改諡繆醜。五月宋軍伐金。六月丘崈為兩淮宣撫使，十一月簽書樞密院事督視江淮軍馬。	二月二十日進寶謨閣學士。五月八日卒，有遺奏八十四字。明年正月二十八日贈光祿大夫。嘉定六年諡文節。	退休集終卷，謝除寶謨閣學士表、除寶謨閣學士賜衣帶鞍馬表、遺表(47)。辭免除寶謨閣學士奏狀(70)。

主要參考書目

（一）

1. 《誠齋集》一百三十卷，《四部叢刊》本。按此本係景宋鈔本，嘉定元年楊長孺編定，端平元年龔茂良校正，二年劉煒叔序。

2. 《楊誠齋全集》一百三十三卷，烏絲欄舊鈔本（中圖藏）。

3. 《誠齋全集》一百三十五卷，鈔本（中研院藏）。按此本前有宣統鄧邦題記、柳齋識語，又有署名「焯」「城」者之記。最後增益二卷係策文，與中圖藏《錦繡策》同，唯分卷稍異。

4. 《誠齋全集》一百三十三卷，舊鈔本（中圖藏），按此本缺劉煒叔序。

5. 《誠齋全集》一百三十三卷，《四庫全書》本（故宮藏），按此本末附劉煒叔序文，「乙未」下缺「六月之既望……端平二年月日劉煒叔序」四十二字，又序中「煒叔」誤作「煒敍」。

6. 《誠齋集》一百二十七卷附錄一卷，清范品金手鈔本（中圖藏），按此本缺墓誌多卷，所附一卷係《宋史‧楊萬里傳》。

7. 《誠齋集》四十二卷，日本文化元年傳鈔宋本（故宮藏），按此本限萬里詩四十二卷，末署「文化元年甲子秋七月廿四日校正句讀卒業楠軒僧宣典」。

8. 《楊誠齋詩集》七卷，舊鈔本（中圖藏），按此本限《江湖集》詩。

9. 《誠齋尺牘》一卷，明汲古閣影宋端平刊本（中圖藏）。

10. 《誠齋易傳》二十卷，明嘉靖刊本（中圖藏）。

11. 《誠齋易傳》二十卷，《四庫全書》本（故宮藏）。

12. 《誠齋詩話》一卷，《四庫全書》本（故宮藏）。

13. 《誠齋詩話》，清初鈔本（中圖藏）。

14. 《誠齋詩鈔》不分卷，舊鈔本（中圖藏），按此本係選鈔不全。

15. 《誠齋詩集》四十二卷，四部備要本，按此本分卷與四部叢刊本稍異。

16. 《揮麈錄》二卷，明弘治刊本。

17. 《揮麈錄》二卷，清道光活字本。

18. 《誠齋先生錦繡策》四卷，明刊黑口本。

19. 《批點分類誠齋先生文膾》前集十二卷後集十二卷，元坊刊巾箱本。

20. 《批點分類誠齋先生文膾》前集十二卷後集十二卷，明隆慶刊本。

（二）

1. 《居士集》，宋·歐陽修，《四部叢刊初編》本。

2. 《臨川先生文集》，宋·王安石，《四部叢刊初編》本。

3. 《東坡七集》，宋·蘇軾，《四部備要》本。

4. 《東坡題跋》，宋·蘇軾，汲古閣刊本。

5. 《欒城集》，宋·蘇轍，《四部叢刊初編》本。

6. 《姑溪居士文集》，宋·李之儀，《粵雅堂叢書》本。

7. 《臨漢隱居詩話》，宋·魏泰，《知不足齋叢書》本。

8. 《豫章黃先生文集》，宋·黃庭堅，《四部叢刊初編》本。

9. 《山谷詩注》，宋·任淵、史容註，《清武英殿聚珍叢書》本。

10. 《淮海集》，宋·秦觀，《四部叢刊初編》本。

11. 《侯鯖錄》，宋·趙令畤，《知不足齋叢書》本。

12. 《雞肋集》，宋·晁補之，《四部叢刊初編》本。

13. 《後山集》，宋·陳師道，《四部備要》本。

14. 《後山詩注》，宋·任淵註，《四部叢刊初編》本。

15. 《後山詩話》，宋·陳師道，《弘道詩話叢刊》本。

16. 《柯山集》，宋·張耒，《清武英殿聚珍叢書》本。

17. 《參寥子詩集》，宋·道潛，《四部叢刊三編》本。

18. 《陵陽集》，宋·韓駒，《四庫全書》本。

19. 《洪龜父集》，宋·洪朋，《四庫全書》本。

20. 《洪駒父詩話》，宋·洪芻，郭紹虞《宋詩話輯佚》本。

21. 《西渡集》，宋·洪炎，《小萬卷樓叢書》本。

22. 《王直方詩話》，宋・王直方，《宋詩話輯佚》本。

23. 《冷齋夜話》，宋・惠洪，《弘道詩話叢刊》本。

24. 《紫微詩話》，宋・呂本中，商務印書館本。

25. 《東萊先生詩集》，宋・呂本中，《四部叢刊續編》本。

26. 《童蒙詩訓》，宋・呂本中，《宋詩話輯佚》本。

27. 《石林燕語》，宋・葉夢得，《四庫全書》本。

28. 《石林詩話》，宋・葉夢得，《百川學海》本。

29. 《胡澹菴先生文集》，宋・胡銓，清道光刊本。

30. 《盧溪集》，宋・王庭珪，《四庫全書》本。

31. 《步里客談》，宋・陳長方，《墨海金壺》本。

31. 《竹坡詩話》，宋・周紫芝，《百川學海》本。

33. 《茶山集》，宋・曾幾，《清武英殿聚珍叢書》本。

34. 《珊瑚鉤詩話》，宋・張表臣，《百川學海》本。

35. 《增廣箋註簡齋詩集》，宋・胡穉註，《四部叢刊初編》本。

36. 《簡齋詩外集》，《四部叢刊初編》本。

37. 《苕溪漁隱叢話》，宋・胡仔，世界書局本。

38. 《樗溪居士集》，宋・劉才邵，《四庫全書》本。

39. 《歲寒堂詩話》，宋・張戒，《清武英殿聚珍叢書》本。

40. 《獨醒雜志》，宋・曾敏行，《知不足齋叢書》本。

41. 《華陽集》，宋・張綱，《四部叢刊三編》本。

42. 《碧雞漫志》，宋・王灼，《知不足齋叢書》本。

43. 《捫蝨新語》，宋・陳善，《儒學警悟》本。

44. 《藏海詩話》，宋・吳可，《知不足齋叢書》本。

45. 《藝苑雌黃》，宋・嚴有翼，《宋詩話輯佚》本。

46. 《風月堂詩話》，宋・朱弁，《四庫全書》本。

47. 《四六談塵》，宋・謝伋，商務印書館本。

48. 《梅溪王先生文集》，宋・王十朋，《四部叢刊初編》本。

49. 《艾軒集》，宋・林光朝，《四庫全書》本。

50. 《南湖集》，宋・張鎡，《知不足齋叢書》本。

51. 《南軒先生文集》，宋・張栻，《張宣公全集》本。

52. 《南澗甲乙稿》，宋・韓元吉，《四庫全書》本。

53. 《艇齋詩話》，宋・曾季貍，《續歷代詩話》本。

54. 《橫浦文集》，宋・張九成，商務印書館本。

55. 《默堂先生集》，宋・陳淵，《四部叢刊三編》本。

56. 《韻語陽秋》，宋・葛立方，《學海類編》本。

57. 《庚溪詩話》，宋・陳巖肖，《百川學海》本。

58. 《碧溪詩話》，宋・黃徹，《知不足齋叢書》本。

59. 《容齋四六叢談》，宋・洪邁，商務印書館本。

60. 《容齋隨筆》，宋・洪邁，《四部叢刊續編》本。

61. 《梅山續稿》，宋・姜特立，《四庫全書》本。

62. 《盤洲文集》，宋・洪适，《四部叢刊初編》本。

63. 《應齋雜著》，宋・趙善括，《四庫全書》本。

64. 《渭南文集》，宋・陸游，《四部叢刊初編》本。

65. 《劍南詩稿》，宋・陸游，汲古閣刊本。

66. 《老學庵筆記》，宋・陸游，商務印書館本。

67. 《石湖居士詩集》，宋・范成大，《四部叢刊初編》本。

68. 《驂鸞錄・吳船錄》，宋・范成大，《知不足齋叢書》本。

69. 《梁谿遺稿》，宋・尤袤，《四庫全書》本。

70. 《文忠集》，宋・周必大，《四庫全書》本。

71. 《清波雜志》，宋・周煇，《知不足齋叢書》本。

72. 《揮麈錄》，宋・王明清，《津逮秘書》本。

73. 《玉照新志》，宋・王明清，商務印書館本。

74. 《朱文公文集》，宋・朱熹，《四部叢刊初編》本。

75. 《朱子語類》，宋・朱熹，商務印書館本。

76. 《于湖居士文集》，宋・張孝祥，《四部叢刊初編》本。

77. 《崔舍人玉堂類藁》，宋・崔敦詩，《佚存叢書》本。

78. 《嶺外代答》，宋・周去非，《知不足齋叢書》本。

79. 《白石道人詩集》，宋・姜夔，《四部叢刊初編》本。

80. 《方舟集》，宋・李石，《四庫全書》本。

81. 《格齋四六》，宋・王子俊，《四庫全書》本。

82. 《香山集》，宋・喻良能，《四庫全書》本。

83. 《攻媿集》，宋・樓鑰，《四部叢刊初編》本。

84. 《宋文鑑》，宋・呂祖謙，《四部叢刊初編》本。

85. 《尊白堂集》，宋・虞儔，《四庫全書》本。

86. 《東塘集》，宋・袁說友，《四庫全書》本。

87. 《蠹齋先生鉛刀編》，宋・周孚，清鈔本。

88. 《瑩雪叢說》，宋・俞成，商務印書館本。

89. 《平安悔稿》，宋・項安世，清武英殿聚珍本。

90. 《章泉稿・淳熙稿》，宋・趙蕃，《四庫全書》本。

91. 《止堂集》，宋・彭龜年，《四庫全書》本。

92. 《葛無懷小集》，宋・葛天民，汲古閣本。

93. 《象山先生全集》，宋・陸九淵，《四部叢刊初編》本。

94. 《龍川文集》，宋・陳亮，《四部備要》本。

95. 《緣督集》，宋・曾丰，《四庫全書》本。

96. 《絜齋集》，宋・袁燮，《四庫全書》本。

97. 《定齋集》，宋・蔡戡，《四庫全書》本。

98. 《漫壚文集》，宋・劉宰，《四庫全書》本。

99. 《水心集》，宋・葉適，《四部備要》本。

100. 《巽齋文集》，宋・歐陽守道，《四庫全書》本。

101. 《澗泉集》，宋・韓淲，《四庫全書》本。

102. 《石屏詩集》，宋・戴復古，《四部叢刊續編》本。

103. 《張氏拙軒集》，宋・張侃，《四庫全書》本。

104. 《真文忠公文集》，宋・真德秀，《四部叢刊初編》本。

105. 《鶴山先生大全集》，宋・真德秀，《四部叢刊初編》本。

106. 《桯史》，宋・岳珂，《四部叢刊續編》本。

107. 《寶真齋法書贊》，宋・岳珂，《清武英殿聚珍叢書》本。

108. 《二薇亭集》，宋・徐璣，讀畫齋重刊《南宋群賢小集》本。

109. 《龍洲集》，宋・劉過，《函海》本。

110. 《貴耳集》，宋・張端義，中華書局本。

111. 《直齋書錄解題》，宋・陳振孫，清武英殿聚珍叢書本。

112. 《臞軒集》，宋・王邁，《四庫全書》本。

113. 《滄浪詩話》，宋・嚴羽，《弘道詩話叢刊》本。

114. 《懷古錄》，宋・陳模，清鈔本。

115. 《後村先生大全集》，宋‧劉克莊，《四部叢刊初編》本。

116. 《後村詩話》，宋‧劉克莊，《適園叢書》本。

117. 《吹劍錄》，宋‧俞文豹，中華書局本。

118. 《環溪詩話》，宋‧吳沆，《四庫全書》本。

119. 《鶴林玉露》，宋‧羅大經，開明書店本。

120. 《平齋集》，宋‧趙咨夔，《四庫全書》本。

121. 《野谷詩稿》，宋‧趙汝鐩，《四庫全書》本。

122. 《恥堂存稿》，宋‧高斯得，《四庫全書》本。

123. 《玉林詩話》，宋‧黃昇，《宋詩話輯佚》本。

124. 《中興以來絕妙好詞選》，宋‧黃昇，《四部叢刊初編》本。

125. 《秋崖集》宋方岳，《四庫全書》本。

126. 《詩人玉屑》，宋‧魏慶之，世界書局本。

127. 《困學紀聞》，宋‧王應麟，商務印書館本。

128. 《文山先生全集》，宋‧文天祥，《四部叢刊初編》本。

129. 《四朝聞見錄》，宋‧葉紹翁，《知不足齋叢書》本。

130. 《浩然齋雅談》，宋‧周密，《四庫全書》本。

131. 《齊東野語》，宋‧周密，商務印書館本。

132. 《武林舊事》，宋‧周密，《武林掌故叢編》本。

133. 《愛日齋叢鈔》，宋‧葉寘，《守山閣叢書》本。

134. 《視聽鈔》，宋‧吳萃，《說郛》本。

135. 《梅磵詩話》，宋‧韋居安，《續歷代詩話》本。

136. 《續資治通鑑》，宋‧李燾，世界書局本。

137. 《三朝北盟會編》，宋‧徐夢莘，《四庫全書》本。

138. 《皇宋中興兩朝聖政》，宋‧闕名，文海出版社本。

139. 《兩朝綱目備要》，宋‧闕名，《四庫全書》本。

140. 《建炎以來繫年要錄》，宋‧李心傳，《四庫全書》本。

141. 《建炎以來朝野雜記》，宋‧李心傳，文海出版社本。

142. 《朝野類要》，宋‧趙昇，《知不足齋叢書》本。

143. 《南宋館閣錄‧續錄》，宋‧陳騤，《武林掌故叢編》本。

144. 《紹興十八年同年小錄》，宋‧闕名，《四庫全書》本。

145. 《宋中興東宮官僚題名》，宋‧何異，《藕香零拾》本。

146. 《宋中興學士院題名》，宋·何異，《藕香零拾》本。

147. 《景定建康志》，宋·周應合，錢氏潛研堂鈔本。

148. 《紹熙雲間志》，宋·楊潛，《觀自得齋叢書》本。

149. 《吳郡志》，宋·范成大，《墨海金壺》本。

150. 《玉峯志》，宋·凌萬頃、邊實，清吳以淳手鈔本。

151. 《咸淳毗陵志》，《宋史》能之，清嘉慶刊本。

152. 《咸淳臨安志》，宋·潛說友，清道光刊本。

153. 《嘉泰會稽志》，宋·施宿，清嘉慶刊本。

154. 《寶慶四明志》，宋·羅濬，清咸豐刊本。

155. 《新安志》，宋·羅願，清光緒刊本。

156. 《寶慶會稽志續》，宋·張淏，清嘉慶刊本。

157. 《嘉定赤城志》，宋·陳耆卿，清嘉慶刊本。

158. 《淳熙三山志》，宋·梁克家，明崇禎刊本。

159. 《景定嚴州續志》，宋·鄭瑤、方仁榮，《四庫全書》本。

160. 《京口耆舊傳》，宋·闕名，《四庫全書》本。

161. 《慶元黨禁》，宋·闕名，《四庫全書》本。

162. 《宋諸臣奏議》，宋·趙汝愚，《四庫全書》本。

163. 《宋會要輯稿》，世界書局本。

164. 《滹南遺老集》，金·王若虛，《四部叢刊初編》本。

165. 《遺山先生文集》，金·元好問，《四部叢刊初編》本。

166. 《文獻通考》，元·馬端臨，商務印書館本。

167. 《隱居通議》，元·劉壎，《讀畫齋叢書》本。

168. 《歸潛志》，元·劉祁，《知不足齋叢書》本。

169. 《桐江集》，元·方回，商務印書館本。

170. 《桐江續集》，元·方回，《四庫全書》本。

171. 《瀛奎律髓》，元·方回，《四庫全書》本。

172. 《吳文正集》，元·吳澄，《四庫全書》本。

173. 《敬齋古今黈》，元·李治，清武英殿聚珍叢書本。

174. 《西巖集》，元·張之翰，《四庫全書》本。

175. 《道園學古錄》，元·虞集，《四部叢刊初編》本。

176. 《圭齋文集》，元·歐陽玄，《四部叢刊初編》本。

177. 《宋史》，元・脫脫等，商務印書館百衲本。
178. 《勤有堂隨錄》，元・陳櫟，《學海類編》本。
179. 《庶齋老學叢談》，元・盛如梓，《知不足齋叢書》本。
180. 《吳禮部詩話》，元・吳師道，《知不足齋叢書》本。
181. 《琴川志》，元・盧鎮，汲古閣本。
182. 《至正四明續志》，元・王元恭，清咸豐刊本。
183. 《延祐四明志》，元・袁桷，宋元四明六志本。
184. 《至元嘉禾志》，元・徐碩，《四庫全書》本。
185. 《至正金陵新志》，元・張鉉，《四庫全書》本。
186. 《宋學士全集》，明・宋濂，《金華叢書》本。
187. 《東里全集》，明・楊士奇，《四庫全書》本。
188. 《歸田詩話》，明・瞿佑，《知不足齋叢書》本。
189. 《懷麓堂詩話》，明・李東陽，《知不足齋叢書》本。
190. 《王文恪公集》，明・王鏊，明董其昌三槐堂刊本。
191. 《詩話類編》，明・王昌會，明萬曆刊本。
192. 《升菴詩話》，明・楊慎，《續歷代詩話》本。
193. 《唐詩品彙》，明・高棅，《四庫全書》本。
194. 《弇州山人四部稿》，明・王世貞，明萬曆本。
195. 《詩家直說》，明・謝榛，《談藝珠叢》本。
196. 《南宋書》，明・錢士升，清嘉慶刊本。
197. 《七修類稿》，明・郎瑛，清嘉慶刊本。
198. 《四友齋叢說》，明・何良俊，中華書局本。
199. 《少室山房筆叢・詩藪》，明・胡應麟，中華書局本。
200. 《袁中郎全集》，明・袁宏道，世界書局本。
201. 《西湖遊覽志》，明・田汝成，《四庫全書》本。
202. 《寒夜錄》，明・陳宏緒，《學海類編》本。
203. 《藝藪談宗》，明・周子文，廣文書局本。
204. 《石倉歷代詩選》，明・曹學佺，《四庫全書》本。
205. 《宋藝圃集》，明・李蓘，《四庫全書》本。
206. 《宋史紀事本末》，明・馮琦，鼎文書局本。
207. 《歷代名臣奏議》，明・楊士奇，學生書局本。

208. 《新安文獻志》，明‧程敏政，明弘治刊本。

209. 《莆陽文獻‧列傳》，明‧鄭岳，明萬曆本。

210. 《宋史新編》，明‧柯維騏，明嘉靖刊本。

211. 《史質》，明‧王洙，明嘉靖刊本。

212. 《南宋名臣言行錄》，明‧尹直，明弘治刊本。

213. 《浦陽人物志》，明‧宋濂，《知不足齋叢書》本。

214. 《吳中人物志》，明‧張昹，明隆慶刊本。

215. 《吳興掌故集》，明‧徐獻忠，明嘉靖刊本。

216. 《金華先民傳》，明‧應廷育，《金華叢書》本。

217. 《永樂大典》，世界書局本。

218. 《姜先生全集》，清‧姜宸英，清光緒刊本。

219. 《曝書亭集》，清‧朱彝尊，《四部叢刊初編》本。

220. 《歷代詩話》，清‧吳景旭，世界書局本。

221. 《漫堂說詩》，清‧宋犖，商務印書館本。

222. 《原詩》，清‧葉燮，《清詩話》本。

223. 《漁洋山人精華錄》，清‧王士禎，清刊本。

224. 《帶經堂詩話》，清‧王士禎，清同治刊本。

225. 《載酒園詩話》，清‧賀裳，清嘉靖刊本。

226. 《南雷文定集》，清‧黃宗羲，《粵雅堂叢書》本。

227. 《南雷文案》，清‧黃宗羲，《四部叢刊初編》本。

228. 《圍爐詩話》，清‧吳喬，廣文書局本。

229. 《蠖齋詩話》，清‧施閏章，《清詩話》本。

230. 《堯峯文鈔》，清‧汪琬，《四部叢刊初編》本。

231. 《古歡堂集》，清‧田雯，《四庫全書》本。

232. 《柳亭詩話》，清‧宋長白，廣文書局本。

233. 《詩倫》，清‧汪薇，清武英殿聚珍叢書本。

234. 《寒塘詩話》，清‧蔣鴻翩，清雍正刊本。

235. 《宋詩鈔》，清‧呂留良、吳之振、吳自牧，商務印書館本。

236. 《宋十五家詩選》，清‧陳訏，清刊本。

237. 《宋百家詩存》，清‧葛廷棟，《四庫全書》本。

238. 《宋元詩會》，清‧陳焯，《四庫全書》本。

239. 《初白菴詩評》，清・查慎行，掃葉山房本。
240. 《說詩晬語》，清・沈德潛，《談藝珠叢》本。
241. 《夢曉樓隨筆》，清・宋顧樂，《小倉石山房叢書》本。
242. 《唐宋詩醇》，清・愛新覺羅弘曆，中華書局本。
243. 《宋詩紀事》，清・厲鶚，中華書局本。
244. 《鮚埼亭集》，清・全祖望，《四部叢刊初編》本。
245. 《月山詩話》，清・恆仁，《藝海珠塵》本。
246. 《隨園詩話》，清・袁枚，明倫出版社本。
247. 《蛾術編》，清・王鳴盛，商務印書館本。
248. 《宋詩畧》，清・姚塤，清乾隆刊本。
249. 《四庫全書總目提要》，清・紀昀，商務印書館本。
250. 《春融堂集》，清・王昶，清嘉慶刊本。
251. 《陔餘叢考》，清・趙翼，商務印書館本。
252. 《甌北詩話》，清・趙翼，廣文書局本。
253. 《潛研堂文集》，清・錢大昕，《四部叢刊初編》本。
254. 《十駕齋養新錄》，清・錢大昕，廣文書局本。
255. 《拜經樓藏書題跋記》，清・吳騫，《別下齋叢書》本。
256. 《石洲詩話》，清・翁方綱，《粵雅堂叢書》本。
257. 《麈談筆存》，清・徐曉亭，清鈔本。
258. 《貞一齋詩說》，清・李重華，《清詩話》本。
259. 《童山文集》，清・李調元，《函海》本。
260. 《雨村詩話・詞話》，清・李調元，《函海》本。
261. 《筱園詩話》，清・朱庭軫，《雲南叢書》本。
262. 《四庫未收書目提要》，清・阮元，商務印書館本。
263. 《靈芬館詩集》，清・郭麐，掃葉山房本。
264. 《昭昧詹言》，清・方東樹，廣文書局本。
265. 《養一齋集》，清・李兆洛，清咸豐刊本。
266. 《有不爲齋隨筆》，清・光聰諧，清光緒刊本。
267. 《楚庭耆舊遺集》，清・潘定桂，清道光刊本。
268. 《鐙窗瑣錄》，清・于源，清道光刊本。
269. 《石樵詩話》，清・李樹滋，清道光刊本。

270. 《海天琴思錄》，清·林昌彝，清同治刊本。

271. 《善本書室藏書志》，清·丁丙，清光緒刊本。

272. 《竹溪詩話》，清·李少白，清刊本。

273. 《藝概》，清·劉熙載，開明書局本。

274. 《賭棋山莊集》，清·謝章鋌，清光緒刊本。

275. 《峴傭說詩》，清·施補華，《清詩話》本。

276. 《江西通志》，清·趙之謙等，清光緒刊本。

277. 《越縵堂日記》，清·李慈銘，商務印書館本。

278. 《藝風藏書記》，清·繆荃孫，清光緒刊本。

279. 《宋史翼》，清·陸心源，文海出版庄本。

280. 《宋詩紀事補遺》，清·陸心源，中華書局本。

281. 《宋詩紀事小傳補正》，清·陸心源，中華書局本。

282. 《老生常談》，清·延君壽，《山右叢書》本。

283. 《石遺室詩話》，清·陳衍，商務印書館本。

284. 《宋詩別裁》，清·張景星，商務印書館本。

285. 《宋人軼事彙編》，清·丁傳靖，商務印書館本。

286. 《宋大臣年表》，清·萬斯同，《二十五史補編》本。

287. 《廣東通志》，清·陳昌齊等，華文書局本。

288. 《金石萃編》，清·王昶，國風出版社本。

289. 《兩浙金石志》，清·阮元，《石刻史料叢書》本。

290. 《江蘇金石志》，清·闕名，《石刻史料叢書》本。

291. 《宋元學案》，清·黃宗羲，河洛圖書出版社本。

292. 《宋元學案補遺》，清·王梓材、馮雲濠，世界書局本。

293. 《宋論》，清·王夫之，商務印書館本。

294. 《全唐詩》，清·聖祖，明倫出版社本。

295. 《歷代詩話》，清·何文煥，藝文印書館本。

296. 《南宋制撫年表》，吳廷燮，《二十五史補編》本。

297. 《新編中國名人年譜集成》，商務印書館本。

298. 《歷代人物年里碑傳綜表》，姜亮夫，華世出版社本。

299. 《宋人生卒考示例》，鄭騫，華世出版社本。

300. 《宋元理學家著述生卒年表》，麥仲貴，新亞研究所本。

301. 《宋人傳記四十七種引得》，哈佛燕京社本。

302. 《宋人傳記索引》，東洋文庫本。

303. 《宋人傳記資料索引》，鼎文書局本。

304. 《宋元方志傳記索引》，朱士喜，古亭書屋。

305. 《宋元地方叢書》，中國地方志研究會編本。

306. 《宋代史年表》，《宋史》提要編纂協力委員會編，東洋文庫本。

307. 《宋史》，方豪，華岡出版部本。

308. 《宋史研究論集（一）（二）》，商務印書館，鼎文書局本。

309. 《中國古典文學研究叢書（含陶潛、杜甫、白居易、楊萬里、范成大、陸游諸卷)》，明倫出版社本。

310. 《黃庭堅和江西詩派卷》，九思出版公司本。

311. 《中國文學批評資料彙編》，國立編譯館本。

312. 《古漢語語法學資料彙編》，鄭奠、麥梅翹，中華書局本。

313. 《中國文學批評》，方孝岳，莊嚴出版社本。

314. 《中國文學批評史大綱》，朱東潤，開明書店本。

315. 《中國文學批評史》，羅根澤，鳴宇出版社本。

316. 《中國文學批評史》，郭紹虞，明倫出版社本。

317. 《宋詩話輯佚》，郭紹虞，東方文化書局本。

318. 《滄浪詩話校釋》，郭紹虞，正生書局。

319. 《續歷代詩話·清詩話》，丁福保，藝文印書館本。

320. 《百種詩話類編》，臺靜農，藝文印書館本。

321. 《中國詩論史》，鈴木虎雄，商務印書館本。

322. 《清代文學批評史》，青木正兒，開明書店本。

323. 《中國文學批評論集》，張健，天華出版事業公司本。

324. 《宋金四家文學批評研究》，張健，聯經出版事業公司本。

325. 《滄浪詩話研究》，張健，台大《文史叢刊》本。

326. 《清代詩學初探》，吳宏一，牧童《文史叢書》本。

327. 《漢語詩律學》，王力，文津出版社本。

328. 《文論講疏》，許文雨，正中書局本。

329. 《文心雕龍注》，范文瀾，開明書店本。

330. 《中國詩學》，黃永武，巨流圖書公司本。

331. 《王國維先生三種》，王國維，育民出版社本。

332. 《文藝心理學》，朱光潛，開明書店本。

333. 《談藝錄》，錢鍾書，龍門書店本。

334. 《中國文學發展史》，劉大杰，中華書局本。

335. 《中國文學史》，葉慶炳，自印本。

336. 《中國詩史》，陸侃如、馮沅君，明倫出版社本。

337. 《宋代文學》，呂思勉，商務印書館本。

338. 《全宋詞》，唐圭璋，古新書局本。

339. 《宋詩選》，戴君仁，華岡出版部本。

340. 《宋詩選註》，錢鍾書，木鐸出版社本。

341. 《楊誠齋詩選注》，夏敬觀，商務印書館本。

342. 《楊萬里選集》，周汝昌，河洛圖書出版社本。

343. 《宋詩概論》，嚴恩紋，華國出版社本。

344. 《宋詩概說》，吉川幸次郎，聯經出版事業公司本。

345. 《宋詩研究》，胡雲翼，宏業書局本。

346. 《宋詩派別論》，梁崑，商務印書館本。

347. 《禪學與唐宋詩學》，杜松柏，黎明文化事業公司本。

348. 《宋明清詩研究論文集》，香港中國語文學社本。

（三）

1. 〈劍南詩稿族友考〉，王靜芝，《中山學術文化集刊》第六集。

2. 〈楊萬里年譜簡編草薰〉，崔驥，《江西教育》一九期。

3. 〈楊萬里的生卒年月〉，儲皖峯，《國學季刊》第五卷第三期。

4. 〈楊誠齋年譜〉，夏敬觀，商務印書館本。

5. 〈楊萬里年譜〉，劉桂鴻，自印本。

6. 〈楊萬里先生年譜〉，胡明珽，《大陸雜誌》三九卷七及八期。

7. 〈楊萬里詩〉，孫克寬，《中國詩季刊》第三卷第二期。